爆肝工程師的異世界狂想曲

9

Kadokawa Fantastic Novels

亞里沙
庫沃克王國的前任公主。
前世為日本人。
小玉
貓耳族少女。
波奇
犬耳族少女。

莉薩
橙鱗族少女。
露露
出身於庫沃克王國。
亞里沙的姊姊。
娜娜
面無表情的魔造人。
佐藤
誤闖異世界的三十歲
左右程式設計師。
蜜雅
寡言，喜歡音樂的精靈。

身懷瘴氣的少女
前來強行帶回
喪失記憶的
蕾伊——
『妳等著，姊姊！
我一定會從那個黑髮惡魔的手中把妳救出來。』
——真是令人無奈的稱呼。

爆肝工程師的異世界狂想曲

9

愛七ひろ

Death Marching to the Parallel World Rhapsody

Presented by Hiro Ainana

Kadokawa Fantastic Novels

插畫／shri

C O N T E N T S

Death Marching to the Parallel World Rhapsody 9

海上之旅

「我是佐藤。說到打撈沉船，總會聯想起滿載著金銀財寶沉沒於加勒比海的大航海時代帆船。在海底沉沒腐朽的帆船，實在令我覺得別有一番浪漫。」

「小伙子們！亞里沙船長出動啦～」

一身海盜打扮的亞里沙等人站在船首擺出了架勢。

扮演船長的亞里沙用眼罩遮住一邊的眼睛，另一隻眼睛閃亮亮的，淡紫色的鬆柔頭髮在寬大的帽子底下飄揚著。

服裝是有些懷舊風格的海盜扮裝，除了長擺外套搭配白色褲子及襯衫之外更配備有細劍。

原本還以為要扮裝成海盜王，但那似乎和亞里沙的嗜好有些不同。

「系系～」

「遵命喲～」

呼應著亞里沙的吆喝而蹦蹦跳跳的，是貓耳貓尾白色短髮的小玉和犬耳犬尾褐色鮑伯頭髮型的波奇兩人。

這兩人都是海盜手下的裝扮，身上穿著條紋圖案的短袖襯衫以及七分褲。她們將海盜樣式的短劍插在腰間，和亞里沙的細劍一樣是鈍刃的仿造品。兩人也都和亞里沙一樣配戴了眼罩。不同於亞里沙的眼罩，兩人的眼罩是將貓狗變形之後像個小面具一般的可愛外觀。

「主人，飲料準備好了。」

這個聽了令人神清氣爽的聲音來自於——其清秀的美貌不僅城堡就連大海原彷彿也會為之傾倒，黑頭髮黑眼睛的露露。

那烏亮的長直髮與夏季樣式的明亮色系女僕裝相當合襯。

位於船尾樓前方的駕駛台，出現在那裡的並非只有露露一人。

「主人，茶點萬無一失——這麼報告道。」

金髮巨乳的娜娜一手拿著裝了洋芋片的籃子，面無表情地眼中綻放光彩。在精靈之村的培養槽裡獲得了新理術的她，胸部的罩杯尺寸也同時提升了。

其結果就是在實際年齡為零歲的狀態下擁有傲人的F罩杯。儘管身為人造生命的魔造人，培養槽的強化選單裡竟然連胸部尺寸的設定也有，實在讓我感到吃驚。

由於急遽成長可能會使她本人不知所措，於是我將這次的成長控制在最低程度。

「主人，桌子放在這裡可以嗎？」

「嗯嗯，那裡就行了。謝謝妳，莉薩。」

從大型妖精背包裡取出沉重桌子的，則是朱紅色頭髮的橙鱗族莉薩。

倘若沒有位於脖子和手臂前方處的橙色鱗片以及蜥蜴般的尾巴，其外觀就跟人族毫無兩樣。

「佐藤。」

原本待在船尾樓上方的瞭望台依依不捨地眺望著港口方向的蜜雅，這時展開雙手朝著位於駕駛台的我俯衝而下。

綁成雙馬尾的淡青綠色頭髮隨風舞動，露出了精靈特徵的微尖耳朵。

「很危險哦，蜜雅。」

「嗯，信賴。」

我用雙手輕柔接住了跳下來的蜜雅。

蜜雅將手臂纏繞在我脖子上，像貓咪一樣以臉頰磨蹭我的臉。

蜜雅背後的鰭人族——人魚們的港口已經看不到了。

能夠見到的只有聳入天空的世界樹。當初在那頂端和高等精靈雅潔小姐一起消滅水母，如今回想彷彿是很久以前的事情了。

將蜜雅送回故鄉波爾艾南之森後一起度過了將近三個月時光的樹屋浮現在我腦中。在森林裡打獵、比賽將棋、公共浴場還有咖哩派對，滿載著快樂的回憶。

從記憶如此深刻的波爾艾南之森出發，我們如今正往迷宮都市航行中。

就在回想著波爾艾南之森發生的事情時，我的耳邊傳來了亞里沙的尖叫：

「等……等一下！妳在幹什麼啊，蜜雅！」

見到黏著我的蜜雅，亞里沙指向這裡一邊跑來。

「有罪～？」

「有罪喲。」

小玉和波奇密面面相覷，模仿了蜜雅平常的口吻之後跟著亞里沙跑了起來。不同於一臉急迫的亞里沙，小玉和波奇看起來相當開心。

「等等，靠得也太近了吧！」

「嗯，伴侶。」

「那根本就不算數啊！」

亞里沙奮力想將蜜雅從我身上拉開。

蜜雅所說的伴侶，指的是當初不清楚精靈習俗的我對蜜雅的額頭進行了誓約之吻一事。

儘管如亞里沙所言不算數，但蜜雅本人卻堅持不認同這一點。

由於心想過一段時間大概就會膩，所以我對蜜雅的「伴侶」發言採取了不予責難的旁觀態度。

「親額頭算什麼，我可是已經嘴對嘴親過了。」

「姆，佐藤。」

亞里沙的發言讓蜜雅柳眉倒豎。

這大概是在說亞里沙當初第一天晚上睡覺時夜襲我的事情吧。

「親吻。」

蜜雅像章魚一般嘟起嘴巴將臉靠來。

不好意思，我對小女孩可沒有興趣。

「親吻～？」

「啾啾喲！」

「等……等等，妳們兩個！」

模仿蜜雅的小玉和波奇爬上亞里沙的背在我臉頰及額頭上如雨點般親吻。

被當成墊腳石的亞里沙出聲抗議，不過兩人似乎都沒聽進去。

蜜雅見狀也不再索吻，而是學著小玉和波奇那樣主動親了過來。

或許是受到年少組的影響，娜娜和露露也將臉湊近。

「主人，這是親愛之吻——這麼報告道。」

「那……那麼，我也給予親愛的象徵。」

面無表情的娜娜在我的額頭處柔軟一吻，臉頰微紅的露露則是在嘴唇旁的臉頰處輕啄了一下。

由於好久沒有單純自己人一起旅行，所以大家情緒好像都顯得很亢奮。

個性正經的莉薩站在稍遠處挺立不動，但感覺她一副很想加入的樣子。

看她獨自被排除在外似乎很可憐，我便呼喚一聲「莉薩」並指著自己的臉頰。

「那……那麼，我就冒犯了——」

莉薩用罕見走調的聲音回答，滿臉通紅地在我的耳朵旁輕吻。

或許是橙鱗族的習俗，那親吻後還舔了一下耳垂的動作讓我覺得癢癢的。

我的這些同伴們，逗留在波爾艾南之森的期間獲得了各方面的成長。

經過精靈老師們鍛鍊後，同伴們的戰鬥技術連同等級都有了提升，如今所有人都達到了二十級。以普通的騎士團來說，已擁有可成為分隊長或小隊長的實力。

每位前鋒成員都學會了瞬動和身體強化技能。所以綜合戰力比起在公都時有了顯著提高。

遺憾的是除莉薩以外的其他人都尚未學會魔刃，不過那原本就是連三十級以上的騎士也大多無法使用的稀有技能，所以這也是沒有辦法。

擔任後衛的露露也學會防身術技能，而亞里沙和蜜雅儘管沒學到技能，但似乎也具備了可以輕易應付街上混混的實力。

蜜雅獲得了新的精靈魔法，亞里沙則是得到了空間魔法的新魔法書。

娜娜的理術強化增加了相當於中級術理魔法的項目，但由於魔力並未一併增加，所以還要視今後的成長而定。

多虧精靈們傳授了各式各樣的祕術，不光是被稱為妖精銀的祕銀，我如今也能夠製作具備優秀強度與傲人耐熱性的「日緋色金」、根據魔力改變密度且比鑽石更硬的「真鋼」、魔力效率出眾並適合製作法杖與魔法道具的「真銀」，還有就是萬能的「神金」。

話雖如此，這些魔法金屬的鍊成還需要龐大的魔力以及被稱為「賢者之石」的「聖樹石」。

所需分量比起鍊成後的金屬重量算是微不足道，不過除了擁有充裕聖樹石的我和精靈們以外幾乎無法製作，所以不太能用在公開的裝備及裝飾品上——畢竟會引發大騷動呢。

「對了，主人。抵達迷宮都市大概要幾天時間？」

「這個嘛——」

或許是充分享受完肢體接觸，亞里沙她們的笑容比往常更為容光煥發。

似乎還做出了已經補充完「主人元素」之類不可思議的發言。

船隻的掌舵及船帆的調整有船首像型魔巨人「稻草人」負責，所以我們正在甲板上鋪著墊子休息中。

雖然也可以手動開船，不過交給船首像型魔巨人較為安全又輕鬆。

順帶一提，船首像型魔巨人並非常見的美女像，而是在蜜雅的熱切期望下選擇了企鵝像。

「——如果是普通的船，應該要花一個月左右。」

我打開地圖一邊這麼回答。

搭乘飛空艇還另當別論，但換成時速十到二十公里的船隻，應該預估就要一個月左右的時間了。

這純粹是以「普通的船」為標準。

「主人！前方海面的顏色有異——這麼報告道。」

船首處傳來娜娜的警告聲。

確實有一道幾近直線，已經變了顏色的弧狀線條。

根據地圖顯示，那就是波爾艾南之森區域的邊緣。

「天空也是～？」

「真的喲。」

剛剛還在不停繞著桅杆玩耍的小玉和波奇，不知不覺中也已經坐鎮在桅杆上方的瞭望台。

大概是覺得連接瞭望台與甲板之間的繩梯爬起來很有趣吧。

「真的呢。」

「會是什麼東西呢？」

透過前桅杆和主桅杆的船帆間望著大海，亞里沙和露露不安地喃喃自語著。

「不用擔心哦，我們差不多快進入外海了。」

我這麼說道，然後啟動船上的驅魔物裝置。

和聖碑同為藍光的魔法陣籠罩了船體。

看起來很華麗，但為了在村落附近或與其他船隻組成船隊時使用，同時也搭載了不會洩露光線的隱形模式。由於效果範圍會減半，所以平時不會開啟隱形模式。

「——真是漂亮呢。」

露露等人看到光之魔法陣後紛紛開心地直呼漂亮。

不久，船繼續前進，來到了海水顏色不同的境界線附近。

「結界。」

我向蜜雅點點頭，接著通知所有人前來集合。除瞭望台的兩人外，全體都來到了駕駛台周圍。畢竟這裡設有附安全帶的安全座椅。

「主人，請看前方！」

抓住我肩膀的娜娜指向前方。

船一靠近結界，海上的結界就像閘門一樣打開了。

話雖如此，結界原本就是透明的，所以僅能在光線的照耀下勉強看見。

「主人，另一邊的海象很差——這麼報告道。」

「據說這一帶海域都是波爾艾南的屏障，所以才故意讓海流變得湍急哦。」

船隻在外海並不多見的驚濤駭浪之下任其擺佈著。

船通過之後，結界便在背後無聲地安靜關閉。

根據地圖，這裡似乎是名為「妖精的迷海」的區域。

「保持航向～？」

「這時候應該用『兩舷最大戰速』比較正確——這麼訂正道。」

小玉坐在桅杆上的瞭望台擺動著雙腿一邊喃喃自語，透過傳聲管聽到的娜娜則是用平靜的聲音訂正道。

這艘船的傳聲管使用了風石，所以聲音非常清晰。

順帶一提，就算想要兩舷全速，這艘船畢竟沒有配備船槳或螺旋槳。

「噢～耶～」

「搖……搖得很厲害喲。要……要掉到海裡了喲。」

「妳……妳們兩個，現在很危險，好好待著不可以亂動哦！」

桅杆上的擺動幅度很大，波奇有點陷入恐慌狀態。受此影響的莉薩也跟著慌張起來，和心情愉快的小玉形成強烈的對比。

桅杆上的小玉和波奇都乖乖在腰部綁了安全索，就算發生緊急狀況也有我的「理力之手」所以沒問題，但慌張的莉薩和波奇卻並未察覺這一點。

露露和蜜雅頂著蒼白的表情默默抓著我，就連抓住墊子前方欄杆的亞里沙也看似並不從容。

「這麼小的帆船，要在外海航行果然很困難吧？」

「沒問題哦。」

這艘船是排水量為一百噸左右的小型加利恩帆船，不過上面滿載著特殊機關所以無論多大的海浪都遊刃有餘。

根據精靈們所言，這種惡劣海象不會持續太久，更何況──

「──咦？甲板的一部分打開了。」

「側面也打開窗戶了～？」

亞里沙見到伴隨啪噠聲開啟的蓋子後喃喃道，小玉則是幫忙補充，緊接著船上又響起了高轉速引擎般的聲音。

輕盈的飄浮感襲向全身，大浪所造成的晃動逐漸平息。

就在搖晃停止的這一刻，淚眼汪汪的波奇沿著繩子從瞭望台咕溜地滑下來。

小玉也在波奇的影響下一起降下甲板。

「輕飄飄～」

「主人，船浮在空中了──這麼報告道。」

「咦？空中？」

聽到小玉和娜娜的報告，亞里沙發出驚叫聲從船舷探出身子。

其他孩子們也解開安全帶三三兩兩地走到甲板上。

「船……船飛起來了──────！」

──這艘船可是搭載了空力機關的浮遊帆船。

我有些得意地向驚訝的同伴們透露船的構造。大家頂多僅能理解「搭載了厲害的魔法裝置」這一點，但只要她們喜歡不會搖晃的船就好了。

除了不會搖晃，浮在空中的船也沒有水的阻力，所以就算普通的風速下也有時速二十公里，連同風魔法一起使用還能發揮時速六十公里的巡航速度。

要是一併施展淚滴型的「風防」魔法，最高應該能出現一百公里的時速才對。

以飛機來說很慢，但考慮到以速度出名的驅逐艦島風為時速七十五公里，就可以知道是多麼破格的船速了。

「可以飛得更高嗎？」

「能夠上升至距離海面六十公尺左右哦。」

這艘船的空力機關是我在構思低輸出鰭片的運用方法時製作的替代品，所以無法像普通的飛空艇那樣自由自在地飛行。

「該不會早料到會有這種事，所以才裝上了噴射引擎吧？」

「根本就沒有那種東西哦。」

我對亞里沙的問題回以苦笑。

畢竟整體的概念依舊還是帆船。

當然，船上有一堆閒置空間，也標準配備了用來搭載飛空艇用大輸出型的聖樹石機關或噴射推進器的底座，所以可安裝存放在儲倉內的這些魔法裝置。

不過，我終究優先將這艘船設計為帆船。靠著施加了呼風處理的船帆所捕捉到的自然風或風魔法製造的強風來前進，我覺得實在很有帆船的味道。

就在和亞里沙這麼交談之際，注視前方的莉薩發出了警告聲。

「主人，開始起霧了。」

我聽到莉薩的報告後迅速打開地圖確認航線。

前方沒有任何障礙物或魔物，所以就算能見度低一點也無妨。

——嗯？

剛才有種格格不入的感覺。

「喵～？」

坐在船首不斷擺動雙腿的小玉似乎也感覺到異樣，透過船帆的縫隙間可以看到她不悅地抓著耳朵後方的模樣。

霧散去之後，盛夏般的耀眼陽光一口氣投射過來。

波浪變得些許平穩，氣溫也變得和日照一樣溫暖——應該說變熱了。

打開地圖確認後，地圖名不知什麼時候從「妖精的迷海」區域變成了「海龍群島」區域。

我開著地圖，從魔法欄選擇「探索全地圖」以收集這個區域的情報。

「主人，發生什麼事了嗎？」

「用不著擔心哦。只不過是波爾艾南之森的精靈所施展的魔法把我們送到了遠方而已。」

這想必就是精靈們聲稱「惡劣海象並不會持續太久」的理由吧。

我向憂心忡忡聚集而來的莉薩及同伴們這麼回答。

由於沒詢問過詳情所以只能推測，這應該是在精靈們的魔法書當中名為「徘徊之海」的魔法。

波爾艾南似乎就是靠著——和公都的老守寶妖精用於保護店舖的「徘徊之森」同種類魔法來守護的。

「強制轉移也太大手筆了吧。知道我們目前在哪一帶嗎？」

「放心吧。這裡好像是海龍群島，一路北上的話就能前往希嘉王國了哦。」

在我說明後，大家終於露出放心的表情。

這個區域隔著大片的空白地帶，接續與歐尤果克公爵領的區域。

因為還要設置歸還轉移用的刻印板，所以我打算沿海龍群島北上，到達歐尤果克公爵領的領海後沿著大陸西進。

這個「海龍群島」區域指的是座落著大小一百座以上島嶼的半徑三百公里橢圓型海域。每一座都是無人島，沒有任何居民。

名為大海蛇的海中魔物占了大多數，最高等級是四十。平均為三十級，總數將近有兩千隻。還有名叫深海巨蛇，等級超過五十的高階種共處其中。

也有二十級以下的弱小魔物，似乎都棲息在島嶼內陸或島嶼沿岸。

「總覺得好熱。」

「真的呢。」

在感到放心後，似乎就有餘力留意起這個區域的高溫了。

亞里沙和露露不斷拍動衣服胸口處將風送入。

「那麼，就讓空氣稍微流通一些好了。」

我操作船上用來抵禦海風的防禦魔法裝置，容許一定的風量通過。

之前為了不讓同伴們的頭髮因海風而受損，所以就一直封鎖著。

「海的味道。」

蜜雅喃喃這麼說道。

「好涼！」

「真的呢，很舒服的風。」

亞里沙和露露將身體置於海風中乘涼。

「鹹鹹的～？」

「風潮潮的喲。」

沐浴在乘著海風飛來的海水飛沫之下，小玉和波奇伸出舌頭後皺起眉頭。

波奇所說的「潮潮的」，大概是啟航前聽到「海潮的味道」後自己發明的吧。

對了，變得涼爽的同時也來施展抗紫外線魔法——正式名稱為「陽光防禦」——以保護大家不被直射陽光曬黑。

「主人，太陽光變得柔和了——這麼報告道。」

察覺異變的娜娜一臉正經地訴說，於是我立刻告知是自己的魔法。

迎著海風瞇細雙眼的莉薩，這時表情忽然清醒過來轉向這邊：

「主人，為保險起見先強化一下周邊的戒備吧。」

「說得也是，交給妳了。」

我迅速同意了莉薩的建議。

畢竟是新的區域，或許會有什麼罕見的東西也說不定呢。

小玉和波奇在莉薩的指示下唰唰爬上桅杆旁的繩梯，莉薩拿著望遠鏡前往船首，至於娜娜則是在船尾樓上的瞭望台進行監視任務。

◆

「水裡有船～？」

「真的喲！很大的船沉在下面喲！」

朝著歐尤果克公爵領方向前進了好一陣子，在瞭望台擔任監視任務的小玉和波奇傳來了報告。

「是沉船呢！有滿滿的大小金幣哦！」

頂著彷彿漫畫中眼睛變成金錢符號的表情，亞里沙跑向船舷。

看起來就要直接掉進海裡的樣子。

「太著急的話很危險——這麼忠告道。」

「嗯，危險。」

面對令人捏把冷汗的亞里沙，娜娜和蜜雅發出了叮嚀。

「主人，似乎是一艘藍色的大船。」

我也從莉薩身旁觀察海面。

反射著耀眼陽光的搖曳波浪下方，可以見到相當巨大的船沉在那裡。

無法融入海水顏色的金屬材質藍色船體反射出了光線。

「嗯，好像位在相當深的地方。」

由於光線的折射而無法看到細節，於是我決定打開地圖確認詳情。

那是一艘排水量換算為這艘船十倍左右的大型船，在水深三十公尺的地方有上甲板。

令我驚訝的是，ＡＲ顯示沉船的裝甲和勇者等人的聖鎧一樣都是藍色的真鋼合金材質。

若是放在前往精靈之村以前可算一種驚喜，不過如今可以自由地製作之後就只是昂貴的寶物罷了。

從這裡伸出「理力之手」將其回收至儲倉是最簡單的方法，不過我很想進行一次沉船探險看看。

所幸沉船附近沒有會對同伴們造成危害的魔物或具致命性毒素的生物，頂多只是像鮋魚或水母那樣擁有微毒以及鯙魚或海蛇這種被咬到後會有些疼痛的魚類。

「好！大家一起到沉船裡探險吧！」

這麼宣布後，我得到了所有人的肯定回答。

儘管有物理防禦附加，但很有可能會因為水壓造成劣化，所以我選擇了虛空服而非泳裝。

娜娜和露露的泳裝打扮固然很令人期待，不過此時還是增加同伴們的安全保障比較重要。

「稻草人，啟動次元錨。」

我這麼命令後，船便伴隨喀喀的金屬聲響靜止了。

在大家準備的期間要是船被風吹跑也很麻煩，我於是讓負責開船的船首像型魔巨人「稻草人」啟動「次元錨」以代替船錨。

這種「次元錨」是支撐世界樹的空間魔法「次元樁」的低魔力型簡易版。

「性感亞里沙登場！」

「嗯，性感。」

換上緊身衣一般的近未來風格虛空服，亞里沙和蜜雅打開船艙的門走了出來。

原本還有全罩安全帽型的頭部元件，但在海中會造成頭部浮起而無法下潛，所以就改附上護目鏡型的套件。

「主人，讓您久等了。」

「滑溜溜～？」

「是很光滑的衣服喲。」

「主人，希望給予評語。」

其他孩子們慢了亞里沙和蜜雅一些，也走了出來。

「大家穿起來都很好看哦。」

露露對於身體線條畢露的虛空服似乎感到很難為情。那紅著臉忸忸怩怩的清純模樣實在很棒。

「露露，要在外面套上這個嗎？」

就這樣放著不管也太可憐，我於是遞給她在水中不會妨礙行動、利用人魚織成的布料製造的名為「水羽衣」的開襟毛衣。

「謝……謝謝您。」

娜娜的胸部線條一定也很壯觀，但由於亞里沙和蜜雅這對鐵壁雙人組的活躍而被賦予了遮擋胸部及腰部曲線的「水羽衣」追加服裝，使得我未夠能確認這方面的狀況。

真希望起碼等到展示完畢後再穿上追加服裝。

「蜜雅，大家集合完畢後，就拜託妳使用範圍型的『水中漫步』魔法。」

「嗯。」

蜜雅欣然同意我的請求。

蜜雅所詠唱的「水中漫步」是賦予對象能承受十大氣壓的強化及水中呼吸能力的精靈魔法，感覺就像水魔法的「水中呼吸」和「減輕水壓」等魔法的複合便利版。

蜜雅詠唱完畢的同時，我也向全體施加了「物理防禦附加」的魔法。

「旗子搖來搖去～」

「海裡也會颳風喲？」

準備完畢之際，傳來了小玉和波奇俯視海面的對話。

我將目光投向海裡，見到纏繞在船身的布塊正搖曳著。

危險危險，居然忘了確認海流。

「娜娜，妳在這枚硬幣上附加『魔燈』。」

「是的，主人。」

我讓娜娜在儲倉取出的大銅幣上面附加理術的照明，就這樣投入海中。

在擺盪的同時一邊下沉的大銅幣中途突然加速，往遠方離去。

「哦──海流從那一帶開始變快了呢。」

一起望著下沉的大銅幣，亞里沙佩服地喃喃自語。

要是小玉和波奇兩人沒有發現就危險了。

「還是綁個安全索好了。」

其實以術理魔法「理力之手」抓住的話比起普通的安全索更為安全，不過考慮到我不在時的場合，所以還是徹底灌輸大家綁好安全索的習慣吧。

「走吧。」

我告知一聲後，用「理力之手」將同伴們起舉來放到海面上。接著我也以天驅在海面落腳，就這樣與同伴們一起潛入海中。

多虧有了蜜雅的精靈魔法「水中漫步」，就算在水中也可以呼吸。由於是海水所以嘴裡有點鹹，不過這種小事就忍著吧。

中途海流變快，但我在水中也可使用天驅所以沒有什麼問題。

就這樣一路下潛到超過十公尺的深處，耳朵也不會刺痛。魔法果然很方便。

不久，我們抵達了攔腰折斷的桅杆處。

粗大的真鋼材質桅杆究竟是如何斷掉的，實在令我有些好奇。

「桅杆～」

水中的交談會夾雜氣泡聲而聽不清楚，所以我在腦中予以適當修正。

「順著這根桅杆前往甲板吧。」

桅杆上沒有隨附的繩索，但表面有用來固定傳聲管的凹洞，所以不愁沒有攀爬的地方。

「抵～達～？」

「抵達了喲。」

就這樣，我們順利到達了沉船的甲板。

或許是因為有高速的海流清掃，僅邊緣處有泥沙堆積，甲板出乎意料地乾淨。

「主人，發現了可以入侵的地方——這麼報告道。」

「那麼，就從那裡進去吧。」

我們從娜娜發現的船身前方裂縫入侵船內。

——真是整齊的切口。

包括剛才的桅杆也好，能夠如此銳利地切開真鋼材質外殼的方法讓我有點在意，不過神授的聖劍或我的魔刃同樣都能辦到，後來也發現集束雷射應該也可以達成這點，所以就放棄深入思考了。

畢竟再怎麼想大概也找不出答案，只要先記錄在備忘錄上就夠了。

「比想像中還要暗呢。」

露露看似很不安，我便遞給她使用光石的手持魔燈。

其他孩子們則是由娜娜將「魔燈」附加在各人的額頭上。

總覺得就像探險隊的頭燈一樣。

「先從船艙開始探險好了！」

「系～」

「是喲。」

「嗯，前進。」

亞里沙帶著年少組在通道裡前進。

今天是在海中，所以小玉和波奇攜帶著以陸海栗的刺製作的魚叉。

就連平時總是將自己的魔槍多瑪帶在身上的莉薩，也擔心海水腐蝕槍身而拿著和兩人一樣的魚叉。

隊形是亞里沙她們在前，帶著露露和娜娜的我在中央，最後則是由莉薩守護著。

「亞里沙，拜託盡量別觸碰地板或牆壁，否則地板的沉積物會漂起來。」

「真是很高難度的要求呢……」

小玉和波奇輕鬆做到，但對於亞里沙和蜜雅來說似乎很困難。

我用生活魔法「淨水」將通道上漂起的沉積物結晶化之後沉澱於地板。

「奇怪？周圍的海水是不是變成淡水了？」

「真的呢。總覺得透明度也增加了不少。」

莉薩肯定了亞里沙的發言。

說到這個，在歐尤果克公爵領的大河畔製作露天浴池時，我也用「淨水」魔法將雜質變成了結晶。同樣地，海水的鹽分或許也和沉澱物一起結晶化了也說不定。

沉船探險結束後，我再用「淨水」魔法來驗證一下是否能夠將海水分離成淡水和鹽分好了。

我有儲倉裡大量存放的大河河水及「深不見底的水袋」所以不愁沒有淡水可用，純粹只是被激發了求知的好奇心。

「小魚～？」

「還有奇怪的生物喲。」

「是海馬嗎？」

「嗯，珍饈。」

大家避開船內的浮遊物和小魚一邊在通道裡前進。

到處都有真鋼材質的外殼裸露出來，天花板和牆壁還有生鏽的金屬管朝四面八方分布的痕跡。

它們幾乎都在中途破碎，變成一堆紅鏽色的沙子。木製品則是完全沒看到。

由於外觀比較乾淨所以一直都誤會了，看來這艘船沉沒的時間比想像中還久。

「罐子～？」

「亮晶晶的金色喲。」

「會是什麼呢？」

「花瓶？」

年少組似乎在通道角落發現了什麼。

「章魚～？」

「章魚發動攻擊了喲。」

「哇啊！不要亂揮魚叉啊。」

「嗯，危險。」

看樣子是波奇刺激到住在黃金花瓶裡的章魚而被纏住了。

「波奇！放開魚叉使用短劍！」

「系……系！」

陷入些許恐慌的波奇在莉薩的忠告之下回過神來，按照指示用短劍掙脫了章魚的束縛。

「休想逃～？」

噴出墨汁煙幕動身逃走的章魚，被小玉的魚叉解決了。

章魚的墨汁則是我以生活魔法「淨水」加以洗淨。

中途穿插了好幾次這樣的小型突發事件，我們最終抵達了船艙。

莉薩掛在腰間的網子裡裝有中途捕捉到的好幾種魚類，小玉腰上的網子則裝滿了路上撿拾的大型貝類。至於波奇正搬運著捲成一團的章魚。

珠寶飾品的搬運工作似乎就由娜娜和露露負責了。

「金幣～？」

「滿滿的貝殼喲。」

掉在通道上的生鏽金屬片底下，埋著許多金幣之類難以生鏽的貨幣。

正如波奇所言，地板掉落的貨幣上面附著一堆類似紫貽貝的貝類。

「地板和牆壁明明就很乾淨，為什麼會附著在硬幣上呢？」

「說到這個確實如此呢？」

或許是有某種驅除貝類的魔法裝置或在結構材料裡刻入了符文也說不定。

「主人，這邊發現了寶物——這麼報告道。」

「主人，裡面有武器庫。」

查看鏽跡斑斑的武器也無濟於事，我於是決定先調查娜娜發現的寶物庫，之後再前往莉薩所找到的武器庫。

「哦哦——金銀珍珠堆積如山！」

「亮晶晶～？」

亞里沙和小玉發出了歡呼聲。

多虧了娜娜在房間各處施展「魔燈」的理術照明，房間內的貴金屬經過反射之後顯得非常漂亮。

往裡面一點甚至還有看似美術品及繪畫之類的物品。

「眼睛刺刺的喲。」

「呵呵，是啊。很燦爛的光輝呢。」

露露從後方抱住了想要在護目鏡上面揉眼睛的波奇。

話說回來，貴金屬塊和陶瓷樣式的結構物還另當別論，但連美術品和繪畫也安然無恙又是怎麼回事？

「固定化？」

蜜雅納悶傾著頭喃喃自語。

的確，這個房間的寶物似乎有「固定化」魔法在保護著。

這種「固定化」是以術理魔法創造出的透明薄膜來包住物品。就類似魔法形成的真空包裝，用來長期保存貴金屬或美術品。

我們乘坐的帆船也曾經使用「固定化」魔法長期保存在世界樹的倉庫裡。

「固定化？——既然如此，船的動力來源豈不是還在嗎？」

亞里沙喃喃道出很合理的推論。

我發動「魔力視」技能確認周圍的空間。雖然微弱且難以辨認，但魔力確實透過地板和牆壁的真鋼持續在供給當中。

這艘船搭載的魔力爐已經停止，所以想必是從船內類似備用電源的魔力儲藏系統來供應的吧。

「全員集合！」

要是強行搬動會使「固定化」解開，所以我集合所有人以防不小心觸碰到。

畢竟金屬塊和貨幣還好說，要是美術品和繪畫泡到海水大概就沒救了呢。

「——事情就是這樣，動亂的話不太好，之後我再來一併回收吧。」

「主人，我不小心動了——這麼懺悔道。」

「對不起喲。」

看樣子，娜娜和波奇剛才想要強行拿起珠寶飾品，導致固定化解開了。

「稍微動了一些沒關係哦。回到上面之後再清洗一下就行了。」

我換上笑容向沮喪的兩人告知不必放在心上。

接著，我前往位於內部的武器庫。

那裡擺放有大量較粗的拋棄式火箭筒型筒狀武器——小型魔砲，其中約有十門被固定在推車上，組裝成大砲的樣子。

這些東西似乎都施加了固定化魔法，沒有任何鏽痕。

「數量比想像中驚人呢。」

「是的，而且這種武器總覺得很像在穆諾男爵領的堡壘當中所看到的。」

莉薩所說的堡壘，應該是目前被當成我的別墅使用的前怨靈堡壘吧。那裡的地下寶物庫存放的魔砲，其縮小版就是這種小型魔砲。莉薩的這番判斷很有道理，製造魔砲的古代魔法文明說不定就和這艘船是來自同一個地方。

「沒有武器或法杖嗎？」

「該不會放在那個箱子裡吧？」

聽了亞里沙的疑問，露露說出自己猜測。

露露所指的房間角落處堆放了好幾個箱子。一旦打開箱子會讓「固定化」解除，所以之後再來確認內容物。

結束船艙內的調查後，我們往船長室的方向再度展開探索。

儘管經歷了多次突發事件，大家最後仍毫髮無傷地順利抵達。雖然也發生了讓我感覺幸運色狼神真正存在的事件，不過為了保護娜娜和露露的名譽就深藏在心中好了。

「是門哦！」

「縫隙～？」

「這種大小波奇可以進入喲。」

波奇從扭曲變形的船長室門縫鑽入身體。

小玉也想跟在波奇的後面入侵，但波奇卻急急忙忙地折返，導致兩人的腦袋砰咚一聲撞在一起。

「痛痛～？」

小玉按住腦袋喃喃道，但由於施展了「物理防禦附加」所以應該不會疼痛才對。

大概是下意識脫口而出的吧。

「不好了，不好了！非常——非常糟糕喲！」

波奇飛快地揮動手臂這麼訴說。或許是陷入恐慌狀態，眼珠子不停在打轉著。

「冷靜一點，波奇。」

「波奇很冷靜喲！對了，趕快聽我說喲！」

波奇拒絕莉薩的勸說，帶著急迫的表情跑向我這邊。

「主人，在船長室裡發現了幽靈——這麼報告道。」

在其他入口處調查的娜娜，這時用平坦的聲音向我報告。

「是喲！波奇也想要說這個喲！」

我撫摸波奇的腦袋，一邊確認船長室的雷達顯示。

正如兩人所言，船長室裡不知什麼時候出現了白色光點——非敵對的存在。

根據地圖情報，似乎是這艘沉船的船長幽靈。

之前在船上確認以及入侵沉船時的再次確認之際都還未出現。如今回想起來，在穆諾男爵領的街道上發現的幽靈，同樣也是日落時分就同時出現在各處了。

所謂的幽靈大概就是這個樣子吧。

我對恐怖及血腥暴力類的東西感到很棘手，不過讓同伴們應付未知的幽靈也太過危險，所以我決定自己一個人去面對。

房間裡有個華麗軍服打扮的半透明男人。正如那半透明的模樣所示，他就是問題人物「幽靈」。總之先稱為幽靈船長好了。

船長室的天花板破了大洞，與開著的窗戶之間流動著緩慢的海流。

『●●●』

V獲得技能「古代語」。

我迅速對「古代語」技能分配點數並將其開啟。

『──想不到已經追上來了嗎！』

幽靈船長完全無視我的存在，像個獨角戲演員一樣大叫道。

明明在水中卻聽得很清楚，大概是因為幽靈船長的聲音並非聲波的緣故。

『可惡！那些邪惡的——天空人……』

仰望天花板，幽靈船長發出怨恨聲。

有時幽靈船長的身影會變得模糊，那究竟是什麼意思呢？

『就連這艘從那些傢伙手中搶來的高速戰艦，也比不過浮船的機動力嗎……』

幽靈船長朝著窗戶走去。

看樣子，這艘船是從幽靈船長的敵對勢力手中擄獲而來的。

『怎麼可能！是奴奴里埃！太荒唐了，居然連浮城也用來進行追蹤。』

看著窗外的幽靈船長大叫道，但窗戶外面當然什麼也沒有。

恐怕是在重現他死亡時的光景吧。

『難道要使用浮城的天譴砲嗎？這些魯莽的傢伙，要是這艘船上載著你們要找的棺柩又該怎麼辦！』

這麼大叫的期間，幽靈船長保持絕望的表情，留下蒸發般的特效後消失無蹤了。

我對幽靈船長的話感到好奇而試著用地圖搜尋棺柩等物，但該區域內並不存在。

回想著入侵船內時所見到的船體傷痕，我一邊反覆思索幽靈船長剛才的發言。

話中提到的天譴砲，恐怕就是將真鋼合金材質的船體切開的攻擊了。

不知如今還有沒有人能使用這樣的攻擊，不過倘若真的存在，撇開我不提，光靠我們的飛行帆船再怎麼樣也是擋不住的。

可以的話，真希望能跟擁有這種攻擊方法的人和平相處呢。

『——作為拉拉其埃之鑰的——已經搶到手了。如此一來，拉拉其埃——就飛不起來了。接著只要把棺柩送到位於「真實之室」的聖上身邊即可——』

循著這個聲音回頭，只見幽靈船長在最初出現的地點復活了。

和剛才一樣，幽靈船長的身影偶爾變得模糊，說話也斷斷續續的。

就這樣繼續觀察下去後，來到了令我熟悉的語句。

『——想不到已經追上來了嗎！』

看樣子，幽靈船長一直在重複著同樣的句子。

我喊了好幾聲，但幽靈船長始終沒有反應。

「總覺得就像是無法成佛的地縛靈呢。」

代表從門外探出臉來的同伴們，亞里沙針對幽靈船長發表了意見。

「說得也是，來超渡一下吧。」

「主人，這是聖碑。」

露露將掛在腰上的驅魔物用聖碑遞給我。

看樣子，她在沉船探險中一直都攜帶著。

我向露露道謝，然後對聖碑注入魔力以淨化幽靈船長。

『啊啊——我們終將掌握自由——』

逐漸消失的幽靈船長傳來這麼一瞬間的喃喃自語。

位於男人出現處看似骨頭的白色堆放物崩塌，循著海流沖向了窗外。

對方直到最後仍未往這邊回頭，但既然已經成佛就沒什麼好抱怨的。

等了好一會確認幽靈船長不再復活後，我們再度展開沉船探索。

「主人，這幅圖畫的背面很奇怪——這麼告知道。」

「後面一定有金庫喲。」

聽到娜娜的報告，波奇頓時雙眼發亮將手伸向圖畫。

想必是回想起了當初在聖留市地下迷宮的相同情境吧。

小玉這時抓住波奇的尾巴加以制止。

「這裡有陷阱～？」

看樣子，金庫好像被設下了棘手的陷阱。

我的察覺危機和發現陷阱技能也和小玉一樣提醒陷阱存在。

「可以解除嗎？」

「應該能解除，不過——」

我正要點頭回答亞里沙的問題，但中途停頓住了。

萬一陷阱解除失敗，我希望能避免讓同伴們暴露在危險之中。

「——還是不用了。我有更簡單的方法，就用那個方式取出裡面的東西吧。」

我的措辭似乎激發了同伴們的好奇心，所以便決定匆匆結束剩下的探險實際表演給大家看。

將所有人送上飛行帆船後，我把沉船回收至儲倉。

畢竟繼續待在海中，沉船所在的空間流入海流後就會被捲進去溺斃呢。

>獲得稱號「打撈專家」。

>獲得稱號「財寶探求者」。

>獲得稱號「深海探險家」。

查看紀錄，我在回收沉船時好像獲得了幾個稱號。

財寶探求者是我之前應該有機會獲得的稱號，但並非具有什麼特殊效果，所以就先不理會好了。

「咚隆隆～？」

「船消失以後是團團轉的漩渦喲！」

小玉和波奇望著船消失後的海水發出驚呼聲。

「之前不是也讓妳們看過了嗎？就是類似妖精背包的魔法哦。」

從精靈之村啟程的前一刻，我曾經讓大家見識過將各種剛出爐的料理收納起來的一幕，所以除亞里沙之外的人都能輕易接受。

「居然把一整艘船……還是老樣子，很作弊的能力呢。」

面對亞里沙的錯愕發言，我只是聳聳肩膀作為回答。

關於收納了船隻一事，我對同伴們、特別是針對小玉和波奇兩人叮嚀道：「不可以告訴任何人哦。」

「嘴巴拉拉鍊～？」

「波奇們會變成貝殼喲。」

兩人在嘴巴前做出關上拉鍊的動作後，擺出了抱住大腿的貝殼姿勢。

總覺得這些動作有點過時。像這種時候元凶通常都是亞里沙，所以我就不特意去追究了。

「深淵。」

「剛才的船就卡在海底山脈的山頂處呢。」

觀察著漩渦平息後的海水，蜜雅和亞里沙這麼交談著。
等船消失之後她們才知道，那艘戰就似乎座落在深海高聳的山頂上。
那座山的山腳平原即使以我的夜視技能也無法看穿，在地圖上也被視為其他區域看待。
因為水壓的緣故，雖然不認為會有魔物從深海一口氣浮上來攻擊，不過持續戒備敵人偷襲的話壓力也很大，所以還是調查去一下吧。
我把所有人留在船上獨自潛入深海，執行「探索全地圖」魔法後返回。
這一次似乎超過了蜜雅精靈魔法的守備範圍，水壓讓我有點覺得難受。
每次都要這麼做也太累，所以還是留意盡量不要航行在深海上吧。

「我回來了。」
「歡迎回來，主人。」
我喝下亞里沙遞來的冰冷碳酸水解渴。
在船的甲板上，已經開始針對通道上拾獲的貨幣和裝飾品所附著的貝殼進行清理作業。
「波奇，動作輕一點。妳連金幣都刮到了哦。」
「是喲。做起來很困難喲。」
莉薩和波奇忘我地在去除貝殼，一旁是小玉專注地刷洗著清完貝殼的金幣。

「刷刷～？」

看著刷乾淨的金幣，小玉呼出了滿足的「嗯呼～？」聲。

「蜜雅，這個溝槽的汙垢無法清除——這麼報告道。」

「嗯，魔法。」

從娜娜手中接過珠寶飾品的蜜雅開始詠唱精靈魔法。

露露則是負責把清理好的金幣擺放在日照處攤開的布塊上曬乾。

「那麼，就來公開一下戰利品吧。」

我在甲板上擺了好幾個寶箱，依序將其開封。透過儲倉的詳細情報，我已經確認沒有任何毒素或病原菌。

至於怕光的美術品和樂譜就擺在船帆的影子底下。由於被風吹跑會很傷腦筋，我又再度阻絕海風並使用「空調」魔法。

「嗚哈！滿滿的金幣！」

「寶石漂亮。」

亞里沙和蜜雅叮叮噹噹地拿起寶物開心道。

因為有固定化魔法的保護，寶箱內的貨幣完全沒有沾濕。

「小玉和波奇妳們也一起過去檢查吧。」

發現小玉和波奇抬頭望向這邊，我於是這麼催促道。她們大概是在等待許可吧。
「耶～」
「亞里沙，裡面也有肉喲？」
「雖然沒有肉，不過這個只要一枚就可以把肉吃到飽哦。」
「Great～？」
「那實在很了不起喲！」
同伴們和樂融融地開始檢視寶物。
「樂譜？」
「好像是以前的樂曲呢。」
我這麼告知後，蜜雅便一臉認真地開始閱讀樂譜。
樂譜的記號據說是由精靈們傳給人們，所以無論哪一國的樂譜都是共通的。
「很漂亮的首飾呢。」
看著大顆珍珠串在一起的項鍊，露露陶醉地喃喃道。
「應該優先尋找可愛的東西——這麼提議道。」
娜娜在寶石箱裡翻找，搜尋可愛的物品而非昂貴的東西。
「主人，這邊的箱子裡有武器。」

「大多是弓和細劍呢——沒有箭枝嗎？」

「是的，所有的箱子都確認過，就連一支也沒有。」

——莉薩，妳動作太快了。

難道也沒有弓弦嗎？

我試著拿起沒有上弦的弓。

「哦！」

就像扣下魔法槍的扳機時一樣，有種魔力被弓吸走些許的觸感，弓身自動變形且附上了透明的弦。看樣子是一把魔法弓。

我試著拉弦，魔力被弓吸收的觸感再次傳來，出現了和弦一樣透明的箭。

從質感來看，大概是術理魔法製作出來的擬態物質這一類吧。

「唉呀？拉弦的時候幾乎不用花力氣呢？」

這種魔法弓似乎就連力氣小的亞里沙也能輕鬆使用。

「好像不會受重力的影響，但並非百發百中呢。而且消耗的魔力也比較多哦。」

試射完畢後的亞里沙說出感想。

「威力就相當於娜娜的理槍吧。」

「是的，主人。」

既然和娜娜的理槍一樣，看來比火杖或雷杖還要強了。

同種類的魔法弓約有五十把，所以先讓蜜雅和亞里沙各保管一把好了。

「這是什麼呢？」

細劍也屬於魔法物品，但注入魔力也只會發出意義不明的閃亮光輝，看樣子並非實用性武器。

試著輕輕揮動後，發出了「嗡嗡」的科幻般破風聲，呈現出動作遊戲風格的劈砍特效幻影。

「很像特攝片目面泰達的玩具呢。」

「帥氣～？」

「Great喲！」

這好像很受孩子們的歡迎。大家都擺出奇怪的姿勢一邊嗡嗡揮舞著。

這些玩具劍的數量也很多，所以我就放了幾把在共用的妖精背包裡。

「這邊的裝飾品又是什麼呢？」

每一件似乎都是注入魔力後就會啟動的魔法戒指。

「哇哇！這個戒指怎麼回事！」

亞里沙在嵌有黃玉的戒指注入魔力後發出了驚呼。

出現在戒指前方的魔法陣擊出了巨大的石筍，威力足以扎進我被當成目標的自在盾裡。

「不過，既然會被吸走所有的魔力，就不能隨便使用了呢。」

我從亞里沙手中接過戒指加以確認。

看樣子，其原理是裡面預先積蓄了魔力，發射時再按照擊發次數從術者身上奪取魔力。

就連魔力量比普通人更多的亞里沙，僅要供應擊發的魔力就已經是極限，實在是相當耗魔力的魔法道具。

不過待亞里沙她們等級更高之後，說不定可以當作緊急防身道具使用呢。

其他孩子們也拿起各種戒指幫忙測試。

「哇啊！盾牌出現了！」

「這邊是石槍呢。」

「主人，出現了冰槍——這麼告知道。」

露露的纏絲瑪瑙戒指發出術理魔法的「盾」，莉薩的彩紋瑪瑙戒指擊出黑曜石風格的石槍，娜娜的海藍寶石戒指則是出現浮在空中的冰槍。

最後的冰槍會朝著娜娜所指的方向飛去。射程約五十公尺，其性能相當於普通的「冰柱」魔法。

一旦同時戴上好幾枚戒指，似乎就會相互干擾而無法順利發動效果。要像我這樣同時發動十根手指頭的戒指，或許就需要魔力操作技能了。

其他還有許多類似的戒指，但並沒有可以輔助水中活動或翻譯戒指之類。

「沒有魔法書嗎？」

我對亞里沙滿懷期待的詢問搖搖頭。

「倒是有海圖、地圖，再來就是魔法道具的鑑定書之類的東西。」

這些地圖比我擁有的地圖範圍更大，但地形重疊的區域卻幾乎是不同的地名。

一樣的只有「龍之谷」和包括波爾艾南之森在內的精靈們的領域而已。

「海上這種不同顏色的點線是什麼呢？」

「上面寫著奴奴里埃和涅涅里埃呢。」

若那個幽靈船長的胡言亂語是事實，我想可能就是「浮城」的軌道了。

「說到涅涅里埃，就是在公都的地下拍賣會獲得的那本古文獻吧？」

被亞里沙這麼一說我才想起來。因為在公都沒有人能夠解讀古文獻所以本來打算在精靈之村尋找一下，看來完全忘記了。

由於這次的事件讓我得以學到古代語，稍後就來閱讀古文獻好了。

這時，亞里沙的肚子傳來咕嚕嚕的可愛聲音。

差不多也該吃午餐了吧——

「呼～章魚燒真是好吃。」

「都是因為章魚很新鮮哦。」

聽了亞里沙的稱讚，露露難為情地染紅臉頰。

今天的午餐是利用波奇打倒的章魚嘗試製作了章魚燒。

其他孩子們也很滿足地摸著肚子，躺在甲板鋪設的墊子上。蜜雅剩下來的章魚，似乎都由小玉和波奇幫忙吃掉了。

「魚也非常美味。」

露露盈盈地微笑，呼出十分滿足的氣息。

只有章魚燒的話分量不太夠，所以還追加了用沉船上抓到的類似鮋魚和六線魚製作成鹽烤及醬煮。

「是的，鹹味恰到好處。」

「醬煮也很美味——這麼報告道。」

莉薩和娜娜似乎也很中意的樣子。

「下次來試試看生魚片或壽司吧。」

「是的！我非常期待。」

露露用愉悅的語氣即刻回答，其他孩子們也紛紛表示歡迎。

除亞里沙之外的人都未理解壽司這個詞彙，似乎解釋成了某種美味的料理。

——那麼，既然已經填飽肚子，就稍微勞動一下幫助消化吧。

「主人，要做什麼呢？」

「嗯嗯，我打算試射剛才放在船艙裡的那樣東西。」

我回答亞里沙的問題，然後抱著「小型魔砲」用天驅來到海上。

雖說是小型，但比起拋棄式火箭筒大了一號。由於固定化使得保存狀態良好，我只是簡單點檢就檢查完成。

在距離船幾十公尺外的場所，我開始準備小型魔砲的目標。

離我一百二十公尺遠的地方，重疊擺放了八枚自在盾。有了這些數量，就算黑龍赫伊隆的氣息也能擋下，作為目標應該很夠了。

「要發射了哦。」

我向船上的所有人這麼告知，然後對小型魔砲注入魔力。

小型魔砲的延長線上延伸出紅色的光之導線，以這個導線為中心陸續產生好幾道魔法陣。

「總覺得很像是奇幻遊戲的宣傳影片呢。」

光之導線和魔法陣的上方，飄浮著紫電般不穩定的光。

——啊，不妙。

得到察覺危機的警示，我扣下扳機的同時在自己的前方展開自在盾。

下一刻，閃光將海上染成了白色。

彷彿撞擊身體一般的爆炸聲響徹四周。

幾秒後閃光消失，「光量調整」技能幫我復原了視野。

自在盾還剩下一半以上，但小型魔砲的剩餘能量已經把直到一公里外的整個海面挖出了一大塊。

蒸發的海水以爆發之勢朝四面八方噴去，海水從周圍流入以修復挖開的海面。

「好燙！」

我用風魔法把飄來的熱蒸氣吹散。

將融化後變成殘骸的小型魔砲收進儲倉裡，我背對著翻騰的海水和噴發的蒸氣所形成的雲回到了船上。

「我好像注入太多魔力了。」

以原理來說，就類似我打倒魔王時相當倚重的魔力過度填充聖箭，看樣子是一種讓魔核製作而成的子彈蘊含飽和魔力以獲得強大破壞力的兵器。

一般使用的話應該不會發生「神聖武器」那樣的崩潰現象，想必是利用某種我所不知道的技術來達成的吧。

所幸可用來研究的小型魔砲還剩下三十一門，我打算分解其中的一門調查其結構作為閒暇時的研究。

要是真的束手無策，再向喜歡研究的精靈布拉伊南氏族或貝里烏南氏族尋求協助或許比較好。

「以後別再這麼亂來了哦。」

「嗯，反省。」

「抱歉抱歉。」

回到船上後，我受到亞里沙和蜜雅的斥責。

剛才是因為令人有些雀躍的光景使我看得入迷，進而忘記拿捏魔力的供給量，所以沒有任何藉口。

我重新調整了魔力量再次試射小型魔砲，紅色導線和魔法陣一樣存在但可疑的紫電卻沒有產生，完成了穩定的砲擊。

連續使用之下砲身會過熱，所以擊出數發後似乎就需要進入冷卻時間。

魔力過度填充時的魔砲具有赫伊隆氣息一半的威力，普通填充則是其十分之一的威力。

不管怎麼說，威力都太高而難以使用。

我的中級光魔法「光線」由於能聚集成束以緊縮效果範圍，用起來還算方便。

另外，關於我在海裡想到的能否用「淨水」魔法把海水變成淡水的實驗，其結果是分離出了完全沒有鹹味的水和含有豐富礦物質的鹽結晶。而且一次可處理一個大木桶的分量。

儘管得到了超出預期的結果，但需要淡水的話直接使用「深不見底的水袋」或將魔力注入水石來製作比較快，因此應該沒有使用的機會。

根據魔法書記載，即使擁有某種程度經驗的生活魔法使施展相同的魔法，也只能獲得帶有淡淡鹹味的水而已。

◆

「主人，前方海上發現了不明物體——這麼報告道。」

「什麼什麼？是ＵＭＡ嗎？」

娜娜所指的方向浮現了三個相連的光亮背部，據ＡＲ顯示那是名為大海蛇的海中魔物。是被測試小型魔砲的水聲吸引來的嗎？

「好像是大海蛇。」

「很大呢～該不會有五十級左右吧？」
「不，眼前的只有三十一級呢。」
和亞里沙交談的途中，在大海的另一邊抬起脖子的大海蛇從嘴巴擊出了水彈。
射程似乎出奇地遠。
能到達一百公尺以上實在超乎我的想像。
「主人，這裡讓我來！」
娜娜讓額頭上的魔法陣亮起，在前方生出兩枚透明的盾牌。和我經常使用的中級術理魔法「自在盾」是同種類。
娜娜的「自在盾」順利擋下了水彈，但在中彈的同時也破碎成冒著白煙的水。
我在船體下方悄悄準備著自己的「自在盾」。
「那種砲彈不是普通的水，好像是酸液的樣子。」
「噁！我討厭酸液。」
我也不願意看到同伴們被酸液燒灼的樣子。
「發射。」
蜜雅射出從故鄉帶出來的精靈弓，然而被出現在大海蛇周圍的水牆擋住了。
「姆。」

蜜雅不悅地嘀咕一聲。

「主人，盾牌即將耗盡——」這麼求援道。」

「知道了，換我接手吧。」

我接替娜娜的防禦崗位，鎖定從遠方發動單方面攻擊的大海蛇釋放出光魔法「光線」。光線瞬間貫穿大海蛇的水防禦壁，毫無阻礙地讓大海蛇爆炸四散。看樣子中級的攻擊魔法對於大海蛇來說威力過剩了。

大海蛇的血逐漸染紅海水。

地圖上的其他大海蛇有半數以上開始往這邊移動。牠們似乎都像鯊魚一樣，嗅覺對血腥相當敏感。

至於那些避開了區域南端一帶的大海蛇群好像就沒有反應了。

「稻草人，讓船後退三百公尺。在最大高度待命。全權委任閃躲行動。」

我向開船用的船首像型魔巨人發出指示。

可惜的是沒有語音回答機能，所以我只能透過顯示在主選單記錄內的文字來確認回答。

下一次來追加靠魔力驅動的氣笛好了。

「聞到血腥味的大海蛇群好像聚集過來了。我負責在海上吸引牠們，妳們要從上方用魔法弓發動攻擊藉此提升等級嗎？」

「不行～？」

「老師說不可以『啪里』喲。」

老師指的應該是精靈老師們，不過「啪里」又是什麼的口誤？

「主人當時不在場嗎？比亞還有其他的精靈老師們都嚴格叮嚀過，若不能讓身體熟悉技能的話就無法發揮出該等級的實力，所以不可以進行力量式昇級哦。」

亞里沙告訴我詳情。

是這樣嗎──獸娘們一開始也是在我的輔助之下進行力量式昇級，總覺得比起同等級的戰士們還要強的樣子……

嗯，也罷。雖然可能存在個人差異，不過既然長壽的精靈老師們都這麼說，就照做比較好。

畢竟到了迷宮都市後，敵人要多少就有多少呢。

「那麼，亞里沙、娜娜、蜜雅。船的防禦工作就交給妳們了。露露在駕駛台輔助開船，小玉到瞭望台，至於莉薩和波奇就麻煩到船首和船尾進行戒備！」

同伴們對我的指示發出堅定的回答，我於是放心離開船上。

使用天驅離船後，我在剛才的大海蛇屍體漂浮的海面上倒入無法當作魔法藥素材的這一類魔物血。

以時速將近一百五十公里的異常速度接近的大海蛇們，咬住了漂浮在海上的同類屍體。

看樣子，大海蛇對於同類互食並沒有什麼忌諱感。

聚集而來的大海蛇們無視於飄浮在空中的我，不顧一切地啃食同類。

仔細觀察這些大海蛇，牠們的頭部與其說是蛇類更像鰻魚。倘若沒有口中露出的銳利獠牙，我或許會誤認為是大號鰻魚也說不定。

吃起來想必也很美味，所以就盡量別傷到肉好了。

我用「理力之手」隨機抓起個體抬到空中，用包覆魔刃的妖精劍砍下腦袋後收進儲倉內。

這樣的作業持續到數量減少至一半左右，但發現同類的肉已經吃完後，大海蛇們便一起朝著我發射酸液子彈。

我交替使用天驅和閃驅來躲避攻擊，以特技飛行般的動作衝入大海蛇群的中央。

一開始是以妖精劍砍斷大海蛇的腦袋，不過由於陷入混戰而不便調整距離，後來就換成將魔刃直接附在手刀上的戰鬥型態。

魔力效率雖然稍差，但消耗量微不足道所以沒有問題。

俐落地打倒的大海蛇屍體，我迅速將其收入儲倉以防被同類吃掉。

「——哦！接下來是個大傢伙嗎。」

從海裡張開大口襲來的是五十六級的深海巨蛇。

對方似乎想將我吞噬，所以我就這樣飛入口中在其體內使出迴旋斬，從內部劈開腦袋將牠打倒。

把後面連續襲來的深海巨蛇統統獵殺完畢後，戰鬥在僅有幾隻大海蛇逃走的情況下告終。

放著染成血紅的大海也很不好意思，我便將深紅色的海水回收至儲倉，待稀釋到沒有問題的程度後就返回船上。

「還是老樣子，強得一塌糊塗呢。」

面對亞里沙傻眼的感想，我只是聳聳肩膀，然後將戰鬥中事先放完血的大海蛇肉塊交給露露。

由於精靈光在戰鬥中一直全開，肉塊裡的瘴氣應該已經淡化至無害的程度了。

「好像沒有毒，要稍微嚐嚐看嗎？」

「是的！做成蒲燒可以嗎？」

露露一手拿著祕銀合金材質的菜刀這麼詢問。

「這個嘛，我想確認一下味道，所以麻煩妳將其中一片做成白燒。」

向露露這麼要求後，我便前往位於船尾樓的船長室更換衣服。

戰鬥時的髒汙和海水已經用生活魔法擦拭過，但還是換上新的衣服比較清爽。

「味道很香呢。」

「系～」

「聞到這個香味就會變得很激動喲。」

更衣完畢回來後，正在以火爐型魔法道具進行調理的露露前方，小玉和波奇擺出一副快要流口水的樣子。其他孩子們好像也都等不及了。

「主人，請您品嚐。」

「謝謝妳，露露。」

我先從白燒開始享用。

沾了鹽巴吃下一口……嗯，很美味。體積大了一點，味道卻很像穴子魚的白燒。細骨已經被仔細去除，所以吃起來很方便。

接著又淋上檸檬汁吃了一口。

嗯，這種味道讓人很想搭配辣口的日本酒。

最後吃的則是加了醬料的蒲燒。甘甜的醬料和白肉的平淡滋味融合在一起，真是美妙極了。要是配上白米飯的話，大概會吃到完全走不動為止吧。

「很美味哦，露露。」

「謝謝您！」

我這麼稱讚後，露露用花開般的笑容開心回答。

「大家也來嚐嚐看吧。」

聽我這麼開口，同伴們便爭先恐後地大啖試吃用蒲燒。

包括不喜歡肉類脂肪的蜜雅也是，白燒加檸檬汁似乎很對她的胃口。

今天晚餐就決定是大海蛇全餐了。

大海蛇可以食用的部位很多，所以就算三餐都做成蒲燒，大概要半個月時間才能消耗掉一隻。由於頭部好像還可以做成烤魚頭，下次就來試試看吧。

「第十二艘～？」

「是十三艘喲。」

「是嗎～？」

桅杆上的瞭望台傳來小玉和波奇的對話聲。大概是在計算我目前回收的沉船數量吧。

我們沿著群島回收沉船一邊北上。

最初的沉船讓大家充分享受到了探險的樂趣，所以途中發現的沉船就不由分說地收進儲倉了。

這一帶每隔幾公里就有一艘，不過前方的群島周邊似乎還沉了更多的船。

「又是木造船呢。」

「金屬材質的船大約占兩成左右──這麼報告道。」

聽到亞里沙的嘀咕，娜娜說出了統計數字。

除了最初的真鋼材質戰艦，就只有兩艘祕銀合金材質的孚魯帝國魔導驅逐艦了。其他的都是木造船，多為希嘉王國的克拉克型帆船和三角帆的卡拉維爾型帆船，另外還夾雜著所屬不明的槳帆船。

每一艘都排水量三百噸至五百噸左右的大型船，武裝有各種大小不同的魔力砲和理槍投射砲，半數還搭載著小型的魔力爐。

幾乎所有的魔力爐只要拆卸大修的話就能使用，不過輸出比使用聖樹石的魔力源還要低且體積龐大，所以大概會一直封存下去吧。

「好，這樣一來就可以使用了吧？」

由於機會難得，我便嘗試從固定化保存的備用品當中將小型魔力砲修護至可以再使用的狀態。

理槍投射砲的外觀看似發射魚叉的捕鯨砲，但因為沒有施以固定化，所以我打算進行維護後再來試射。

「希望試射——這麼告知道。」

「好啊，就試著瞄準那塊岩石吧。」

我把船停下，讓娜娜試射魔力砲。

這種魔力砲也配備在聖留市的抗龍塔，是希嘉王國的據點常會採用的主要大砲，感覺就像火杖或雷杖的兵器版。

魔力砲一般來說會從都市核或魔力爐來供應魔力，不過這艘船的聖樹石機關幾乎沒有多餘的輸出，所以我就直接透過端子填充了魔力。至於填充量已經拿捏過，應該恰到好處才對。

若要在這艘船上運用兵器，看來還是換裝成大輸出的聖樹石機關比較好。

「要發射了——這麼告知道。」

娜娜扣下大砲的扳機。

砲口擊出了普通魔術師的火球再放大一些的砲彈，命中岩石附近後掀起水柱。

魔力砲和魔砲的名稱相似，但似乎是魔力砲的威力低了許多。

「哦——比想像中還要強呢。」

「大概是火杖的五倍威力吧？」

「多一點。」

蜜雅的估算很正確。

大約是普通火杖的七倍威力。

「可以連續發射——這麼報告道。」

娜娜這麼說著，在五連射結束後由於砲身發熱所以停止了試射。

「能用來消滅路上的魔物嗎？」

「……這……這個辦不到哦。要是船本身可以供給魔力就另當別論了呢。」

在娜娜試射的期間，對一台備用魔力砲注入魔力的亞里沙做出了投降發言。

看樣子，這一般來說並非個人使用的武器。

至於其他沒有裝載魔力爐的船，則是搭載了原理類似在我精靈之村裡學到的魔力儲存裝置。

另外除了武器，我還打撈到了能夠搬運生物的特殊「魔法背包」、勇者一行人持有的「飛翔靴」和「飛翔木馬」等各種貴重的魔法道具。

生物用的魔法背包好像還無法克服我在精靈之村裡獲知的問題點，所以必須留意使用的用途。這原本好像是搬運寵物之用，在裡面找到了小動物的骨頭。

◆

「岩石～？」

「那個是島喲！」

在瞭望台上舉著望遠鏡的波奇訂正了小玉的錯誤。

看樣子已經可以見到海龍群島最大的島嶼了。

就這樣讓船繼續前進後，從甲板上也能以肉眼目視島嶼了。

「對了對了，與其說是島嶼，那不是更像一座橫插在上面的都市嗎？」

正如亞里沙所言，占據島嶼中央部分的巨岩看起來就像天上墜落的都市。

這固然是相當壯觀的光景，不過還有比這更讓我驚訝的事情——

「緊急停船！」

接獲我的指令，船首像型魔巨人對船施以了制動。

——因為，都市岩居然未記載在地圖上。

換句話說，那個都市岩有某種能從我的地圖上消失的力量正在運作中。

「怎……怎麼了？」

「前方有點危險。」

被我突如其來的行動嚇到的同伴們紛紛望來，亞里沙出面代表眾人詢問，但我卻無法闡述什麼具體的危險性。

「我去島上看看。日落之前要是沒回來，妳們就返回波爾艾南之森尋求雅潔小姐的幫助。」

為了以防萬一，我將魔法弓和沒有使用者限制的自製聖劍及聖槍擺在甲板上。

魔力砲和小型魔砲則是沒有足夠的魔力運用，所以就沒拿出來了。

「等……等一下！用不著刻意做那麼危險的事情！只是一座島，別管它繞過去就好了嘛！」

擔心我的亞里沙一臉急迫地想要挽留我。

當然，不光是亞里沙，其他孩子們也很擔心。

不過，要是放任「島上的都市岩不會出現在我的地圖上」這個原因不管，可是會對安全安心的海上之旅產生阻礙。

「別擔心哦，查明原因我就會回來的。」

「原因？什麼原因啊～！」

向氣呼呼的亞里沙揮手之後，我便發動天驅前往島上。

島嶼周圍的水很淺，可以清楚看到海底。

「這一帶似乎沉了許多船隻……」

夾雜在海底的珊瑚礁之間，躺有零星分布的大型船。

我慢慢提升高度，一邊朝著島上接近——

「主……主人————！」

——背對著順風耳技能捕捉到的同伴們叫聲，我忽然間就往海面墜落了。

彷彿從跳水台跳下時一樣，感受著鼻子和嘴巴的異樣感以及耳朵疼痛的感覺，我整個人猛烈撞上海底的岩石。

——好痛！

白色氣泡的另一端，色彩繽紛的海洋生物們慌忙逃出。

即使注視牠們的身影，AR也未顯示出詳細情報。

我猛蹬一下海底，使身體浮出海面。天驅不知為何無法使用了。

「不要緊吧——？」

「嗯嗯，我沒事哦。」

我向憂心出聲的同伴們揮揮手強調自己沒事。

這段期間，我仍在持續進行測試。主選單的顯示一如往常，試著將任意的物品從儲倉拿出放入也沒有問題。地圖乍看很正常，但已經停止更新情報了。

緊接我從主選單選擇魔法，和天驅一樣也無法使用。

看樣子，魔法或魔法系的技能在島嶼周邊是無法使用的。

特殊技能似乎還能正常使用，不過就像主選單和雷達那樣，透過魔法更新情報的能力好像被限制了。

我返回可使用魔法的場所，打開地圖清查其效果範圍。

標記特定種類的洄游魚並追蹤其行動後，我得知了大致的範圍。以都市岩附近的海中為中心，大約半徑三公里左右的範圍似乎是魔法無效空間。

倘若真有什麼東西的話，想必就在魔法無效空間的中心地帶了。

我以奧運選手般的速度開始往中心地點移動。

或許是游泳的姿勢太笨拙，我的身體老是飛出水面，所以中途就改在海面上高速奔跑。

「出來迎接我的是大海蛇群嗎。」

我從儲倉取出魚叉投入海中，打倒路線上礙事的大海蛇。偶而還會夾雜著巨大的深海巨蛇和滄龍一般的古海獸。

由於等級相差懸殊，即使沒有魔法或魔法系技能，要打倒襲來的海棲魔物也並不困難。

只不過無法使用「理力之手」，所以將屍體收納至儲倉就非常麻煩了。

放著屍體不管會使得海水染成紅色，這一點之後再來處理好了。

「……這裡就是問題的中心地帶嗎……嗯？海裡好像有什麼東西。」

海底可以見到一座希臘風格的石柱所圍繞著的海底神殿。

乘著襲來的魔物告一段落之際，我潛入了海中。

從儲倉將新鮮的氧氣補充至嘴裡的同時，我一邊探索海底神殿。

牆上刻著某種文字。似乎是古代語。

「中了我們蝕魔的陷阱之後，浮城諾諾里埃墜落了。就用諾諾里埃的心臟來製作第二、第三陷阱吧。包括浮船和浮島在內——最終，就連天空人的都市——拉拉其埃也要將其擊落地面。我們終將掌握自由。」

唯獨最後那一句「我們終將掌握自由」筆畫相當潦草，刻有文字的溝槽內也放了紅色塗料。從中似乎可以感覺到瘋狂的意志。

看樣子，這是幽靈船長的同類所製作的太古陷阱。

這周邊之所以有這麼多沉船，大概是因為中了魔力無效空間的陷阱吧。沒有魔法的防禦，木造船根本就擋不住大海蛇們的攻擊。

魔法金屬船或許還撐得住，但如果對上深海巨蛇在內的大型魔物，下場大概就和木造船一樣吧。

我找到通往地下的階梯，繼續前進後有個寬廣的地下空洞。

在裡面沿著石棺般的白色石頭寢台所擺放的斜坡一路游去。
總覺得好像踏進了墓地的樣子。
——嗯？白頭髮？
視野的盡頭處有個躺在寢台上的女性身影映入眼簾。
感受著彷彿被冰扎入背後的寒意，我猛然將身體轉向寢台。
「……是錯覺嗎？」
當然，寢台上並沒有任何人。
畢竟要是寢台上真的躺了人，在來到旁邊以前就會進入視野裡了。
自從來到這個世界後，我遇見了「不死王」和「幽靈」而覺得自己早就已經習慣恐怖類事物，但這種令人聯想到「死亡」的氣氛看來還是一樣讓我很不適應。
登上斜坡頂端後，可以見到廣場中央處埋入了一塊漆黑的巨大岩石。
魔法陣以那塊岩石為中心刻畫在周圍。
恐怕就是那個正在建立魔法無效空間吧。
在沒有魔法的情況下要取出漆黑岩石似乎很費力，不過放著不管的話，這片海域就會繼續成為百慕達三角那樣的船隻墳場。
我從儲倉裡取出狗頭人們給我的青鋼工具，腳踏實地開始挖鑿漆黑岩石。

將漆黑岩石收進儲倉後，魔法無效空間也隨之解除而能夠照常使用魔法了。

為保險起見確認一下，儲倉內的物品並沒有發生魔力喪失的狀況。

「這樣就算告一段落了吧？」

我打開地圖，確認情報更新已經復活。

果然，那個都市岩似乎就是名為諾諾里埃的都市遺跡。

將島嶼周邊較強的魔物掃蕩完畢後，我便返回同伴們的所在處。

◆

「抵達～」

「是喲！」

我讓帆船前進至都市岩島小灣處的沙灘上，在那裡啟動代替船錨的「次元錨」以固定船身。

在沙灘放下舷梯後，由年少組領頭的同伴們便活力十足地跑了出去。

「森林和懸崖的另一邊有魔物及危險的生物，千萬不要過去哦。」

我也踏入沙灘，一邊催促大家留意。

海岸的滿潮線和岸邊有大量沖上來的沉船漂流物。

眺望完這些東西後，我在莉薩和露露鋪好的墊子附近插上海灘傘。

強烈的日光下，沙灘反射的亮光刺痛眼睛。

還是先讓所有人帶著水壺以防中暑好了。

「哇啊～冰冰涼涼的。」

「汽水～？」

「是碳酸果汁喲！」

「嗯，黃橙果實。」

年少組向我道謝後，和樂融融地走向岸邊。

我也帶著年長組跟在孩子們的後面。

「呵呵～果然還是想稍微泡泡海水呢。」

「嗯，體驗。」

「沙沙的～？」

「很厲害喲，主人！沙子在腳趾頭中間移動喲！」

繼脫掉鞋子的亞里沙，年少組也跟著模仿在岸邊嬉戲。

「沙子裡有異物──這麼報告道。」

「是貝殼嗎？」

「不，已經生鏽了，好像是珠寶飾品的樣子。」

年長組似乎撿到埋在沙灘裡的一件沉船漂流物。

「發現金幣～？」

「也有漂亮的石頭喲。」

「嗯，海藍寶石。」

享受完短暫的拾潮時間後，我們移至檢視海岸漂流物的階段。

亞里沙帶著露露，走近滾落在海岸處的桶子前。

「桶～子。」

亞里沙在桶子前方用出奇可愛的聲音說出「桶～子」二字，好幾次都一個人樂在其中。

那想必是在模仿某著名遊戲或動畫吧。

「這邊有酒的味道。」

漂流物裡的堅固木桶大多都保持著原形，內容物琳瑯滿目，酒類和食物當中甚至還留有少許可以食用的部分。

話雖如此——

「呀啊啊啊啊！蟲……蟲子！」

其中也有冒出大量從縫隙跑進去的海蟑螂或蒼蠅的桶子，所以不能掉以輕心。

我安撫著嚇得抱緊我的露露，一邊向莉薩吩咐：

「莉薩，我去確認一下都市岩。這邊的事可以交給妳負責嗎？」

「是的，請包在我身上。」

在這麼回答的同時，莉薩還醞釀著一副想要說些什麼的氣氛。

幫忙出聲的則是娜娜。

「主人，要去都市岩探險的話，我自願擔任護衛——這麼告知道。」

原來如此，是想叫我別獨自一個人去嗎。

「不用擔心哦。我只是在島嶼周圍飛行，回收財寶順便到處看一下。」

我盡可能用輕鬆的語氣這麼告知憂心的年長組。

魔物這類可以事前察覺的危險還好辦，要是遇到山崩或都市岩崩塌的話就怕一時會反應不過來。

「而且我會把歸還轉移用的刻印板放在這裡，馬上就可以回來的哦。」

我向依然憂心忡忡的三人出示刻印板這麼告知後，她們終於放心地露出笑容。

「大致就先打撈到這樣吧——」

我用天驅環繞島上一周，進行沉船的財寶回收作業。

另外，回收了財寶和遺骨的沉船大多都腐敗嚴重，所以我將其放回原位作為魚礁之用。

其中有許多是船體腐敗太嚴重而失去原形，導致財寶沉入廢木材和壓艙物之間，由於魔力無效空間導致「固定化」被解除，只留下不易生鏽的貴金屬或不怕海水的寶石類等有價值的物品。

在較新的沉船當中，也有看似我在公都認識的艾姆林子爵所擁有的船隊，裡面的幾樣遺物和遺骨，以及被海水侵蝕但可以再次修護的魔力爐及魔力砲都被我成功回收了。

說到這個，沉沒的艾姆林子爵船隊，數量比起我當初聽到的失蹤數還少了一艘。不知是破碎得無影無蹤還是沉在其他地圖的深海裡，讓我實在有點在意。

除了那些已知接收者的遺骨，其他我打算出了外海之後重新進行海葬。

畢竟我覺得，若繼續待在闖入魔力無效化空間而被大海蛇群單方面殺害的海邊，他們大概無法安詳地成佛吧。

「那麼，現在來調查都市岩好了。」

我從海面飛上空中，移動至足以俯瞰都市岩的高度。

背面是裸露的岩石，但來到側面後就可充分了解其異常的規模。

成千成百的建築物水平林立的景象，讓我有種僅能夠在影像作品中才能見識到的非現實感。

儘管比不上現代日本的高樓建築，不過水平傾斜的狀態下仍持續直立而不會晃動的建築物實在讓我覺得很了不起。

在都市岩附近降落時，發現了令我有些在意的東西。

「好像在哪裡看過這個紋章——」

都市岩的外牆繪有四個紋章，其中用紅色石頭製作的紋章讓我覺得很眼熟。

「——啊，是縱火狂貴族嗎。」

不知兩者有什麼關連，但實在很像前往精靈之村前扯上了些許關係的縱火狂貴族紋章。

「果然沒錯，就和紅蓮杖的寶珠所浮現出的紋章一樣。」

我將儲倉取出的寶珠和外牆的紋章進行比對，確認了兩者是一樣的。

話雖如此，確認這點之後也不會帶來什麼變化。

我將寶珠收入儲倉，接近其中一棟建築物。

從一處窗戶往裡面看去，下方的牆壁凹陷出大洞，堆積著家具破損後的殘骸。

這些堆積物之一掀起了啪啪的振翅聲。

「——原來是鳥啊。」

似乎是被我這名闖入者嚇到的鳥兒飛了起來。

這些建築物的廢墟好像成了鳥類的樂園，高度較低的場所在某種程度上已經築起許多的鳥巢。

穿過捕食鳥類的巨大蜘蛛所製作的蜘蛛網，我逐步來到地上。

「從根部仰望時的震撼力，就和在空中盤旋時完全不同呢。」

我降落在都市岩附近看似紀念碑的物體旁。

「這裡也有『我們終將掌握自由』嗎……」

給人邪惡印象的畸形石碑上刻有這樣的文章。

和海底神殿一樣，筆跡令人感受到了瘋狂。

「這邊又是什麼？」

紀念碑的前方被挖出了一個垂直大洞。

「——嗯！」

用「風壓」魔法去除掉堆積在垂直洞裡的樹葉後，隱藏起來的物體便暴露在陽光之下。

「儘管已經知道沒有任何倖存者，不過——」

腳邊的垂直洞裡，以水泥般物體固定住的大量人骨連同垃圾一起被埋在其中。

與其說是墳墓，感覺更像是垃圾棄置場。

「活下來的人們好像也被殘忍殺害了。」

我的腦中鮮明地浮現出那時候的光景——

都市諾諾里埃中了魔法無效的陷阱而墜落，那些好不容易活下來的少數人們想必也被埋伏的人抓住，統統遭到殺害了吧。

令人感覺瘋狂的紀念碑，其存在使我能輕易想像出諾諾里埃的人們遭遇了什麼樣的悲劇。

一定就像中世紀歐洲的獵巫行動那樣，實施了殘忍的非人道行為。

——真是的，創作人員的想像力實在令人痛恨。

儘管是很久以前進行的暴行，這未免也太過分了。

不經意抬起的視野裡，出現了剛才的畸形石碑。

在目睹了這種暴行的痕跡之後，「自由」這個字眼不禁讓我聯想到了魔王信奉集團「自由之翼」。

「總而言之，重新埋葬一下好了——」

雖然知道這只是一種自我滿足，但和垃圾一起被拋棄的人骨總覺得是對於死者的冒瀆。

我將「理力之手」伸進垂直洞裡，把人骨和垃圾一併收納至儲倉，然後分離人骨與其他東西。

根據儲倉的詳細情報指出，看似水泥的東西好像是骨灰凝固之後的產物。

我在都市岩的稍遠處，距離海底神殿最遠的島嶼高地上用土魔法「陷阱」來挖掘墓穴，埋葬了大量的人骨及骨灰。

只有一個墓穴不夠，所以需要製作好幾個巨大的垂直洞——畢竟留在都市岩內的白骨也要一起埋葬。

辦得到嗎——我懷著這種想法用手觸摸都市岩並選擇收納，整個就這樣直接進入儲倉，所以白骨也得以輕鬆回收。

另外，考量到都市岩具有歷史價值以及目前是鳥類的住處，所以又恢復至原來的場所。至於部分已經犧牲的生物，就當作以後的食材以防浪費。

由於事先以土魔法「壁」補強過，所以應該不至於倒塌。

「有點冷清呢——」

我在隆起的土堆處撒下精靈之村拿到的花朵種子，然後用古老樹人贈送的樹靈珠促進花朵生長，將現場變成花園。

接著又從儲倉取出「流星雨的隕石」擺在墓穴附近，以魔刃在上面刻下「諾諾里埃之民，在此長眠」。

祈禱下葬的人能夠安息後，我飛離了現場。

忽然間，我腦中想到了墓地資料夾內「龍之谷」的屍體，但還是打消一起埋葬的念頭。

畢竟龍的身體是價值很高的素材，要是隨便埋葬被人知道的話勢必很不妙，況且根據高等精靈雅潔小姐的說法——「待龍神大人復活後，其他眷族們想必也能因龍神大人的神力而復活」。

由於放在儲倉裡不會腐敗，所以我也就打算繼續保管至時機成熟的時候了。

「歡迎回來，主人！」

回到沙灘上的海灘傘所在處，戴著太陽眼鏡的亞里沙正在海灘椅上休息中。其他孩子們好像持續在探索漂流物。

根據地圖情報，年少組似乎往北邊的海岸邊緣拱型岩場而去，年長組則是去了南邊的海岸邊緣懸崖處。

鋪在亞里沙身旁的墊子上面擺放著花束。

「我回來了——這一帶有花朵生長的地方嗎？」

「這是漂流物當中找到的人造花哦。之後打算那座遺跡裡獻花，所以先用水清洗過了。」

亞里沙稍微挪下太陽眼鏡一邊這麼告知。

這種貼心的舉動，大概只有亞里沙才能做到吧。

我坐在始終不多問些什麼的亞里沙身旁，豎耳傾聽著海潮聲及小玉和波奇從遠處傳來的歡笑聲。因暴行痕跡而沉窒的心彷彿被治癒了。

感受著亞里沙撫摸我頭髮的手掌溫度，我一邊進行沉船遺物和遺骨的整理。

針對知道身分的對象，就聲稱自己是從沉船打撈業者那裡獲得，連同書信一起寄出實物就好。

至於身分不明的遺物，我打算想個辦法讓它們有機會被家屬親眼見到。

亞里沙忽然抬頭望向天空。

「要下雨了嗎？」

攤開手掌的亞里沙這麼喃喃道。

我轉動目光，只見都市岩的另一端有深灰色的雲在擴散中。

嘩啦拉的大顆雨滴將沙灘染成斑駁，答答地敲打著海灘傘。

不久，雨勢轉變成雨颮一般的豪雨。

年長組似乎發現了可以躲雨的地方，年少組則是頂著濕透的全身在雨中跑來。

——察覺危機。

察覺危機技能發出隱約的通知之際，無數的紅色光點也出現雷達上。位置並不在同伴們的附近。

「是敵人！所有人，快到船上集合！」

我藉助擴音技能向同伴們喊出了警告。

「出現什麼敵人了？」

雨颱般的暴雨使得能見度很差。

「等我一下。」

我打開地圖確認情報。

下雨前原本不存在的十幾個大型紅色光點，如今以圍繞都市岩之勢出現了。

「——幽靈船？」

大型紅色光點是名為「幽靈船」的「不死魔物」。

等級從三十級前半到四十級後半高低各不相同，具備「浮遊」及「往返幽界」的技能。

就在監視著這麼出現於都市岩周邊的幽靈船之際，雷達上映出我和同伴們附近所出現的新光點動態。

紅色光點是數艘幽靈船，從中又陸續出現了小光點。

看樣子對方放出了各式各樣的骨兵。

釋放結束後，這些幽靈船就彷彿作業完畢一般浮起，往環繞著都市岩的同伴幽靈船隊方向前去會合。

我按照等級篩選這些骨兵，確認其中有無同伴們打不過的較強魔物。

對同伴們造成威脅的二十級以上魔物似乎只存在於幽靈船隊一帶。

我對那裡進行重點戒備，接下來準備專心扮演輔助角色以確認同伴們的成長。

「主人，大雨的另一端有骨兵過來了！」

亞里沙這麼告知，然後拿著妖精背包裡取出的火杖擊穿了身長有三公尺的大骨兵腦袋。

蒸氣與爆炸煙幕的彼端出現了頭蓋骨焦黑的大骨兵，其身後衝出了纏著海盜風格破布的骨兵，手中還握著看似生鏽彎刀的劍。

「數量有點多呢。」

我從魔法欄選擇「追蹤箭」，將小嘍囉骨兵一掃而空。

「真是的，好歹留一些給亞里沙表現一下嘛。」

「不用擔心哦。我留下了五具實力差不多的。」

「不愧是主人！真了解我～」

彷彿頭上會冒出音符一般開開心心的亞里沙，以無詠唱釋放出空間魔法。

由於不經詠唱所以不知用了什麼咒語，只見五具大型骨兵的小腿碎裂整個趴在地上。

「主人～」

稍微小了一些的雨勢另一側，傳來了小玉的聲音。

小玉拿著散發紅光的魔劍，擊倒了阻擋在行進方向上的骨兵們。

看樣子，她針對擁有高防刃性能的骨兵使用了「柔打」效果。

在小玉後方，還跟著將蜜雅抱起來整個人倒退跑來的波奇。

「……■■■■　無底沼澤。」

被波奇抱起來的蜜雅揮動一下法杖。

流經沙灘的雨水立刻捲起漩渦，化為無底沼澤吞噬了追殺三人的骨兵們。

「抵達～？」

「很努力呢，非常了不起哦。」

我依序誇獎小玉他們，同時操作著主選單的魔法欄。

「接下來就交給我吧。」

我釋放的「追蹤氣絕彈」朝著正在繞開無底沼澤的骨兵們傾盆而降，將骨頭和生鏽的彎刀砸個粉碎。這是算是對人壓制用的魔法，不過具有普通士兵以釘頭鎚毆打的威力，所以對於打擊抗性較弱的骨頭似乎效果很好。

「蜜雅，拜託妳施展水縛！」

亞里沙站在雨幕的另一邊，指著僅用手臂爬行而來的大型骨兵們這麼大叫。

「嗯。」

蜜雅點點頭之後開始詠唱。

「小玉、波奇！妳們負責解決未被蜜雅困住的敵人！」

「系！」

「是喲。」

接獲亞里沙的指令，小玉和波奇匡噹一聲舉起魔劍怒視著大型骨兵們。

今天由於沒有穿防具，所以我事先對年少組施展「物理防禦附加」的魔法。好，這邊交給她們四個人應該沒問題了。

「主人！請求支援攻擊！」

雨勢的彼端傳來娜娜的呼喊聲。

那裡應該只有莉薩和娜娜聯手可以輕鬆戰勝的敵人才對。我納悶地回頭望去，見到一條以骨頭組成的大蛇正在追趕娜娜她們三人。那似乎是名為「骨蛇」的三十級魔物。

跑在最後的娜娜用理術來牽制「骨蛇」，莉薩則是保護著中央的露露同時在前面擊潰敵人。

露露也不光是一味接受保護，儘管不時尖叫但仍利用魔法槍擊倒那些看準莉薩的破綻襲擊而來，名為「跳跳骨」的袋鼠般骨兵。

明明正在奔跑，真佩服她打得中。

我從魔法欄選擇「短氣絕彈」，將包括「骨蛇」在內的骨兵們一併擊垮。原先的用意不是要打倒對方，但最後還是粉碎四散了。

我高高舉起從儲倉裡取出的大盾，藉此讓跑來的娜娜便於察覺。

「主人，勞煩您出手實在非常對不起。」

「主人，感謝提供大盾——這麼告知道。」

將露露交給我之後，莉薩和娜娜便跑了出去加入與大型骨兵們的戰鬥之中。

我抱住有些陷入恐慌的露露，然後指示船首像型魔巨人切換至出港狀態。

「區區的骨頭居然敢合體——這麼告知道！」

舉著大盾的娜娜利用挑釁技能使魔物的矛頭轉向自己。

不知不覺中，五具大型骨兵已經合體，變化為一條骨蛇。合體之後等級似乎會提升，從超過十五級變成了三十級。

萬一受傷就太過危險，我於是對年長組也事先施展「物理防禦附加」並做好在危急時刻介入的準備。

「自在盾！」

娜娜靠著理術之盾和實體大盾的複合體，擋住了骨蛇的突擊。

這時，蜜雅施放了水魔法。

「……■■■　水縛。」

流淌在骨蛇體表的雨水聚集起來如觸手一般蠢動，捆住了骨蛇。

「再來一招！次元樁！」

看準被蜜雅的魔法困住行動的骨蛇，亞里沙的魔法以看不見的樁木將其刺穿，釘在了原地。

「幹得漂亮！小玉和波奇妳們就從左右攻擊魔核。」

「系系～」

「了解喲。」

莉薩稱讚一聲蜜雅和亞里沙的協力招式，自己也加入了對骨蛇的正面攻擊。

小玉和波奇從骨頭間縫隙鎖定散發紅黑光輝的魔核，但變形的骨頭卻擋下攻擊，就這樣直接擊出了骨頭散彈。

「飄來飄去～」

「嗚哇哇哇！不可以發射這麼多喲。」

小玉靈活地躲開骨頭散彈，波奇則一時之間無法完全躲開而鑽入附近的岩石後方。

波奇的「物理防禦附加」就快要剝落，於是我乘這個機會重新施展。

「腳踏兩條船實在卑鄙——這麼告知道！」

骨蛇頭部分成兩股，一股襲向娜娜，另一股往莉薩而去。

莉薩扭轉身體以避開骨蛇的頭槌，整個人翻滾在沙灘上。

「嘿！喝！」

針對悄悄接近的骨蛇尾巴部分，露露則是用魔法槍加以擊穿。

亞里沙和蜜雅這對魔法使雙人組似乎拚命在維持束縛骨蛇的魔法而無法出手。

「魔素啊，環繞於我的熱血……」

撥開沙子站起來的莉薩，舉起魔槍後唸出了中二病風格的台詞。

「——透過我的手臂，聚集於魔槍的槍尖。」

莉薩的身體泛著微微的紅光，魔槍的紅色紋樣開始散發脈動般的紅色光輝。

「出來吧，魔刃！」

莉薩挾帶裂帛的氣勢這麼大叫，魔槍的光輝便聚在槍尖，生出耀眼的紅色魔刃。

她拖曳著紅光，如一道流星那樣奔向骨蛇。

在瞬動和身體強化技能的輔助下，莉薩的步伐比起骨蛇釋放的散彈更快，在背後掀起沙柱的同時衝入了骨蛇的懷中。

骨蛇想要擊出頭槌予以反擊——

「休想得逞哦！」

但亞里沙挾帶吆喝聲的空間魔法卻加以制止。

「毀滅吧，骸骨魔物！」

莉薩的魔刃保持衝刺之勢就這樣刺穿骨蛇的頭骨，溢出的剩餘魔力將頭骨切割得四分五裂。

「真不愧是傳說中的招式呢！」

「嗯，必殺。」

亞里沙和蜜雅出言稱讚莉薩的魔刃。

莉薩剛才那種中二病風格的詠唱，是精靈老師古爾加波亞先生教給她的精神集中咒語。魔刃在身體習慣之前要有意識地發動似乎很困難，所以對方建議可以將咒語當作關鍵字來進行自我暗示。

「莉薩小姐，危險！」

見到骨蛇的另一顆腦袋往莉薩而去，露露發出了尖叫。

「不可見異思遷——這麼警告道。」

娜娜朝著骨蛇釋放出理術的「理槍」，緊接著發動了「挑釁」技能，藉此將骨蛇的矛頭從莉薩身上轉向自己。

「波奇～」

察覺敵人從自己身上移開了注意力，小玉便催促著波奇。

「發動突擊喲！」

藉助身體強化技能和瞬動技能，波奇從骨蛇的死角以驚人的速度突破了保護心臟部位的骨頭防禦。

在碎裂的骨頭四散的沙灘上，是如影子般跟上來的小玉。

「小玉，乘現在喲！」

在骨蛇附近失去衝刺力的波奇這麼叫道。

「勇往直前～」

小玉蹬著波奇的背部飛上天空，鑽入骨蛇的縫隙間抵達魔核面前。

「聖碑喵。」

小玉挾帶詼諧的語尾對聖碑注入魔力，藍色的光柱頓時包住紅黑光輝的魔核。

——SHWEEENEEEEEEWN。

突如其來的要害攻擊讓骨蛇發出怨恨的咆哮聲。

「喉嚨毫無防備——這麼告知道。」

娜娜的大盾以上鉤拳的方式擊向骨蛇的下顎，莉薩的魔刃則是掃斷骨蛇的頸骨。

失去頭部且心臟部位遭到淨化的骨蛇，逐漸分解成小具的骨兵。

「致命一擊！」

「■　冰。」

亞里沙的空間魔法和蜜雅的精靈魔法給予骨兵們致命的一擊。

「各位，辛苦妳們了！等上船之後再休息吧。」

我引導大家前往船上，同時稱讚著她們的團隊合作。

「主人，幽靈船轉向這邊了。」

察覺異變的莉薩發出警告。

由於打倒了骨蛇，幽靈船們的注意力似乎轉向我們。

「不用擔心哦，莉薩。」

到了海上之後，我準備用中級攻擊魔法將其一網打盡。

畢竟在這裡施展的話，就會連都市岩和諾諾里埃市民的墓地也一起燒毀呢。

「主人，出港準備完成——這麼告知道。」

「好，出港！」

同軸反轉式的空力機關發出怒吼，使帆船浮上空中。

雨勢從雨颮減弱至普通的豪雨程度，但風轉而變強，呈現暴風雨般的狀態。

「圓頂，封閉！」

透明的圓頂覆蓋住駕駛台和同伴們的座位上方。

這是以大怪魚托布克澤拉的角膜製作而成，防禦力出眾的圓頂。甚至可抵擋我的「火球」或單發的「光線」。

「船來了～？」

「好多，有好多過來了喲。」

換上鎧甲並綁好安全帶的小玉和波奇指著都市岩的方向這麼大叫。

豪雨布幕的另一端有籠罩黑色霧氣的船隻行駛過來。在大雨之下看不太清楚，但根據船身輪廓判斷從槳帆船到帆船各式各樣都有。

「很大。」

「好……好快。」

見到逐漸追來的幽靈船，蜜雅和露露發出不安的聲音。

「主人，要叫出『自在盾』嗎——」這麼詢問道。」

「只是一艘的話，我還可以擋住哦。」

「別擔心哦。」

娜娜和亞里沙提出這樣的建議，不過這樣子下去已經足夠我們撤退到安全範圍，所以她們的好意我就心領了。

「主人，我前往船尾樓負責支援——」

「不行，掉下去的話就太危險了。」

面對換上鎧甲的莉薩，我也搖頭拒絕了她的要求。

不知是剛才雨颸的影響或者幽靈船出現的緣故，原本平穩的大海不斷翻騰著大浪。

要是掉進那種地方，想必轉眼間就會溺斃吧。

更何況——

「從現在開始換我表現了哦。大家就在這裡觀戰吧。」

我這麼笑著告訴大家，然後從船尾樓用天驅飛起來。

開船的事情就交給船首像型魔巨人應該沒問題才對。

「果真名符其實——」

幽靈船的模樣漸漸顯露出來。

看樣子不光是船的型式，就連國家和時代也不一致。

靠近後終於仔細看清幽靈船隊，每一艘的船帆布都十分破爛，其中甚至還有帆桅斷掉或是船腹破了大洞的船隻。

無論哪一艘都拖帶著黑色霧氣般的東西，所以有種遭到砲彈直接命中，船體正燃燒著的錯覺。

共通點大概就是它們都浮在空中，以及甲板上有手持生鏽彎刀的骸骨水手和怨靈船長吧。

實在很有奇幻味道，不過我對恐怖類的東西不太在行所以就敬謝不敏了。

『奧瓜貝多嘎！』

風聲和雷鳴的另一端，響起了會令人起雞皮疙瘩的恐怖聲音。

>獲得技能「神代語」。

語調和古代語類似，但似乎是另一種語言。

我迅速對「神代語」分配點數，然後開啟。

同伴們顯示在地圖上的狀態變成了「恐懼」。看來剛才的聲音具有和黑龍的咆哮一樣的效果。

雖然很可憐，不過大概要等到事態解決後才能解除狀態異常了。

『覬覦神之浮島拉拉其埃的貪婪賤民啊！只要本骸骨王大人還有一口氣在，無論來多少人都不會把拉拉其埃之鑰交出去的！』

大了一號的幽靈船船首處站著一名鬚骨船長這麼叫道。

不不，你已經死了吧？

『別誤會！我們根本不需要拉拉其埃之鑰。』

為保險起見，我試著搜尋儲倉內的物品並進行地圖搜尋，但兩者都不存在鑰匙。

『每個賊人都這麼說。拉拉其埃最後一位女王的伴侶，本骸骨王大人要親自處決你們！』

骸骨王揮動紅黑色的細劍，幽靈船隊便一起轉向露出船腹。

『發射————！』

幽靈船吐出砰砰的沉悶聲響及黑煙。

挾帶黑色火焰的砲彈往這邊飛來。

儘管認為自在盾和船上的防禦已經足夠抵擋，但也沒有必要特意將自己暴露在危險之中。

我將稱號變更為勇者，然後從儲倉裡取出聖劍光之劍。

『《起舞吧》光之劍！』

我這麼命令後，聖劍便轉變成十三枚刀刃開始攔截黑色砲彈。

『可惡，區區賊人竟敢耍這種小聰明！去吧，「死者的軍團」啊！這次要將你們的同伴統統拖入死者的世界裡！』

骸骨王的發言讓我頓時理解。

幽靈船隊的船種之所以不同，大概是因為他們都是被骸骨王殺害後的人們所變成的。包括骸骨水手們的服裝也是，從基層的海盜風格打扮到海軍樣式的衣服都應有盡有。

幽靈船遵照骸骨王的命令突擊而來。

打頭陣的似乎是前端裝有撞角的前海盜船。

擁有飛行能力的亡靈們就像艦載機那樣起飛，手持槍械或弓的射手骨兵們一起發動了攻擊。

——PWUOOOOONWEEEE。

骸骨水手們的怨恨聲響徹惡劣的天候。那並非有意義的聲音。

我稍微替他們默禱一番，然後揮下舉起的手臂。

『《起舞吧》光之劍——讓死者安眠。』

我有些耍帥的嘀咕聲消失在暴風雨中。

釋放的聖劍光之劍的刀刃，挾帶如動畫裡空對空飛彈一般的動作拖曳著藍光飛了出去。

簡直就像是某馬戲團的追蹤彈那樣。

——ＰＷＵＯＯＯＮＷＥＥ。

聖劍光之劍的一枚刀刃觸碰到其中一艘幽靈船。

幽靈船的黑色霧氣與聖劍光之劍的藍色光輝在短暫的一刻裡勢均力敵，但轉眼間立刻染成了藍色光輝。

光消失之後，原處已經沒有幽靈船的身影，唯獨白色的灰在大雨和暴風中散開。

同樣的光景在氣候惡劣的天空中陸續上演著。

幽靈船連同船員的骸骨們都接二連三化為白灰消失無蹤。

或許是錯覺，被聖劍消滅的骸骨們似乎露出了安詳的笑容。

『怎麼可能！竟能如此輕易地消滅吾輩的精兵！』

骸骨王在遭到聖劍消滅的幽靈船隊另一邊這麼叫道。

骸骨王的第一人稱，總覺得會讓我想起聖留市遇到的漆黑上級魔族。

『再等我一下，很快就輪到你了。』

『那份令人痛恨的從容——莫非是「狗頭」的眷屬嗎！僅僅將神之恩寵的浮島和浮城全數擊落之後仍不滿足，居然還想要對藏於海中的拉拉其埃下手嗎！』

骸骨王說了一大串莫名其妙的話。

『休想得逞！拉拉其埃終會返回天空，驅逐橫行於地上的那些偽王，再度將世界掌控在手裡。此乃和去世的妻子之間的約定——』

不知為何，骸骨王正怒視著翻騰的烏雲。原以為對方在跟我說話，但似乎是在對記憶中的某人大叫的樣子。

『——無論要犧牲什麼東西，將誰作為活祭品，也必定要實現。』

很壯闊的豪語，不過內容聽起來有些聳動。

那種妄想征服世界的壞蛋，真希望只出現在兒童故事裡就好。

我在心中這麼嘀咕之際，橫掃幽靈船隊的聖劍也回來了。

剩下的只有骸骨王乘坐的旗艦。

『像那種野心，你生前早該去做了。』

我有種莫名的不祥預感，所以便針對骸骨王及幽靈船加上標記。

對於能溝通的對象，可以的話我真不希望相互殘殺而是靠著對話來解決——

『可惡的愚民。嘗嘗神所賜予的魔砲是何種威力吧。』

幽靈船的船首打開，從中出現了巨砲。

砲口聚集有紅色的光粒子。

——看來對方是鐵了心要殺死我們。

聚集後的粒子在巨砲的延長線上伸出紅光導線。

看樣子，那種魔砲的射擊序列也跟小型魔砲一樣。

『在地面爬行的賤民們，向恐懼顫抖吧。』

以紅光導線為中心，產生了好幾道魔法陣。

——沒有必要等待對方發射。

若是無害的對手只要將其擊退就好，但既然是對我們心存惡意且神出鬼沒的怨靈，放著不管實在是有害心理健康。

我在掌中取出「魔力過度填充的聖彈」，朝著魔砲全力投擲出去。

藍色閃光破開豪雨直直前進，連同魔砲一併輕易貫穿了幽靈船。

幽靈船在留下幾道黑色圓環後就消失無蹤。

「把數發就能打倒魔王的聖彈拿來使用，會不會太浪費了？」

暴風雨的原因似乎是那個骸骨王，只見雨勢逐漸減緩，雲縫間開始放晴。

昏暗的大海彼端響起了暗沉的聲音。

『愚民啊——不，能傷害隱身於幽界之吾輩的惡魔啊！即使你阻擋在前，吾輩也必定會讓拉拉其埃回到天上。無論要犧牲什麼東西——』

果然沒錯，像這種傢伙好像總是打不死的樣子。

那傢伙顯示在標記清單裡的現在位置為「幽界」。大概是骸骨王和幽靈船所持有的「往返幽界」技能的力量吧。

那傢伙的剩餘體力已經快要歸零，似乎是搶在被打倒之前逃進了幽界。

至於幽靈船的標記則是已經消失，所以應該順利打倒了。

我探索聲音的出處。既然有聲音傳來，某處應該有連接幽界的大門才對。

『——我們在時之彼端再會吧。』

骸骨王單方面說畢，便留下大笑聲完全失去了動靜。

儘管沒能發現大門，不過可透過察覺危機捕捉到，所以下次見到時就二話不說地出手消滅吧。

像這種麻煩的對手，得要趕快斬斷和對方之間的關係才行。

失去記憶的少女

「我是佐藤，儘管曾經搭乘過渡輪和釣船，但帆船就從來沒有坐過了。在朋友家看到帆船的模型時，上面的一堆繩索竟讓我嚇了一跳。」

「——拉拉其埃？」

「嗯嗯，搭乘幽靈船的骸骨王是這麼說的哦。」

我幫忙解除同伴們的「恐懼」狀態異常，然後告知事情的始末。

「好像在哪聽過這個名字呢——對了，我記得那艘藍色沉船的幽靈船長也提到過這樣的名字吧？」

我點頭同意亞里沙的發言，接著說出自己的推論：

「我已經解除掉魔力無效空間，所以對方可能是前來那個諾諾里埃的遺跡尋找有沒有『拉拉其埃之鑰』吧。」

雖然不知道靈體和魔力之間的關係，但總覺得這就是真相了。

「然後呢，你有嗎？」

「不，沒有哦。」

這又不是遊戲，不可能會那麼剛好就撿到關鍵物品。

「說到這個，幽靈船長好像還說了鑰匙怎麼樣，棺柩又怎麼樣的吧？」

亞里沙冒出的詞彙讓我感到很熟悉，於是便開始思索記憶。

記得應該是——

『——作為拉拉其埃之鑰的——已經搶到手了。如此一來，拉拉其埃——就飛不起來了。接著只要把棺柩送到位於「真實之室」的聖上身邊即可——』

——像這樣子喃喃自語才對。

從這裡推測，幽靈船長的陣營似乎從骸骨王那裡搶走了拉拉其埃飛行所需的「拉拉其埃之鑰」，準備將一併搶來的棺柩送給那個叫聖上的人。

「聽起來是很久以前的事情，我想或許早就已經送到聖上那裡了吧。」

「說得也是呢～」

亞里沙聽完我的解釋後也表示同樣的意見，關於拉拉其埃的話題便到此結束。

「主人，海邊有人！」

露露指著岸邊這麼大叫。

從這裡看不到臉龐，只知道好像是個白色長髮的女性。

髮梢處的藍色是染上的顏色嗎？

「不好了！要趕快去救人才行！」

——哦，亞里沙說得沒錯。

在胡思亂想之前還是先營救遇難者吧。

距離不到一百公尺，所以我伸出「理力之手」回收了遇難者。

運到甲板上的遇難者是一名褐色皮膚的美麗女性。

臉色蒼白，看起來有些痛苦的樣子。

露露從妖精背包裡取出毯子蓋在她身上。

「主人，這個人！」

「嗯嗯——」

我向一臉正經的亞里沙點點頭。

——想不到能媲美魔乳的卡麗娜小姐那樣的身材，同一時代竟然存在兩人。

「嘿！」

亞里沙的小拳頭落在我的頭上。

「看你的表情應該還不知道吧？」

亞里沙手扠著腰，這麼俯視跪在女性身旁的我。

我正想詢問「什麼」的時候，下一刻便理解了亞里沙想說的內容。

——半幽靈。

AR顯示出她的種族為「半幽靈」。

就像人和精靈之間無法生出半精靈一樣，在對基因有著嚴格要求的奇幻世界裡，竟然會出現和幽靈之間的混血兒？

對於決定了這個世界法則的神，我著實生出一股無法道盡的怨氣。

「而且，好像還喪失了記憶呢。」

我藉助無表情技能按捺內心的憤怒，點頭同意亞里沙的確認。

或許是狀態為「喪失記憶」的緣故，AR顯示的備註欄及姓名等多處都是空欄。以白字顯示的等級一、技能「歌唱」的字樣旁邊，還以灰色字體顯示出等級二十七，技能「土魔法」、「召喚魔法」、「歌唱魔法」、「冥想」、「社交：拉拉其埃」等情報。

「既然技能只有一種，等級似乎也是一，就不用針對種族吐槽了吧？」

亞里沙的喃喃自語讓我產生疑問，於是關閉了主選單顯示並嘗試以鑑定技能確認她的狀態。

看樣子，普通的鑑定技能僅能看到白字的情報。

既然如此，以灰色字體記載的「拉拉其埃最後的公主」及「獻祭的聖女」等稱號同樣也看不到，只會呈現出白字的「喪失記憶者」的稱號而已吧。

種族固有能力「魔力吸收：弱」、「體力吸收：弱」、「往返幽界」也以灰色顯示。

總覺得很像是同伴們的技能固定下來之前的顯示狀態。

「怎麼了喲，小玉？」

循著波奇的聲音望去，只見小玉正躲在帆桅後方瞪著美女。

尾巴的毛也膨脹起來，爪子立在帆桅上低吼著。

大概是對半幽靈的美女產生了戒心吧。

「佐藤。」

「禁止性騷擾哦！」

蜜雅和亞里沙出言責難抓住美女手腕的我。

「我是在確認脈搏哦。」

——怎麼回事？

放開美女的手時有種格格不入的感覺。

伸手來回游移著美女的手臂後，我在若即若離的位置上感受到某種東西。

「姆，有罪。」

「這哪裡是脈搏了啊！」

我將準備強制把手拉開的兩人交給娜娜和露露。

——是什麼東西呢？

我定睛凝視但什麼也看不到。

用精靈視，可以發現美女的身邊存在精靈的空白地帶。

換成魔力視，就能看見她的周圍釋放出比常人要多出許多的魔力。

不過，這種觸感並非魔力。

真要說的話，就類似觸摸「不死王」賽恩的影子時那樣——

＞獲得技能「瘴氣視」。

我隱約可看到美女周圍存在黑色氣息般的影子。

就像初次目睹精靈時一樣，定睛凝視無法看見，反而將焦點移開就看得到。

我對「瘴氣視」技能分配點數，然後開啟。

視野變成黑白，宛如正負片反轉圖片的世界呈現在眼前。

「——噁！」

在美女的周圍，漫畫中砂網點一般的黏稠瘴氣比起剛才看得更加清晰了。

我的背部襲上寒意。

『……嗚……嗚嗚。』

瘴氣做出彷彿勒住美女的動作後，美女立刻發出痛苦的呻吟聲。

我下意識伸出手指扯了一下瘴氣。

一做出這種梳理瘴氣的動作，美女的表情就稍微緩和了一些。

猶如解開纏繞在一起的釣線，我著手鬆開折磨著美女的瘴氣。

——真是麻煩極了。

即使如此，就在我專注著眼前整團糾纏的瘴氣之際，解開的速度也隨之變得愈來愈快。

手腳上彷彿枷具的瘴氣難纏了點，但只要更專注一些的話應該解得開。

枷具處延伸出來的鎖鍊般瘴氣似乎已經在中途斷掉，所以應該不用太在意才是。

「啊啊！」

意識的角落聽見亞里沙發出怪聲，不過從聲調聽起來好像不是什麼重要的事情，於是我就這樣繼續解開瘴氣的作業。

「呼，完成了——等等，這是什麼？」

「主人，應該讓幼生體洗澡並穿上新衣服——這麼告知道。」

娜娜將美女——不，是前美女，如今的小女孩抱起來帶到了樓下。

「發生什麼事了？」

「主人剛才活動手指好像在拉扯什麼，過了好一會那個女人就漸漸縮小——不，是變年輕了。」

露露回答了我的問題。

看來我在解開瘴氣的時候太過專心而沒注意到周遭狀況。

「主人，你做了什麼？」

面對亞里沙逼問般的目光，我便告知自己解開了瘴氣一事。

「然後，為什麼會變年輕呢？」

「不清楚哦。看她似乎很痛苦，我只是想解除瘴氣這個元凶罷了。」

解開瘴氣和美女變成學齡前小女孩的因果關係完全不明。

「莫非是詛咒嗎？」

「很有可能呢。」

儘管未顯示在狀態欄裡，但那種大批蠢動的瘴氣實在非比尋常。

最起碼不是什麼好東西。

更何況，那孩子稱號當中的「獻祭的聖女」也令我很在意。

倘若骸骨王所言是事實，那孩子應該就是骸骨王的女兒。不過從稱號以及剛才的瘴氣看來，總覺得對方打算將那孩子當作活祭品以讓拉拉其埃復活。

說不定，之前乍看在那個海底神殿的石棺風格寢台上躺著的人就是她吧。

就在這麼思索之際，亞里沙繼續向我拋出下一個話題：

「話說回來，那孩子身上的鑰匙型髮飾你不覺得很好奇嗎？」

「有那種東西嗎？」

「你這個胸部星人！反正一定是在盯著跟卡麗娜一樣大的胸部對吧！」

這完全是事實，但我仍嘗試做出最後抵抗。

「妳誤會了哦。我在意的是瘴氣，根本就沒有那個心思哦。」

雲縫間灑下的陽光照亮了甲板。

我在這樣柔和的光線之中露出正人君子般的微笑之後，除亞里沙以外的同伴們都相信了我。

唯獨亞里沙靠在我的耳邊，像個原諒老公說謊的妻子那樣說了一句：「今天就讓你混過去哦！」

◆

「主人！」

順風耳技能捕捉到娜娜從樓下呼喚我的聲音。

「娜娜！」

我連續施展縮地，衝入娜娜所在的中央船艙。

「什麼——」

穿過開啟的艙門後，我見到全裸的娜娜以及向娜娜伸出手的小女孩。

發現我從入口進來後，娜娜毫不遮掩身體就轉向了這邊。

她大概是想要把小女孩放進浴室裡暖暖身體吧。

「主人，幼生體提出魔力供給的委託。是否許可？」

將脖子傾向一邊發問的娜娜沒有絲毫的羞恥心。

「不允許。話說回來，起碼也遮掩一下吧。」

我將掉落在娜娜腳邊的衣服撿起來並塞給她。

根據AR顯示，小女孩的魔力餘量為零。

「需要魔力的話，就用我的吧。」

我朝著在按摩台上用膝蓋撐起身體的小女孩伸出了手。

說到這個，這孩子也是光著身子。

小女孩的頭髮上有個亞里沙剛才提到的鑰匙型髮飾。金色的鑰匙上嵌著六顆顏色各異的寶石。

或許是意識處於朦朧，那紅色的眼睛就像失去焦點一樣迷茫。

對方用一雙小手抓住我伸過去的手，含住我的食指後以微弱的力道開始吸吮。

AR顯示出我的魔力計量表不斷重複著減少一點後又自然回復的狀態。

種族固有能力欄的「魔力吸收：弱」呈現反灰，再加上原本就是「弱」所以吸力應該也很弱。像這種程度的話，危害同伴們的可能像就相當低了。

持續吸收魔力後，小女孩的外觀逐漸成長，變成比亞里沙更大一些的外表年齡。

原先蒼白的臉色改善了一些，就連冰冷的手似乎也恢復了些許溫暖。

『好純淨的……魔力。』

或許是感到心滿意足，以神代語這麼喃喃說著的少女將嘴巴抽離我的手指並躺在按摩台上，就這樣子睡著了。

緩緩起伏的胸部有些許的隆起，讓我感到有點不道德，於是就從儲倉拿出一塊布蓋在上面。

轉頭望去，只見包括娜娜在內的同伴們將目光集中在我身上。

「那麼失禮了——」

「妳幹什麼。」

亞里沙慢慢牽起我的手準備要含住手指，於是我推開她的額頭詢問用意。

「嘿嘿～因為看到那孩子吸得一臉很幸福的樣子嘛。」

聽了亞里沙毫不反省的發言周遭的孩子們都不斷點頭。

年少組和娜娜還可以理解，居然連露露和莉薩也被周遭人影響了。

到頭來，我拗不過大家的熱情，於是決定供應自己的手指。

莉薩、露露和蜜雅三人都輕吻一下手指，至於波奇和小玉則是像小動物一般不斷舔著手指。

之前在甲板上對小女孩低吼的小玉，如今看來已經冷靜下來。恐怕是感覺到那些瘴氣的緣故吧。

「接下來換我了呢。」

「不可以用雙手──這麼責備亞里沙。」

「那麼，右手就讓給娜娜吧。」

這麼交談的娜娜和亞里沙兩人，把我的手指當成管狀冰棒那樣吸吮。

總覺得亞里沙吸吮的方式很像在性騷擾，於是便在中途制止。儘管她仍糾纏著：

「再……再讓我多吸一下！」不過由於會教壞小孩子所以就駁回了。

「主人，魔力沒有出來──這麼告知道。」

「好好。」

我應娜娜的要求從手指注入了魔力。

「還是從背部比較好──這麼請求道。」

只是將衣服貼在胸前的娜娜，這時將光滑的背部轉向這邊。

說到這個，我也有好一陣子沒有供給她魔力，所以就決定按照她的要求去做。

「主人，我帶這孩子到浴室清洗一下。」

「露露！幼生體由我來照顧──這麼告知道。」

露露的發言讓娜娜整個人轉身，我伸出去的手也很不湊巧地陷入了娜娜成長後的F罩杯裡。

儘管覺得是幸運色狼之神在庇佑，我仍未搓揉那幸福的觸感就放手了。

畢竟對方可是受到自己的保護呢。

亞里沙和蜜雅發出了「有罪」宣言，不過剛才那個完全是意外，所以最終逃脫了有罪判決。

其背後可以見到娜娜從露露手中帶走少女，得意洋洋地帶進浴室裡的模樣。

因為有點不放心，我便拜託露露扮演制止的角色。

「唉呀？剛才那孩子的衣服找不到呢。」

莉薩撿起娜娜散落一地的衣服，同時張望四周。無論是按摩台上或者地板都不見少女的衣服。

年少組的孩子們也一起到處尋找洗衣籃或按摩台下方，但似乎未掉在這些地方。

原以為是和其他衣服混在一起，不過救出少女時的服裝是具有絲綢般光澤的醒目服飾，所以應該不會看錯才對。

「確認。」

蜜雅啪地一聲打開浴室門走進裡面。

「呀啊——討厭，蜜雅。不是說過好幾次，進浴室後不要一直讓門開著嗎？」

「嗯，反省。」

露露換上了洗完澡之後用來做伸展操的短褲及T恤所以沒有問題，不過禮貌上我還是從浴室移開了目光。

「好像不在裡面哦。」

亞里沙將臉探進浴室裡替我確認。

「衣服，哪裡？」

「脫下的衣服變透明之後消失了——這麼報告道。」

順風耳技能捕捉到蜜雅和娜娜的對話。

說不定，那孩子的衣服也是幽體吧。

◆

「——好舒服的風。」

我站在星光照耀的甲板上眺望泛著淡淡光輝的島嶼。

為了避免白天奠祭的人們被打擾長眠或變成不死魔物，我利用和聖碑相同的淨化魔法陣以及符文來籠罩整座島。

光魔法「光線」的威力太強，所以我藉由反轉「聚光」魔法後的擴散效果來減輕威力，用於繪製魔法陣。

儘管是第一次製作大型魔法陣，但我繪製的同時還把聖碑的魔法陣重疊在地圖上所以幾乎沒有誤差。

另外，運用了在精靈之村學到的技術，我將供給魔法陣魔力的線條連接在島上的泉源，因此島內應該隨時會存在微弱的淨化作用。

等到了這座海龍群島有人造訪的時代，這裡或許會成為一處觀光勝地吧。

一邊想著這些事情，我同時在閱讀主選單內打開的《海底都市涅涅里埃的祕密》這份古文獻的後續。

裡面不光是海底都市涅涅里埃的事情，就連古代拉拉其埃文明的滅亡也有記載。

——唉呀？

雷達告訴我船內的白色光點在移動。

輕盈的腳步聲在我背後停下。

『肚子餓了嗎？』

『請給我……魔力。』

『好啊。』

我伸出手後，穿著寬鬆T恤的小女孩便含住我的手指開始吸收魔力。

睡前明明還是少女模樣，現在又變回小女孩的外表了。

只不過和那時不同，小女孩的紅色眼眸裡已經泛著意志的光輝。
原以為結巴的說話方式是她的意識還處於朦朧的緣故，但似乎不是這樣。
吸了好一陣子後，她整個人逐漸長高，身體部位開始帶有圓潤。
感覺就好像在觀看快轉的成長紀錄影片一樣。
呼噗一聲換氣的少女調整好呼吸後出聲向我道謝：『謝……謝謝。』
『不客氣。對了，可以問一下妳的名字嗎？』
明知對方失去記憶，但還是不該省略向她本人確認的程序，於是我便試著詢問。
『名字？』
垂下目光，少女彷彿思索記憶一般皺起眉頭。
『——我不知道。』
少女看似懊惱地咬住嘴唇，搖搖頭這麼表示。
說到這個，她的白頭髮似乎也會根據魔力供給量而從鮑伯頭變成長髮的樣子。
『妳當時是被海浪沖到了岸邊，所以大概是遇難後打擊太大導致記憶混濁了。』
或許是一時之間不太敢相信，少女用納悶的表情抬頭望向我。
『沒有名字很不方便，妳在恢復記憶之前也需要一個名字。要叫什麼好呢？』
讓沒有取名天分的我來命名，大概會叫「拉拉其埃」的「拉拉」或「半幽靈」的「小半」吧。

『名字——』

少女苦惱地張望四周。

其目光停在都市岩——涅涅里埃的遺跡上。

『好漂亮的……安魂之光。』

還以為對方會哭出來，但少女卻出乎我意料地換上柔和的眼神眺望都市岩島這麼喃喃說道。

其目光盡頭，藍光照耀下的都市岩營造出一種莊嚴的氣氛。

『安魂之光……取前面的字——蕾伊。』

起先不知她在說什麼，後來得知神代語的「安魂之光」這個詞彙的頭兩個字發音似乎就是蕾伊。

『請多指教了，蕾伊。我叫佐藤。』

『請多指教，佐藤先生。』

我們雙方友好地握手，互相投以微笑。

『謝謝你……救了我。』

『不用客氣。』

對於結巴地向我道謝的蕾伊，我用貴族般的動作予以回應。

——對了。

再問另一個問題好了。

『妳知道「拉拉其埃」嗎？』

『拉拉其埃——』

蕾伊這麼唸道，然後猛吸一口氣。

『——好想回去。』

她嘩啦啦流下眼淚一邊這麼喃喃說著。

我用手帕拭去她的眼淚。

『我……在哭嗎？』

蕾伊摸著自己臉頰上流淌的淚水驚訝道。

看樣子，她似乎不清楚自己為何而哭。

『想必是因為拉拉其埃對妳來說很重要吧。』

『是的，大概。胸口深處……充滿了……很想回去的……念頭。』

蕾伊的思鄉之情，即使失去記憶後好像也未能消失。

她的小手彷彿在找人依靠一般放在我的腿上。

『這樣啊——』

真不忍心告訴她那是已經毀滅的文明。

古文獻裡幾乎是關於標題「海底都市涅涅里埃」的事情，但同時也記載拉拉其埃沉入大海的時候，倖存的居民們在南海的某島嶼上建立了世外桃源的傳聞。

雖然會繞一些遠路，但說不定就能讓蕾伊見到拉拉其埃的後裔們。

當然，得先跟同伴們商量過才行呢——

『那個，佐藤先生。』

我這麼思索之際，蕾伊拉起我的手向上望來。

看起來有些難為情的樣子。

『請再……多給我一些魔力。』

『好啊，不過在這之前——』

晚風很冷，於是我將少女放在自己的大腿上並且蓋上了毛巾毯。

順便再拿出加了甜味的「營養補給」魔法藥給獲救之後還沒吃過東西的她喝下。這是在精靈之村部分人眼中相當受歡迎的能量飲料。

忽然間，配合蕾伊頭髮的擺動，搖晃的鑰匙型髮飾映入我的眼簾。

『可以讓我看一下嗎？』

『不行！』

我只是想要觸摸一下髮飾，但過度反應的蕾伊卻用雙手蓋住了髮飾。

在她放開的魔法藥瓶子灑出之前，我急忙接住了。

『這個……不行。』

蕾伊用沙啞的聲音這麼搖頭。

『原因……不清楚。可是……內心深處……是這麼告訴我的。』

看樣子，蕾伊好像也不清楚鑰匙的意義以及為何不能讓人觸碰的理由。

『抱歉抱歉，是我太魯莽了呢。我不會強行把它搶走的，妳就放心地喝吧。』

我從咕嚕嚕喝光魔法藥的她手中接過空瓶子，然後按照她的要求供給了魔力。

◆

——軟綿綿、軟綿綿。

包覆著右手臂的柔軟觸感讓我醒來，只見美女——蕾伊恢復成人模樣的睡臉就在我的眼前。

稍微往下移動目光，可以看到蕾伊將我的右手臂抱在胸部的乳溝之間。

說到這個，昨天晚上我好像把蕾伊放在大腿上供給魔力。

為了不讓蕾伊吹到晚風而感冒所拿出來的毛巾毯，如今只是含蓄地蓋住她的腦袋和我的左手臂。

不知為何，左手的手指觸碰到一樣溫暖的東西——糟糕。

「主人，幼生體不見了——這麼告知道。」

娜娜這麼大叫，同時打開艙門衝到甲板上。

我準備呼喚娜娜，但卻想起了自己左手臂的緊急狀況。

由於抱著一位美女，在睡著的期間似乎很自然地就觸摸到她的下半身。

我迅速將左右手抽離美妙的空間，然後掩飾一番以免被判決有罪。

「娜娜，在這裡哦！」

「主人……幼生體長大了——這麼追問道。」

「她半夜要求我供給魔力，看樣子好像給得太多了一點。」

對於錯愕卻面無表情的娜娜，我告知昨晚的事實。

我順便確認了自己的魔力餘量，得知已經恢復至最大值。

蕾伊的「魔力吸收：弱」吸收量好像跟我的自然回復量一樣或者更少。

在這之後，其他孩子們也聚集過來而引發了一陣騷動，不過蕾伊的衣服並未凌亂所以事情就沒有鬧大。

「——我說，那個孩子是不是正在縮小呢？」

「主人，還差一點——這麼告知道。」

我從剛才就感覺到蕾伊身上所流出的魔力，但美女模式時的流出量最多，從少女模式開始就會逐漸減少流出量。想必等到歸零後就變成小女孩模式了吧。

不久，縮小至少女模式的蕾伊微微睜開眼睛。

見到同伴們正在看著自己，她猛然抖了一下。

『早……早安。』

「嗯，早安。」

忐忑的蕾伊用「神代語」問候早安，蜜雅則是若無其事地回答她。

「佐藤，戒指。」

蜜雅舉起戴在手指上的翻譯戒指讓我和同伴們看清楚。

那是在精靈之村時，蜜雅純粹為了和其他人一樣打扮而特地戴上的戒指。

看樣子，在精靈之村拿到的翻譯戒指也支援蕾伊使用的「神代語」。

「真有一套呢，蜜雅。」

亞里沙這麼誇獎蜜雅後，娜娜彷彿在強調自己也是發現者一般將戴有翻譯戒指的手指舉在眼前。

原來如此，難怪她一開始會聲稱「幼生體提出魔力供給的委託」。

還以為只是從外在的表現來判斷而已。

「裝備～？」

「波奇也要講話喲。」

同伴們紛紛從自己的妖精背包裡取出翻譯戒指戴上，然後進行自我介紹。

全體自我介紹完畢後，大家的目光都集中在蕾伊身上。

『初次見面……我叫蕾伊。』

被大家盯著看，蕾伊有些難為情地這麼開口。

「妳想起名字了嗎？」

『不，是昨天……佐藤先生……幫我取的。』

亞里沙像恐怖電影一樣猛然扭動脖子向後望來，表情似乎在逼問：「什麼時候的事！」

於是我以輕鬆的口吻打發道：「畢竟沒名字很不方便呢。」

話說回來，取名的人應該是蕾伊自己才對。

莫非她記不得了嗎？

「那麼，獻花結束後就出發吧。」

既然蕾伊也醒了，我就讓船開往位於島上反方向的諾諾里埃居民們的墓地。

原本以為島上的淨化結界會對蕾伊造成不良影響，但對於去除瘴氣後的蕾伊來說好像完全不礙事。

更何況仔細一想，船上的驅魔物結界可是威力更強呢。

往島上移動的方式則是我穿上飛翔靴之後不斷來回輸送所有人。

打撈品當中的飛翔靴擁有尺寸自動修正機能，無論什麼人穿上都很合腳，不過要靈活操控似乎就很困難了。

只有平常一直在用天驅飛行的我才能使用。

至於小玉的技術只差了一點點，所以想必不久後就會用了吧。

「送葬曲。」

結束獻花並默哀之後，蜜雅用魯特琴開始彈奏優美的樂曲。

我回想起當初在聖留伯爵領的戰場遺跡，奠祭鼠人族戰死者的那個時候。

『睡吧，乖孩子。睡吧，睡吧——』

配合蜜雅的樂曲，蕾伊喃喃唱出安魂之歌。

總覺得就像是搖籃曲一樣，很讓人心神安寧的一首歌。

我傾聽好一會安魂之歌及樂曲。

「佐藤，種子。」

將魯特琴收入妖精背包，蜜雅這麼指著日照良好的地方。

「妳想把種子種在那裡嗎？」

「嗯，最適合。」

在蜜雅的故鄉時，高等精靈雅潔小姐曾經委託我，希望能夠在旅途中種下樹人的種子。

日照確實很充足，在淨化結界的經常作用下也很難產生瘴氣。

正如蜜雅所言，是很適合用來種植樹人種子的場所。

「各位，一起來幫忙種下樹人的種子吧。」

「系～」

「是喲！」

我和同伴一起種下十粒左右的樹人種子。

「主人，一顆肥料球就可以了嗎？」

「嗯嗯，就埋在稍遠處吧。」

帶種子的「黃金果實」我已經作為魔法藥的材料之用去除掉了，所以就必須埋入肥料球以幫助發育。

精靈的園藝員吉雅小姐已經給我了所需要的數量。

「幼生體，回填的時候不可以把土壓實——這麼忠告道。」

『對不……起。我是第一次……觸摸泥土。』

「嗯，經驗重要。」

娜娜和蜜雅似乎一直在照顧著蕾伊。

適應的速度比我想像中還要快。

「莫非你在猶豫要怎麼處理那個孩子嗎？」

埋完種子後的亞里沙換上異常成熟的表情這麼輕聲問我。

「嗯嗯，有點猶豫。」

從蕾伊的「拉拉其埃最後的公主」稱號及骸骨王的「拉拉其埃最後女王的伴侶」這句話來思考，蕾伊很有可能就是骸骨王的女兒。

按常理來說，應該將蕾伊交還給身為父親的骸骨王才對，不過蕾伊持有的「獻祭的聖女」稱號再加上瘋狂的骸骨王所冒出的那句「必定會讓拉拉其埃回到天上。無論要犧牲什麼東西」的發言卻讓我遲遲無法下這個決心。

一想到可能會成為骸骨王執念之下的犧牲品，我便希望保護蕾伊直到她恢復記憶為止。

只不過，沉船的幽靈船長所提到的「沒有拉拉其埃之鑰就飛不起來」這句話就和蕾伊的鑰匙型髮飾出奇符合。

想要讓拉拉其埃返回天空的骸骨王，大概一直在覬覦蕾伊的髮飾吧——這正是我擔心的地方。

考量到同伴們的安全，很可能被神出鬼沒的骸骨王盯上的蕾伊，就讓我猶豫是否要出手保護了。

「原來是這樣——」

聽了我的想法，亞里沙抱起雙臂「嗯嗯」點頭。

「如果是待在這座擁有淨化結界守護的島嶼，那具骸骨應該也無從下手才對。不過我可是反對把向來都孤伶伶一個人的那孩子丟在這種地方哦。」

「妳怎麼知道她都孤伶伶一個人？」

「因為，她看起來就很希望有人陪伴嘛。不僅大多數的時間都跟在別人的身旁，甚至被娜娜和蜜雅一直糾纏著，她不但不會排斥反而看起來還很開心的樣子。」

觀察人類的本事似乎是亞里沙更勝一籌。

「謝謝妳，亞里沙。」

我向背後推了我一把的亞里沙投以微笑。

「各位，我有點事情想要商量——」

在蕾伊恢復記憶之前一起旅行的提議獲得全場一致通過。

『謝謝……各位。』

「嘰嘰嘰～？」

「這時候要說『大家』喲！」

『是的，大家。』

小玉和波奇在多禮的蕾伊面前做出揮動手指的動作這麼訂正道。

小玉似乎不會發出咂舌音，所以直接說了「嘰嘰嘰」三個字。

另外，關於骸骨王的動向——

我從昨天就一直透過地圖的標記清單監視骸骨王的狀態，看來我的攻擊比想像中有效，體力計量表僅能以些微的速度恢復。

精力計量表和魔力計量表則是仍處於枯竭狀態。

地點也並未從幽界區域移動出來。

暫時就先定期監視好了。

◆

『佐藤先生，早……安。』

『早安，蕾伊。』

我坐在船舷眺望著晨霞之際，早早起床的蕾伊忽然現身。是小女孩的模樣。

即使目睹會飛行的帆船，她也並未出現什麼特殊的反應。

與拉拉其埃敵對的幽靈船長曾經提過「浮船」這個詞彙，因此她所知道的船應該都是會飛行的吧。

『要喝嗎？』

『是的，我要喝。』

我打開寶物庫，從中拿出裝有黃橙果實的果汁並加了冰塊的玻璃杯遞給蕾伊。

冰則是透過冰魔法「冰結」凍結果汁後的塊狀物。

『真好喝。』

蕾伊咕嚕嚕地擺動喉嚨將果汁一飲而盡，呼出了滿足的氣息。

她睡覺時流了太多汗，想必覺得很口渴吧。

『需要魔力糖嗎？』

『是的，請給我。』

我將糖果交給蕾伊後，她立刻就放入口中開始滾動著。

這種魔力糖是我在精靈之村學到的一種魔力回復藥，含著糖果的期間魔力將持續回復。

原版的魔力糖每分鐘能回復六點的魔力，但蕾伊所吃的卻是我專門為了她調配，每分鐘僅能回復一點的魔力。

這種糖果就算全部吃完，也仍維持在小女孩模式。

畢竟要是一下成長又一下恢復成小女孩型態，普通的衣服不是必須換掉就是會被撐破，所以我才製作了這種東西。

雖然也曾經想過只要不提供魔力即可，但她在魔力完全枯竭的狀態下似乎會感到「飢餓」。

像這種狀態持續下去，就會像見到她的那天一樣處於恍惚狀態而開始渴望魔力，於是我就準備了這種糖果。

含著糖果的蕾伊眺望大海，一邊將腦袋靠在我的身上。

『妳剛才作了不好的夢嗎？』

『是的。在夢中……影之子……不斷在追我。』

影之子——是「影之子」沒錯吧？

『我覺得非常……非常……害怕。』

一般來說只是單純在作惡夢，但換成蕾伊的話總覺得是某種預兆。

今後還是盡量留意一點吧。

「主人！不可獨占幼生體——這麼訴說道。」

『娜娜，早安。』

「早安，蕾伊——這麼告知道。」

從樓下跑出來的娜娜，開口第一句話就抱起蕾伊磨蹭臉頰。

一開始感到不知所措的蕾伊，如今好像也習慣娜娜的行動了。

「姆，太黏人。」

「可愛就是正義——這麼訴說道。」

跟在娜娜後方現身的蜜雅出言勸告。

話雖如此，娜娜卻沒有採納的意思。

『早安，蜜雅。』

「嗯，早。」

見到這樣的娜娜，蕾伊苦笑著一邊道出早安後，蜜雅也對娜娜投以放棄的目光，簡短回應蕾伊之後霸占了我的大腿。

「早安～」

「早安喲！」

小玉和波奇抱住亞里沙的雙臂出現在甲板上。

彷彿暑假結束的學生，亞里沙自從離開波爾艾南之森就起得很晚。

「起床～？」

「是廣播體操喲。」

「嗚～」

儘管小玉和波奇這麼催促，亞里沙卻是一臉惺忪地整個人坐在甲板上。

「第一節。」

蜜雅這麼告知，然後開始演奏改編成魯特琴版本的廣播體操音樂。

繼小玉和波奇之後，從娜娜的擁抱中掙脫出來的蕾伊也開始進行廣播體操。

看來蕾伊似乎相當喜歡這種體操。

「主人也要～？」

「一起做喲。」

可以的話，我實在很希望欣賞和蕾伊一起進行廣播體操的娜娜所呈現出來的躍動場面，但在小玉和波奇的邀請下，我也加入了體操的行列。

由於機會難得，我也抱起亞里沙讓她參加。

「嗚～早起好痛苦～」

雖然亞里沙這麼嘀咕，但在廣播體操的第一節結束時便恢復了往常的活力。

廣播體操第二節結束之際，廚房的煙囪飄來可口的香味，使得同伴們健康的肚子發出咕嚕的聲響。

當莉薩端著湯鍋從樓下現身時，眾人的注意力都集中在那裡。

「早餐做好了哦。」

聽到露露告知早餐完成的聲音，大家都歡呼著跑了過去。

「早晨的餐點很重要——這麼告知道。」

「嗯，要去。」

『是的。』

在這當中，可以見到娜娜和蜜雅牽著蕾伊的手一起奔跑的模樣。

◆

「主人，發現了觸礁的船。」

我待在船艙裡製作對付骸骨王專用的魔法道具時，莉薩來到我身邊這麼報告。

「知道了，我立刻上去。」

我向莉薩道謝並站了起來。

打開主選單確認時間後，我發現時間過去得比我想像中要久。以這個時間來看，差不多是快要離開「海龍群島」區域了才對。

要是不在這一帶設置一枚刻印板，以距離來說，是無法僅靠「歸還轉移」魔法前往都市岩島的。

「佐藤，那個。」

來到甲板上，蜜雅隨即指著前方可見的島嶼。

隱約浮現的島嶼前方岩礁地帶，可以看到類似帆船的影子。

我藉助「遠觀」技能和「眺望」技能端詳那個船影的細節。

三根桅杆都沒有受損，不過船體到處都是凹陷。由於看不到被酸液攻擊的痕跡，所以應該是順利躲過了大海蛇的攻擊才對。

「那個應該是希嘉王國的旗幟吧？」

「嗯嗯，那下面的是歐尤果克公爵領——艾姆林子爵家的旗幟。」

船隊當中下落不明的最後一艘船，似乎是在這裡觸礁了。

這前方的區域屬於未探索地帶，所以也無從得知島上的狀況。

要是被對面看見的話解釋起來很麻煩，於是我讓船下水後假裝成普通船隻航向島嶼。

在距離觸礁船數公里的航程間，我們遭到了像飛魚一般會飛的魟魚以及在海龍群島見過的滄龍外型古海獸的襲擊。

會飛的魟魚可以靠著莉薩的魚叉和蜜雅的弓來對抗，但對於從海裡攻擊船底的古海獸就無法有效打擊，於是就用我的「追蹤箭」解決了。

儘管在水中的威力會減半，不過殺傷力原本就很驚人所以沒有問題。

等到蜜雅的精靈魔法技能更熟練一些，可以使用「水精靈創造」之後，應該就能參與更多的戰鬥了。

「——太好了，有倖存者。」

區域切換後我立刻使用「探索全地圖」魔法，得知在較大的島嶼反方向側有三十七名倖存者。所有人都是觸礁船的船員。

「既然這樣，就趕快營救吧。」

我差點就要點頭同意亞里沙的發言，但這艘小型帆船載運三十七個男人未免小了一點。乾脆先修好那艘觸礁船，用來搬運他們好了。

「在這之前得準備一下才行呢。」

我這麼告知後，穿著飛翔靴從停在岩礁地帶前方的船上飛起來，往觸礁船移動。飛翔靴主要是為了對蕾伊掩飾之用。

「破損得比想像中還嚴重。」

四層結構的船隻下面兩層已經進水，位於海中的船底也破了大洞。

原本打算直接修理，現在看來可能需要專用的工作船。

『亞里沙，麻煩妳。』

『ＯＫ！』

我透過空間魔法「遠話」聯絡亞里沙，請她實行轉移蕾伊視線的任務。

『好了哦。』

接獲亞里沙的回應，我便將觸礁船收入儲倉並分離出海水。

接著用冰結凍結海面，取出觸礁船放在上面，從外側用板子堵住船底的破洞。這種板子是我從海龍群島沉沒的同型船隻收集到的。

堵至某種程度後，我就用古老樹人贈送的樹靈珠使板子附著在船體。

由於只要可以航行就好，所以我就直接忽略了船底的凹陷。

我把修理好的船透過儲倉放入安全的海域，然後回收作為基座的冰山。

緊接著，將同型船放在船艙內的備用船帆掛上後就大功告成。不知為何，觸礁船內部就連備用的船帆也沒有留下。

用「理力之手」拖帶著觸礁船——大型克拉克帆船，我便返回大家所在的船上。

「我回來了。」

「歡迎回來，主人。」

除了前來迎接我的莉薩，其他人似乎都在主船艙把蕾伊當成更衣娃娃玩耍中。

「乘現在來準備好了。」

我這麼喃喃說著，打開一只大型妖精背包的袋口。

『一號到十號，啟動。各自前進十步後，在遠端模式下待命。』

我用精靈語這麼下令後，妖精背包的入口處便跑出了棕精靈一般大小的木製活動人偶們。其他還有幾具偵察用的掌上型石像鬼。

這些是我在精靈工房裡的練習之作，所以每一具活動人偶的動作都很不自然。

它們的體型就跟地精一樣微胖，身上套著寬鬆的褐色附兜帽斗篷。在這種炎熱的地區很不匹配，不過好處是一眼就能看出是活動人偶。

儘管是不使用聖樹石的低成本型，但由於運用了各種的精靈祕術所以要是被人偷走會很傷腦筋。

『向稻草人發出指令，按照預設的船員設定值來控制活動人偶們。』

我向負責開船的船首像型魔巨人「稻草人」下達指令後，活動人偶就判若兩人地迅速活動起來，開始從事船員的作業。

稻草人由於是我熟練控制裝置的製造後所做出來的，因此性能很高。

察覺活動人偶們的腳步聲，同伴們從樓下跑了上來。

我向吃驚的同伴們表示這些都是用來冒充船員的假成員。

畢竟就算是小型加利恩帆船，包括小孩子在內要用九個人開船終究很不現實呢。

◆

「主人，沙灘上有人——這麼報告道。」

「嗯嗯，大概是看到這艘船之後聚集而來的吧。」

「主人，沙灘對面的樹林中似乎有人埋伏著。」

我點頭同意娜娜和莉薩的發言。

搭乘之前觸礁的大型船，我來到了遇難者們生活的小灣內。

其他同伴們乘坐的加利恩帆船也一起跟著，但我讓它先停泊在不會遭受岸邊攻擊的場所。

當然，用來驅除魔物的華麗魔法陣也已經先改成隱形模式了。

我在沒有岩礁的安全區域放下大型船的船錨，讓船員們坐上小船移動至同伴們的船上。這些船員們都是用光魔法「幻影」覆蓋上人族模樣的活動人偶。

實際上我是靠著「理力之手」在開船，不過由於我表面上的身分不會使用魔法，所以就這麼偽裝了。

船員退避完成後，我帶著同行的娜娜和莉薩乘坐小船上陸。

「我是希嘉王國歐尤果克公爵領的貴族。曾與魔物展開激戰而被授予赤火勳章的吉德貝爾特男爵！」

將雙手劍當成枴杖一般刺入沙灘的中年男性以嘹亮的聲音報上了名號。裝飾在他左胸前帶有紅寶石的勳章大概就是「赤火勳章」吧。

似乎是由於我身穿貴族服裝，對方才會主動報上名字的。

「男爵閣下已經報出名號，接下來換你了！」

待在男爵身旁一副魔法使長袍打扮的矮小男人這麼叫道。

其他還有幾名手持大盾的男人，都站在隨時可以保護男爵等人的位置。大概原本是船員的緣故，其中似乎沒有人身穿沉重的金屬鎧。

「我是希嘉王國穆諾男爵領的貴族。曾在古魯里安市擊退下級魔族而被授予蒼焰勳章的佐藤・潘德拉剛名譽士爵。」

既然有這個機會，我也配合男爵同樣報出了名號。

順便還仿效他，透過口袋取出蒼焰勳章別在左胸。

「——你說蒼焰勳章。」

男爵瞪大眼睛望著我的蒼焰勳章。

不斷顫抖的雙手在在表現出他的慌張。

周遭的騎士和魔法使們也鼓譟起來。

說到這個，當初獲頒蒼焰勳章時，就連近衛騎士身分的侯爵公子伊帕薩・羅伊德勳爵也大吃一驚呢。

當中也有人罵道：「穆諾男爵領就是那個被詛咒的領地吧？」不過大多數人在看到蒼焰勳章後似乎都相當驚訝。

每個人都難掩驚訝的神情，但男爵還是搶先回過神來。

「潘德拉剛勳爵。能否用你的船將我們送到歐尤果克公爵領的貿易都市蘇特安德爾呢？

我們是艾姆林子爵貿易船隊的倖存者。當然，無論你希望什麼樣的回報，我們都會準備妥當的。」

「是的，當然可以——」

我欣然答應他的請求。

由於只是幫助朋友的自己人，所以我並不打算要求回報。

「——能夠發現那艘漂流中的船，想必也是某種緣分吧。」

「漂流？」

要是坦承是自己修好的話可能會引發騷動，所以我決定聲稱是偶然發現的。

雖然不知對方會不會相信這番謊言，不過就算說出事實總覺得也沒有人會相信。

「是的，由於上面懸掛著艾姆林子爵家的紋章旗，我猜想這附近的海域應該還有倖存者，所以就一直在進行搜索。能在最後一座島上發現倖存者，真是讓我鬆了一口氣。」

我藉助詐術技能隨口編了一套說詞。

當然，地圖內的其他島上沒有人也是事實。

畢竟若不事先聲明已經搜尋過其他島嶼，很可能會被迫參加白費力氣的周邊探索行動呢。

「那麼，潘德拉剛勳爵，我們要盡快進行出港的準備，還請稍待一下。」

男爵叫來部下，確認要幾天時間可以準備好飲水。

他的部下以視死如歸的表情保證道：「五天，不，我會動員全部擁有『寶物庫』技能的人，三天就可以準備好了。」

「男爵閣下，冒昧打岔一下，船上已經裝載了足夠航行至蘇特安德爾的淡水。」

「這……這是真的嗎！」

我向吃驚的男爵點點頭，然後將具體的木桶數量告知他手下的航海士。

「已經非常夠了。有了這麼多水，就算這裡是海龍群島的邊緣也足夠往來於蘇特安德爾之間了。」

攤開從萬納背包裡取出的海圖，我告知了現在位置。

這份海圖是公開用，所以並未記載我在至今的航線上所設置的刻印板位置。

「好……好精細的地圖。」

「而且還記載著各島的飲水處和魔物的分布啊。」

航海士們對我的海圖讚不絕口。

「能畫出如此詳盡的地圖，原來你們已經探索過這麼多島嶼了嗎……」

容易受感動的船員流下了男兒淚，同時對我投以尊敬的眼神。

在這種氣氛下，我實在不忍說出這是過來之前花了三十分鐘就畫好的。

「男爵閣下，從這裡出發，不到十天就可以抵達蘇特安德爾了。」

聽了航海士的發言，男人們立刻抱在一起發出喜悅的吶喊。

就連埋伏在樹林裡的射手們也忘了要繼續躲藏，和周遭的人們彼此開心地拍肩。

到頭來，出港時間就決定在隔天早晨。

畢竟光是把藏在男爵等人據點裡的物品搬到船上就已經太陽下山了。

對方表示今晚要舉行慶祝出港的宴會，所以我便在大型船的甲板上和男爵同桌。

至於莉薩和娜娜則是已經先送回同伴們的船上。年輕的水手們看著娜娜的眼神中充滿了欲望，因此我就讓她們退避了。

「■■■■　燈明。」

光是在船首和船尾像誘蛾燈一般點燃的驅魔物用提燈也太過昏暗，所以船員中的生活魔法使們就在船上各處點起了魔法燈。

「哦，很可口的香味呢。不知有多久沒嚐過鹽巴以外的調味品了。」

「潘德拉剛士爵大人分了我們一些調味料，所以今天就大顯身手了。」

見到送上來的料理，男爵和航海士們都瞇細了雙眼。

由於是以島上捕獲的魚介類為主，桌上擺放著充滿男人手製料理風格的餐盤。為慶祝脫離島上而裝在啤酒杯裡的麥酒，更是連下級船員也一視同仁地發放。

「潘德拉剛士爵，我看你的船上似乎還有女性。長期航海的時候還是別載著女性比較好哦。」

男爵喝著麥酒一邊這麼說道。

「有的船長會載著自己的愛妾或娼妓，但那種船大多都會引發船員叛亂。」

原來如此，並非常聽到的「觸怒海神」而是「容易破壞船上秩序」的忠告嗎。

「男爵閣下的忠告，我感激地收下了。」

在我們的船上，大家都像家人一樣所以沒有問題。畢竟只有我一個男人呢。

「起錨！」

「起錨了——」

「「「起錨了———」」」

航海士的命令由水手長複誦，緊接著水手們轉動大型的捲揚機。

許多人都擁有剛力技能，即使如此好像還是很辛苦。

由於想要觀摩普通船隻的出港景象，所以我硬是要求男爵讓我乘船。另外，我們的船則是透過「遠話」魔法來對船首像型魔巨人下達指示所以沒有問題。

「前桅，揚帆。」

「揚──帆──」

「「「揚──帆──」」」

站在帆桅橫桁上的水手們，在沒有綁安全索的情況下解開了綁住船帆的繩子。

受風的船帆讓船身緩緩地轉向。

「右活動索，拉。」

「右──活動索──拉──」

「「「活動索──拉──」」」

好幾名水手漲紅著臉使勁拉扯活動索──繩索。

船轉向完畢後，這次又調整活動索以筆直前進。

船舵當然存在，但動力來源終究還是船帆。

留下少許人負責前帆桅，剩下的水手們都前往輔助後帆桅。由於水手數量比標準人數還要少，所以工作似乎也較平常更多。

到達後帆桅的水手們，動作靈活地迅速爬上牢牢附著側支索的繩梯。

「主桅，揚帆。」

「揚──帆──」

「「「揚──帆──」」」

中央的船帆揚起後，船的速度逐漸加快。

主帆桅的水手們完成任務後紛紛沿著繩索滑下，移動至活動索的負責崗位。

「後桅，揚帆。」

「揚——帆——」

「「「揚——帆——」」」

後桅的船帆揚起後，水手們留下一定人數，其餘的按照航海士的指示操作活動索調整船帆的方向。

像這樣的作業都以人力為主，並未使用船上搭載的魔力爐。

據說燃燒魔核的魔力爐，平常拿來使用的話成本太高了。

說到這個，矮人之村裡好像也因為魔力爐耗費太大而改用練魔炭爐的樣子。

「潘德拉剛動爵，你船上的水手真是厲害啊。那精湛的轉向和行雲流水般寧靜的啟航實在是相當罕見啊。」

「您過獎了。」

由於借用了精靈們的自動開船函式庫，所以聽到男爵的稱讚後我並不怎麼光榮。

「對了，你的船上為何沒有懸掛希嘉王國和穆諾男爵的旗幟呢？」

「真是不好意思，前些日子的暴風雨把旗桿都一併颳走了。」

我用詐術技能解釋男爵的問題。

代表所屬的旗幟，我完全忘記它的存在了。

根據我不經意向航海士拋出雜學性話題之後所獲得的情報，國旗、領旗、船長旗這三面旗還有代表軍艦或民間船的旗幟是規定要懸掛的。

我隱約還記得穆諾男爵的旗幟，所以國旗就以這艘為藍本好了。

至於代表民間船的旗幟，從沉船回收的物品裡某種程度上可以看出來。

「船長，已經進入海流了。」

「嗯，啟動魔力爐，加強對周邊的監視。」

接獲男爵命令的船員，朝著傳聲管叫道：「啟動魔力爐，低輸出。」

過了好一會，傳來「啟動完畢」的報告，魔法使施展出「廣域索敵風」。看樣子，他所啟動的索敵魔法是仰賴魔力爐所供給的魔力來維持的。

索敵結果似乎會依序呈現在駕駛台前的鏡子裡。

據說維持這種廣域索敵會劇烈消耗魔力，所以魔力爐在低輸出模式時就無法和防禦壁一起使用了。

另外，以目前的燃料儲備來說，戰鬥用的高輸出模式最多僅能維持三十分鐘。

「嗚～快憋不住了～」

「蠢蛋！客人還在場啊！」

儘管遭到訓斥，水手仍朝著位於船舷的神祕物體而去。

看似兒童座椅般的隆起物。

——原來是廁所嗎！

上完小號的水手往這邊不斷低頭致歉，同時返回自己負責的崗位。

「乘現在趕快刷甲板！」

在水手長的命令下，基層水手們便汲起海水沖在甲板上。

用意或許是為了殺菌也說不定，但甲板好像反而會被鹽分損傷。

我懷著這種想法詢問水手長：「您知道水手們在甲板上潑灑海水的用意嗎？」結果得知這麼做的目的是打濕甲板使其膨脹，消除甲板上的縫隙以防進水。

原來如此，很有道理。

我們的船已經鍍上了樹脂，所以這算是非必要作業。所使用的是精靈之村出產的名為阿魯亞的樹脂。

我在樹屋裡愛用的高腳杯就是使用這種素材。

透明輕巧且耐熱性能出眾，像壓克力那樣掉在地上也不會裂開，所以是我用來製作年少組餐具的便利材料。

「很抱歉沒有人侍餐，餐點也比較簡單。」

我在男爵的邀請下一起享用午餐。正如他所言，給人感覺相當簡樸。

幾塊烤得硬梆梆的餅乾配上只有鹹味的豆子和肉乾做成的湯，再來就是德國酸菜一般的醃菜以及黃橙果實的果乾而已。

果乾以外的食物都出自我所提供的那些被沖到都市岩島海岸的食物桶。他們飲用的麥酒酒桶也是一樣。

可以的話真希望提供新品給他們，但我們手邊適合航海的乾糧僅有果乾，並無其他的選擇。

當然，事先也透過鑑定技能確定沒有腐敗。

「這種果實很美味呢。這是什麼的果實呢？」

「這個的話，是用山樹的黃橙果實曬乾而成的哦。」

我回答了年輕副航海士的問題後，周圍的氣氛頓時凍結。

「黃……黃橙果實？」

「山……山樹，莫非就是那種只生長在精靈之森裡的傳說之物？」

航海士們紛紛這麼追問。

山樹在穆諾男爵領的巨人之村里也有生長哦？

「廚……廚師！立刻停止發放果乾！」

男爵用慌張的語氣打開通往廚房的傳聲管下達命令。

「怎麼了嗎？」

「潘……潘德拉剛勳爵，你知道黃橙果實的價值有多高嗎？」

──啊？

畢竟是一顆有一噸重的巨大果實，我知道吃起來分量很夠而且又非常美味。不過，由於未曾在市場上見過，所以也就沒有機會使用市場行情技能了呢。

我下意識注視果乾後，上面標注了一片價值一到三枚銀幣的價格。五片總共就要一枚金幣以上嗎──就算再怎麼稀有，未免也太敲竹槓了。

穿插了這樣的午餐插曲，我不報期望地順便詢問同桌的船長及航海士們是否知道關於拉拉其埃的情報

「拉拉其埃？好像在哪聽過的樣子。」

男爵摩挲著沒有鬍子的下巴，一臉沉思的表情。

「……想起來了。我在砂糖航線中段的魔導王國拉拉基的祭典上聽到過。」

據男爵所言，魔導王國拉拉基的王族謠傳是天空人的後裔，而在名為「天想祭」的祭典上對外展示的，就是一件被稱為「拉拉其埃之盒」的祕寶。

如果記得沒錯，所謂的天空人應該是專指拉拉其埃的居民才對。

總覺得拉拉其埃的後裔很可能一直都生活在魔導王國拉拉基。

「謝謝您，男爵閣下。」

「不不，看來多少幫上了一些忙，真是太好了。」

我向男爵閣下道謝，接著請教比較空閒的航海士有關砂糖航線和魔導王國拉拉基的所在地。

雖然可能因此延誤抵達迷宮都市的時間，但以飛行帆船全速飛行的話，就算中途繞路大概也只會損失一個星期的時間。

就在這麼交談之際，我們很不幸地遇上了魔物。

「船長！左舷發現『魚雷烏賊』！對方還未察覺到我們。」

「好，左滿舵。」

船的航向往轉偏移。

他似乎要採取避免和魔物交戰的方針。

另外，魚雷烏賊等級為十左右但數量很多。因為多達三十到五十隻，所以一起擁上來的話似乎不好對付。

「魔力爐，提高輸出。提升之後展開防禦壁！」

過了約一分鐘，船被術理魔法系的防禦壁包裹住，船的速度增加了一些。

大概是防禦壁減少了水中阻力的緣故吧。

「前……前方島嶼的暗處發現了疑似『岩頭飛魚』的反應！」

負責監視索敵鏡的船員恐懼地這麼報告。

根據地圖顯示，岩頭飛魚的數量為十隻，等級也只有十級前半而已。

這種敵人有那麼可怕嗎？

「魔力爐最大輸出。留下最精簡的開船人員，其他人著手準備魔力砲！我們要穿越島嶼的右側！只準備左舷的也無妨！」

男爵大聲向船員們下達指示。

我也幫忙他們移動甲板上的魔力砲。

「來了！」

「那些傢伙的岩頭可是會把魔力砲彈開啊！要鎖定頭部中心或是身體！」

「「「是！」」」

原來如此，那是一種防禦力集中在頭部的魔物。

接獲船長「發射——！」的口令，雷之砲彈立刻從魔力砲射出。對付海面附近的敵人好像都是用「雷」、「冰」、「岩」這三種砲彈。至於「焰」則是對上海盜船時才會使用。

由於砲擊手不足，我也協助發射了多出來的魔力砲。

魔力供給量少威力也很差。而且，似乎是因為僅靠著一具魔力爐對多數的魔力砲供給魔力，使得重新填充的時間變長。

當岩頭飛魚因閃避行動而降低速度，在海中重整態勢的期間，其中的一隻卻完全不躲避直接避衝了過來。

來到附近的岩頭飛魚猛然飛起，看準甲板的船員們撲了過來。

那龐大的身軀大約有一台輕型汽車的質量。

看來相較於等級，海中魔物大多體積都很龐大。

「哇啊啊啊啊。」

被鎖定的船員嚇得發出哀嚎。

儘管可以見到船長從劍鞘裡拔出雙手劍，但好像來不及的樣子。

我從儲倉取出沉重的石槍拋向岩頭飛魚。

似乎是擲出的力道比想像中更大，石槍把岩頭飛魚直接釘在了船首樓的牆上。

「太感謝了，潘德拉剛勳爵！趕快進行第二波齊射！」

男爵並未提及我石槍突然出現在我手中一事，優先繼續指揮戰鬥。

我於是先戴上石槍戒指以便之後用來解釋。

由於公開等級為三十，所以打倒這種敵人並沒有問題，但畢竟不能保證沒有人會好奇石槍突然出現的事情呢。

「下一波攻擊絕對要命中！砲手瞄準一點！砲擊後，做好近戰準備。」

「「「是！」」」

船長向船員們下達指示。

第一波齊射僅打倒三成左右的敵人，再這樣下去的話鐵定會遭到突破而使同伴們陷於危險之中。

我不去進行第二波的準備，轉而在另一邊的船舷確認沒人看見之後將「追蹤箭」放入海中。

由於盡可能選擇了大角度的迂迴路線，所以應該會跟第二波齊射的時間吻合吧。

「全砲門齊射！」

「「「是！」」」

砲手們懷著視死如歸的表情推下拉桿。

魔力砲朝著接近至眼前的岩頭飛魚擊出。

海面遊走著紫電，海中的魔物們紛紛被追蹤箭貫穿之後下沉。

「——呼，總算擊退了嗎。」

男爵鬆了一口氣，下達了戰鬥後的指示。

甲板上的岩頭飛魚在除去魔核後眼看就要被丟進海裡，我於是整個收下來。至於魔核則是我聲稱想要買來當作魔力爐的燃料，因此按照對方開出的價格收購了。

◆

「是港口的水門！」

男爵的船在前方傳來這樣的呼喊聲。

在那之後過了七天，我們的船隊終於順利抵達了蘇特安德爾。

我在結束與岩頭飛魚的戰鬥之後便返回自己的船，接下來除了討論航線以外就不曾再去打擾男爵的船了。

畢竟對方似乎都把不洗澡視為理所當然，船員們的體味實在很重。

他們好像採取極力不用淡水的方針，連調理和洗臉等生活用水也使用海水。

難怪我和航海士之間對於淡水用量的估算有所差距。

目光盡頭處的水門漸漸接近。

——對了，得要先叮嚀一件事情才行。

『蕾伊，注意不要在人前唱歌哦。』

『是的，佐藤先生。』

途中為了打發時間，蕾伊和同伴們經常在蜜雅的伴奏下一塊合唱，但每一次都會吸引成群小魚或海鳥過來。

儘管優點是非常有奇幻風格，但在他人面前進行的話似乎會引發許多問題呢。

當同伴們開心地玩耍之際，我在途中一直悄悄地進行船的改裝作業。

作業內容主要是為了防備骸骨王的再次襲擊而製作所有人的攜帶用聖碑，以及把船上的聖樹石機關更換成大輸出形式。

接下來我更打算追加噴射裝置和強化防禦壁。

「哦——很大的水門呢。」

「也有很多大型的大砲和高塔。」

亞里沙和露露看到水門及備有大型魔力砲的防衛塔之後感到驚訝。

塔內似乎配備有鳥人士兵和許多的工兵及魔法使。戒備顯得十分森嚴。

「看起來是利用那道水門阻擋港灣的入口，以防止魔物入侵吧。」

水門的內外都豎立著在公都前的大河所見到的驅魔物用巨大柱子。

狹窄的水門內，水流就跟河川一樣湍急。

應該大河的水流入灣內才導致這種現象吧。

我透過地圖確認後，得知另外還有排水用的水渠和水門。寬廣綿延的淺水渠好像也用來栽種海藻的樣子。

「主人，港灣警備的船隻發出了可以通行的指示。」

「謝謝妳，莉薩。那麼，我們就進港吧。」

以男爵的船為前導，我們僅接受簡單的身分證確認後就獲准進入灣內。

一般的情況下，好像還必須封印大砲和確認禁止攜入物品後才可以進去。

灣內幾乎沒有魔物，所以有許多的小船正在捕魚。

『好大的……船……有好多。』

『好像有許多國家的船隻進港了。』

蕾伊指著浮在灣內的許多大型船這麼喃喃道。

灣內停泊著幾艘歐尤果克公爵領所屬的大型戰列砲艦，更有許多中型及小型的軍艦。

這些好像同樣是為了戒備灣內停泊的外國船隻而配置的。

看似有帆外輪船的沙珈帝國船及外型為附槳帆船的鼬帝國船在這當中十分醒目，南方群島所屬的中型船也有好幾艘進港了。

我替蕾伊她們解說船隻之際，獸娘們的方向忽然傳來饑腸轆轆的時鐘聲。

「剛好也到用餐時間了，到達港口之後來吃些東西吧？」

「肉～？」

「肉最好喲！」

我的發言讓小玉和波奇蹦蹦跳跳地這麼主張道。

乘船旅行時大多都是吃魚介類，她們好像很缺乏獸肉的樣子。

「那麼，就到有美味肉類料理的店家吧。」

我這麼發言後，蜜雅以外的所有人都做出肯定的回答。

「當然，還有米飯和蔬菜料理呢。」

「嗯，贊成。」

聽到我補充的這句話，蜜雅帶著笑容點頭同意。

貿易都市蘇特安德爾

「我是佐藤。有句話叫作『緣分妙不可言』。其實不僅限於男女之間，我覺得就連人與人的相遇也存在著不可思議的緣分。特別是在異世界當中——」

「那麼潘德拉剛勳爵，我們就在年初的王國會議上再會吧！屆時我會展現出讓你讚嘆不已的東西來回報的！」

在歐尤果克公爵領的貿易都市蘇特安德爾進港之後，吉德貝爾特男爵緊握住我的手這麼保證，然後便策馬前往太守的城堡了。

他好像要向太守借用緊急聯絡用的快速艇以趕往公都。

「搖搖晃晃～？」

「總覺得好像還在坐船一樣呢。」

正如小玉和亞里沙所言，由於連日來在船上跟著搖來搖去，踏上堅固的地面後就出現了格格不入的感覺。

「很快就會習慣了哦。總之，趕緊把事情辦完後來吃飯吧。」

我這麼催促後，大家就突然俐落地開始行動了。看來她們都非常想念肉類料理。

我們將船上的留守工作交給船首像型魔巨人和附上幻影的活動人偶們，前往位於港灣設施當中的商工會議所進行倉庫的簽約以及委託向特許商人下單。

由於在精靈之村大量提供了手頭上的調味料及食材，所以我打算在這裡重新補充。

辦完這些事情後所造訪的那家肉類料理店實在是選對地方了。

這陣子都是吃海鮮料理而導致肉類不足，所以蜜雅和蕾伊以外的孩子們都一直在猛吃肉。以後還是多把一些肉類料理加入料理品項當中好了。

大家摸著肚皮一邊走出店裡，步伐顯得很輕快。

「飽餐～？」

「肉果然是最棒的喲。」

「羊筋肉很有嚼勁，實在是美味。」

獸娘們心滿意足地呼出氣來。

莉薩的感想在方向性上有些奇怪，不過既然她覺得滿意就行了。

「咦——小羊排不是比較好吃嗎？」

「醬汁的味道香濃，非常有參考價值。」

亞里沙和露露開心得彷彿臉部旁邊就要冒出音符似的。

「幼生體，怎麼了嗎──這麼詢問道。」

『不要緊……只是覺得有點刺眼。』

走出店內的蕾伊整個人搖搖晃晃，娜娜於是幫忙扶住她。

雖然很可能是暈眩所致，但總覺得蕾伊的臉色有點差，看來最好早點安排好旅館以便她隨時可以休息。

「抓飯，美味。」

『是的，抓飯和沙拉……都很美味。』

對於最後一個走出店內的蜜雅，蕾伊點頭同意對方的感想。

她似乎真的很喜歡抓飯和沙拉，剛才的不適感已經消失無蹤，恢復了原來活潑的語調。

「贊同幼生體。海藻沙拉也很美味──這麼報告道。」

嗯，肉類料理之外也很美味。

娜娜所稱讚的海藻沙拉，真搞不懂究竟是如何做出那種味道的。我已經請店家讓我打包帶走，所以下次前往精靈之村時打算請廚師精靈妮雅小姐幫忙解開謎團。

儘管透過空間魔法「眺望」或許就能立刻得知，但這麼做可是犯規的呢。

「我們要在這個城市住一晚對吧？接下來要做什麼呢？」

「魔法店裡有我想買的卷軸，大家就在攤販街散步一邊走過去吧。」

走在前頭的亞里沙回頭詢問，我於是這麼回答。

話說回來，漫步在自由寬廣的貿易都市裡實在很愉快。

公都的港口街也是一樣，到處都是充滿異國風情的人們。

雖然獲得了各種外語技能，不過至今學到的幾乎都趨於方言，所以就沒分配技能點數了。

畢竟這個港口的魔法店裡似乎擺有術理魔法「翻譯：下級」的卷軸呢。

我打算連同適合海上旅行的卷軸一起買下來。

「既然這樣，我想去看一些平常可以使用的飾品。」

「嗯，小東西。」

亞里沙轉頭這麼宣布道，走在我身旁的蜜雅也點了點頭。

獸娘們和露露即使用完餐，目光還是在追逐著賣食物的攤車。

「總之不要整個人面向這邊往後走，很危險的。」

「是──唉呀？那是什麼呢？」

望向後方的亞里沙納悶地傾頭道。

『姊姊，找到妳了。』

一種令人背部發冷的聲音從後面響起。

是有點回聲效果的聲音。

轉頭望去，只見那裡站著一名髮梢部分為紅色的黑色長髮美少女正怒聳著肩膀。

皮膚白皙的少女身材高瘦，就彷彿要與白色衣服融為一體。長相十分類似蕾伊的少女版本。

只不過，眼睛很可怕。就類似正負片反轉，本來眼白的地方變黑，而瞳孔所在處卻是白色。

『蕾亞妮姊姊，是我啊！我遵照父親大人的吩咐過來接妳了！』

從她的視線來看，蕾亞妮大概就是蕾伊的本名了吧。

不過，相較於少女欣喜的模樣，蕾伊卻是頂著畏懼的表情躲在我的手臂後方。

『可怕的……影之子。』

抓住我手臂的手指不斷顫抖著。

蕾伊夢見的就是這個孩子嗎？

「咕嚕嚕～」

「小玉，怎麼了喲？」

小玉朝著黑髮少女發出低吼聲。

像極了她第一次見到蕾伊時的態度。

我用手制止了莉薩和娜娜想要跑到我身前的舉動。

小玉的反應讓我好奇地開啟瘴氣視，恐怖的景象赫然映入我的眼簾。

少女在我視野裡的模樣簡直就是惡靈。

一種猶如黑色氣息的事物纏繞在她身上，漆黑瘴氣編織而成的鎖鍊如蛇一般蠢動著籠罩她的全身。

還有看似手枷及足枷的瘴氣，連接枷具的粗大鎖鍊不知什麼時候消失在周遭充斥的霧氣之中。

倘若是看到這番景象，也難怪蕾伊會感到害怕了。

由於對方會說神代語，可以確定是骸骨王的相關之人，所以也對這個孩子先加上標記好了。

『姊姊，聽我說！除了下落不明的紅蓮杖，其他的神器都湊齊了。接下來只要有代替紅蓮杖的大顆火晶珠結晶及「盒子」，再加上姊姊的鑰匙，就可以讓拉拉其埃返回天空了！』

興奮地這麼告知的少女說畢，下一刻蕾伊給人的感覺便驟然一變。
她的眼中失去光彩，頂著焦點模糊的眼睛仰望少女。
『必須讓拉拉其埃返回天空。這是在海底永眠的女王之遺志——』
蕾伊彷彿換了一個人般流暢地開口。
語氣總覺得很像在播放已經先錄音好的廣播內容。
『妳怎麼了？姊姊？』
終於察覺到蕾伊異狀的少女疑惑地傾頭，接著看到阻擋在蕾伊身前的我便皺起了眉頭。
『嗨，初次見面。妳是蕾伊的朋友嗎？』
『滾開，低賤之人。別妨礙我和蕾亞妮姊姊重逢。』
無視於用開朗語氣交談的我，少女抬了抬下巴這麼命令道。
根據AR顯示的情報，她的名字叫優妮亞。等級為三十，種族固有能力中具備了「理術」。技能則擁有「死靈魔法」、「同步」、「回避」、「調教」這四種。
從種族來看，她不可能是蕾伊的親妹妹。大概是毫無血緣關係的姊妹，抑或是情同姊妹一般長大的吧。
『——沒聽到我剛才叫你滾開嗎？』
我不經意抬起目光，只見優妮亞這麼激動道。

看樣子，她在我徹底調查情報的期間已經說了好幾次。

『啊啊，抱歉。我在想些事情，所以沒有聽見哦。』

我坦率道歉，但優妮亞的怒氣卻似乎沒能平息。

『看來你一定要礙事就對了……』

咬牙切齒的她，額頭處浮現出齒輪般輪廓的發光魔法陣。

看來我的選擇好像是錯的。

剛才不應該道歉，而是閃到一邊去才正確。

——當然，即使知道結果我也不會這麼選擇的。

『那麼，就去死吧！』

——SHWNESHWNEEE。

優妮亞的聲音響起的同時，某處傳來了九官鳥般的啼叫。

我心中感到疑惑，但仍用「魔法破壞」消除了她額頭處所釋放的魔法散彈。

相隔片刻後，優妮亞的影子裡爬出了將近二十具骨海盜。

——這是她的死靈魔法嗎？

「哇啊啊啊啊。」

「怪物啊————」

人們剛才還在遠遠圍觀著說出一大串未知外語的優妮亞，在見到她的影子裡出現骨海盜後就立刻四處逃竄。

「所有人，就戰鬥準備。」

莉薩這麼告知後，同伴們便從妖精背包裡取出各自的武器。

娜娜似乎優先選擇了大盾。

骨海盜大約十級左右，所以就算數量多了一點也應該可以放心交給同伴們解決。

為了避免同伴們受傷，我事先施展了「物理防禦附加」和「魔法防禦附加」兩種魔法。

「敵人等級為十。擁有麻痺的追加效果，所以要同時留意武器之外的攻擊！」

聽到亞里沙的吶喊，同伴們做出了肯定的回答。

『可以的話，我想跟妳談談哦？』

『殺了你，帶回鑰匙和姊姊。這就是父親大人的命令。』

在額頭上生出齒輪般的魔法陣，優妮亞一邊這麼宣告。

果然沒錯，蕾伊的鑰匙型髮飾應該是某種關鍵物品。

還有——命令嗎。

直到這個時候，我才察覺優妮亞的狀態已經變成了「附身」。

原來那些瘴氣是附身所造成的嗎。

『我現在就來救妳。』

我將蕾伊交給露露保護，自己用縮地撲向優妮亞的懷中。

和剛才釋放的魔法散彈一樣，我也用「魔法破壞」消除了她準備擊出的「理槍」。

『退散吧，惡靈！』

我從儲倉裡取出聖碑，斟酌地注入魔力。

以優妮亞的種族來說，應該不至於連同附身的惡靈一起被淨化才是。

——GHWEGHWEE。

『嘎啊啊啊啊啊啊啊啊啊。』

沐浴在藍色聖光下，優妮亞的影子裡噴出怪聲及黑色霧氣，不知為何就連優妮亞本人也發出了尖叫。

所幸人似乎沒有受傷，但優妮亞的白色衣服卻像被緊縛一般勒住了她。

旁人看起來有種些微的不道德感，但切換成瘴氣視之後，我立刻就了解原因。

籠罩她的翻騰瘴氣儘管已除去，但纏在她身上的瘴氣鎖鍊卻在收縮，緊緊勒住了她。至於瘴氣枷具並沒有變化。

我停下聖碑，改變方針準備先以手工作業去除優妮亞的瘴氣。

畢竟要是強行用聖碑清除瘴氣的話，她很有可能會受到嚴重的傷害。

萬一附身的元凶出現，屆時再將其打倒即可。

『放……放開我！』

『我立刻就讓妳解脫出來，一切都包在我身上吧。』

我對優妮亞的抗議提出強人所難的要求，並洩掉她的魔力以封鎖理術的抵抗手段。

『僅僅是被奪去魔力，我也不會屈服的！』

用「理力之手」吊起掙扎的優妮亞之後，我便著手解開糾纏的瘴氣鎖鍊。

『嗚嗚——我……我叫你放開我。』

雖然很想解開枷具，不過從糾纏的情況來看似乎要先解開鎖鍊才行。

我無視於優妮亞拚命掙扎的抵抗動作，繼續進行作業。

『你……你這可惡的冷血男……嗚啊啊啊嗚啊啊啊……嗚嗚嗚啊啊啊啊……啊嗯。』

解開瘴氣的期間可聽到優妮亞再痛苦的叫聲當中夾雜著煽情的呻吟，但這一定是錯覺，所以我並沒有停止動作。

而在這段期間，同伴們正手腳俐落地打倒骨海盜。

——ＳＨＷＮＥＳＨＷＮＥＥ。

剛才的九官鳥叫聲再度響起。

「主人，影子！」

繼九官鳥的啼叫後，亞里沙的呼喊傳入我耳中。

我解除左眼的瘴氣視望向優妮亞的影子，但沒有任何東西。

——不，是鳥的影子。

優妮亞的影子肩膀處，停著一隻鳥的影子。

她的本體上沒有停留任何東西，所以應該是影子魔物才對。

我使勁踐踏鳥的影子，但牠卻若無其事地從優妮亞身上飛了起來。

「後面！」

『呀啊。』

亞里沙的聲音和蕾伊的呻吟同時響起。

回頭望去，蕾伊的影子裡赫然湧出了「逼近的影子」。

剛才處於恍惚狀態的蕾伊已經恢復過來了。

「嘿！」

露露用雙手持拿的魔法槍將其射穿。

看起來似乎比不死王賽恩以前所驅使的「逼近的影子」還要弱，僅僅幾發攻擊就被消滅了。

——SHWNESHWNEE。

九官鳥的叫聲響起，我和蕾伊腳邊的影子變成泥沼一般。這是賽恩擄走蜜雅時所使用過的「影渡」魔法。

不過，雙腳卻始終沒有下沉的觸感。

「在空間魔法使的面前，別以為可以輕易地干擾空間哦！」

朝這邊伸出手臂的亞里沙得意笑道。

看樣子是亞里沙用空間魔法妨礙了「影渡」的發動。

不過，依然留有影子觸手——

「嘿！」

「喝——喲。」

露露用魔法槍射擊伸出去想要抓住蕾伊的影子觸手，以驚人速度衝來的波奇則是用魔劍貫穿影沼的中央。

波奇的魔劍所刺中的影子開始波動，影子觸手如膠著一樣停止了動作。

「大卸八塊～？」

針對抓住蕾伊腳踝的影子觸手，小玉的魔劍將其切除。

「我不會交出幼生體——這麼告知道。」

娜娜將能夠動彈的蕾伊撈了起來。

而最後——

「在主人的魔槍面前，邪惡的影子根本算不了什麼。」

莉薩挾帶魔刃的魔槍讓蠢動的影子蒸發殆盡。

對於同伴們的成長感到無比自豪的同時，我利用「魔法破壞」消除腳邊蠢動的影子殘渣，然後將注意力轉回優妮亞身上。

或許是解除了一半瘴氣的影響，優妮亞呈現正負片反轉模樣的眼睛唯獨右側已經恢復至普通的藍眼眸。

我開啟瘴氣視，擺出再度去除瘴氣的架勢。

『放開我！』

優妮亞拚命掙扎試圖逃脫「理力之手」的束縛，不過這可不是那麼輕易就能掙脫的脆弱魔法。

『嗚啊啊，小……小不點！快救我！』

判斷自己無力掙脫的優妮亞開始尖叫，一邊向虛空中求救。

——ＳＨＷＮＥＳＨＷＮＥＥ。

彷彿在等待這個瞬間，九官鳥的叫聲響起。

不過，等待這個瞬間的並非只有對方。

我離開優妮亞身邊，將一瞬間出現的紅色光點擊飛。

——ＧＨＷＥＧＨＷＥＥ。

『小……小不點————！』

九官鳥的慘叫讓優妮亞跟著發出憂心的呼喊。

『快放手，你這惡魔！竟敢欺負小不點！』

什麼都看不到，但手感確實存在。

如今羽毛的影子四散，紀錄裡也出現了——

Ｖ打倒了「死靈鳥：分體」！

糟糕，對方擁有當初在穆諾男爵領交手過的下級魔族相同的能力嗎？

『快解開！我要替小不點報仇！』

優妮亞似乎不知道被打倒的是分體，掙扎著想擺脫束縛的動作變得更加劇烈。

——ＳＨＷＮＥＳＨＷＮＥＥ。

『小不點！』

聽到不知從哪傳來的死靈鳥叫聲，優妮亞浮現欣喜的表情。

——SHWNESHWNEE。

紅色光點這次出現在七個地方。

面對一起襲來的死靈鳥，我和同伴們一塊迎擊。

「主人，那個孩子！」

我循著亞里沙的聲音拉回目光，發現優妮亞已經不見蹤影，標記情報中顯示她的目前位置變成了「幽界」。

看樣子，她是乘著我分心而放鬆「理力之手」時逃出了束縛。

『妳等著，姊姊！』

四面八方響起了優妮亞的聲音。

我切換成「瘴氣視」張望四周。

『我一定會從那個黑髮惡魔的手中把妳救出來。』

真是令人無奈的稱呼，但如今先放在一邊吧。

——找到了。

我看準剛剛找到的些許瘴氣噴出點擊出了貫手。

『呀啊啊啊！來了！黑髮惡魔來了！』

通往幽界的蟲洞被我用手撐大，裡面傳來了優妮亞充滿恐懼的叫聲。

總覺得自己好像個壞人一樣。

儘管有些不高興，我仍緩緩將脆弱的入口逐漸拉大。

『小不點，快切斷！趕快切斷連線！』

——SHWNESHWNEE。

九官鳥的聲音同時響起，蟲洞的入口處出現了腐爛屍體。

「——噁！」

噁心和臭味讓我下意識抽回身子，通往幽界的入口乘機關閉，現場僅留下蠢動的腐爛屍體——不死魔物「活屍體」。

「幼生體！主人，幼生體昏過去了——」這麼報告道。請求支援！」

循著這個聲音回頭望去，只見娜娜抱起了已經昏迷的蕾伊。

蕾伊的狀態變成「昏倒」，在開啟瘴氣視的視野裡可以見到蛇一般的瘴氣正糾纏住蕾伊的腳。

她好像被不死魔物所帶來的瘴氣侵蝕了。

「小玉、波奇，動手殲滅。」

「系系～」

「包在我們身上喲。」

活屍體交給獸娘們解決，我則是進行剝離蕾伊身上瘴氣的作業。
作業結束之際，獸娘們也打倒所有活屍體，現場留下無數骨頭和腐爛的肉塊。
「你們幾個！這是怎麼搞的！」
伴隨馬蹄聲出現的，是蘇特安德爾市的太守軍士兵們。
那麼，該用什麼樣的藉口才好呢——

◆

「潘德拉剛勳爵，實在是太感謝你了。」
在被押往的太守公館內，我受到了不下於太守本人的隆重招待。
同伴們不在現場，而是好端端地在其他房間接受熱情的招待。
「真想不到，艾姆林子爵您竟然已就任為蘇特安德爾市的太守。」
我之所以會認識身為公都上級貴族的卡庫·艾姆林子爵，是因為眼看要破產的他找上我打聽如何調理「露露果實」才能提高商品價值的那件事。
儘管差點破產的原因是吉德貝爾特男爵們的貿易船隊全滅的緣故，但艾姆林子爵卻沒有任何怨言或嘲諷，純粹為了家臣及朋友們的平安歸來而高興。

「嗯，本來還要一段時間後才輪到我就任太守，不過計畫有些提前了。」

說到這個，擔任蘇特安德爾前任太守的波比諾伯爵好像因為前家主資助魔王信奉集團「自由之翼」的事情而下台了吧。

「話說回來，潘德拉剛勳爵你也太見外了。之前應該說過直接叫我卡庫就好。」

儘管這麼說，艾姆林子爵同樣不稱呼我為佐藤而依然是「潘德拉剛勳爵」呢。

——這或許是他的個性使然吧。

「你是將我的家臣們從遠海的孤島中解救出來的恩人。請不用太拘束了。」

「正是！當潘德拉剛勳爵乘坐原本已經觸礁的船出現時，我差點以為是神的使徒現身了。」

坐在艾姆林子爵旁邊的是當時在港口分開的吉德貝爾特男爵。

這裡同時也坐著艾姆林子爵的家人。

只不過，當初在公都舞會上一起跳舞的次女莉娜小姐卻不在場。

據說是跟著辦完公都的事情後返回穆諾男爵領的卡麗娜小姐一併同行，前往穆諾城進行見習侍女的修行。

明明只是中學生左右的年紀，真是了不起。

不過，既然要成為見習侍女，總覺得不必選擇遙遠的穆諾男爵領而是在歐尤果克公爵城比較好……

畢竟是青春期的少女，可能是希望離開父母身邊靠著自己的力量來奮鬥吧。之後寫信到穆諾男爵領時，就順便寄一封給莉娜小姐好了，當然，卡麗娜小姐也是。

「閣下，吉德貝爾特男爵的家人抵達了。」

敲門後進來的管家這麼告知，男爵便慌張地從座位起身。

「哦哦，是嗎。吉德貝爾特勳爵，這裡不要緊了，去見你的家人吧。」

「感謝閣下您的盛情。」

向艾姆林子爵和我默默行了一禮，吉德貝爾特男爵便像風一般離開房間。

順風耳技能捕捉到他和家人之間的重逢。

嗯，助人的感覺真好。

「卡庫大人，還請收下這件物品。」

「這……這不是我交給船隊的船長們所保管的『魔法背包』嗎！」

「這是我在發現漂流船時找到的。」

見到我從萬納背包裡取出的「魔法背包」，艾姆林子爵發出了驚呼聲。

「原本應該先交給吉德貝爾特男爵才對，但內容物非常昂貴，所以我想還是直接交給卡庫大人您比較好——」

查看過我遞來的「魔法背包」當中的內容物，艾姆林子爵頓時說不出話來。

裡面幾乎沒有金幣或銀幣之類的東西，但卻存放了大量的珊瑚藝品及精緻的魔法工藝品等物，其他還有高品質的翡翠和巨大的瑪瑙塊，不常見的寶石原石更是大量放在其中。

吉德貝爾特男爵並未察覺到，其實我去除了那艘船的壓艙物轉而將其他船上搭載的魔力砲盡可能放入其中。不過要裝載兩個以上的魔力爐就辦不到了。

「這……這是為何，潘德拉剛動爵……」

奇怪？原以為對方會很高興，這種反應有些不尋常。

「有了如此龐大財產，不光是名譽男爵，甚至就連永世男爵的地位也可以買下！為何你不索求任何的回報就交給了我？」

「不過，這是屬於卡庫大人您的東西吧？」

——失物就要送還失主。

這是日本人的基本禮儀呢。

「你在說什麼。在位於魔物領域的沉船中所獲得的物品或漂流物，所有權都會自動歸屬拾獲者，若做出海盜行徑還另當別論，但這些寶物的所有權可是都歸你了。」

原來如此，就和迷宮裡取得的物品是一樣的處理方式嗎。

不過，既然知道是熟人所遺失的物品，要占為己有實在不符我的個性。

「知道了。我就老實說吧。」

「——老實說？」

所以，我打算讓詐術技能發揮一下。

「我原以為您不會相信，所以就閉口不提了。其實這些背包和漂流船都是在海龍群島喪命的船長幽靈們交給我保管的。」

「你……你說什麼！」

我決定謊稱對方當時將海龍群島中遇難的我們引導至安全的領域外，最後拜託我救出男爵等人並將物品送到艾姆林子爵的手上。

這樣一來，艾姆林子爵應該就會欣然收下了。

「原來是這樣！真是一群忠臣。」

「是的，在我向他們做出保證後，大家就放心地升天了。」

這並非事實，但我已經整個淨化過那片海域，所以大致上也沒有說錯。

眼角浮現淚水的艾姆林子爵為這些忠臣默哀了好一會，然後睜開眼睛望向這邊。

「感謝你告訴了我這些。究竟該用什麼樣的東西來報答你的恩情才好呢？」

「這麼請求或許有些冒昧——」

要是保持沉默的話對方可能會提出難以拒絕的說媒話題，所以我試著要求蘇特安德爾的卷軸和魔法書的購買權以及商業權。

商業權其實可有可無，不過只有前者的話會顯得獎賞不足，所以就追加了這項有實際利益的要求。

「這樣就可以了嗎？倘若你願意，甚至能讓你加入成為我們子爵家的一員……」

──好險。

由於子爵長女應該已經有未婚夫，所以我差點就要被迫和未成年的莉娜小姐訂下婚約。

莉娜小姐是個好女孩，但剛上中學的女孩並不在我的對象之內。況且我現在已經有心儀之人了呢。

「既然要前往迷宮都市，就是從王領的貿易都市塔爾托米納開始走陸路。那麼，我就幫你準備一些在塔爾托米納有利可圖的商品吧。」

艾姆林子爵似乎還想加碼報酬。

當天晚上舉行了太守主辦的舞會，我和吉德貝爾特男爵一起被邀請為主賓。

由於艾姆林子爵介紹我時聲稱是「親密的友人」所以一開始就被未婚女性以及有未婚女兒的貴族們團團圍住，最後在莉娜小姐的姊姊幫助下才順利脫身。

──然而。

「很高雅的香味呢？」

「就類似新綠的清新香氣，這種若有若無的清爽芳香實在很美妙呢。」

這次換成姊姊及她的朋友緊貼在我身旁。

看樣子，她們似乎很喜歡棕精靈作為禮物送給我的香水。

「這件衣物所使用的布料也是第一次見到。」

「光澤很像是翠絹，但有些不同呢——似乎是傳說中的妖精絹。」

一位有些不起眼的貴族女孩猜中了答案。不過，臉也靠得太近了一點。

「在豪華吊燈的光線照耀下，流動的淡翡翠色光澤非常漂亮哦。」

「真的呢。是否願意共舞一曲呢？」

「您不嫌棄的話——」

我欣然同意莉娜小姐的姊姊這番要求，分別和她以及她的朋友們跳了舞。

在應付了好一陣子十幾歲的年輕女孩們之後，我終於得以解脫出來。

「要來杯沙珈帝國的蒸餾酒嗎？」

「謝謝。」

彷彿看準了時機，沙珈帝國的商人跑來跟我攀談。

從他開始，我得以和蘇特安德爾市的貴族及為了貿易而造訪的外國船船長們進行交流。

雖然沒有關於拉拉其埃的新情報，不過卻打聽到了據說是天空人後裔的魔導王國拉拉基的消息。

「那個國家歷代的國王可是嗜酒如命哦。」

「甚至還設立了『酒士』、『酒爵』這樣的階級來賜給獻出稀有美酒之人啊。」

據他所言，所謂的酒爵在魔導王國拉拉基可以獲得等同於伯爵的貴族禮遇，至於酒爵就是最下級貴族的待遇了。

即使身為他國的貴族，許多人也曾在此授爵過。其原因是——

「就算接受了爵位，頂多也只要負起『發現稀有美酒後要獻給國王』這項義務，所以有了『酒爵』身分之後，做起買賣來就會相當有利。」

——這是對方的解釋。看來好像是一種商業權或交易特權吧。

其他還有鼬人船長和沙珈帝國的船長告訴我航線上的注意點、稀有料理的話題及有哪些比較好賺的特產品。

話雖如此，他們似乎並非出於好心——

「通往波爾艾南之森的航線嗎？」

「嗯……嗯嗯，我知道你必須保密，只要暗示一下就可以了。」

「果然是要從海龍群島出發嗎？」

看樣子，他們很希望跟波爾艾南之森的精靈們進行交易。

「對方並沒有叫我保密，但我當初是透過精靈的祕術轉移出來，所以不清楚返回波爾艾南之森的航線。」

在我告知可以提供陸路的路線時，兩人都來了勁，但在聽到「越過黑龍山脈」的瞬間就喪失了興趣。

總覺得好像單方面在套取他們的情報，所以離開港口前先贈送他們妖精葡萄酒和一小桶黃橙果實果乾好了。

另外，對於幫我們處理好戰鬥善後工作的太守軍部隊，我則是準備了數桶上等的麥酒還有高級料理店的外送餐點作為賠禮。

◆

「回家去吧，貴族少爺。」

我才剛踏入據說聚集了遠洋船船員們的酒館裡，就傳來了這番老套的台詞。似乎是入口附近那位飽經日曬的海上男人所說的。

我來這裡是為了收集情報。

從船員的口中打聽拉拉其埃，以及其後裔拉拉基王國的事情。

吉德貝爾特男爵與其部下，還有舞會上遇見的船長們已經告訴了我一個大概，但我認為直接詢問剛從當地航線返回船員們應該能打聽到不一樣的內容。

「這裡不是小鬼該來的地方啊。」

「這可是我們海上男兒洗滌生命的場所。」

酒館的內部也拋出了船員們拒絕我加入的聲音。

「我看起來不像船員嗎？」

今天我穿著船員風格的襯衫和褲子而非貴族服裝，但看在他們的眼中似乎就是個貴族。

「那當然啦。有哪個船員會穿著那種一絲皺痕都沒有的襯衫，身上還帶有高貴的香水味。」

抓住我衣領的男人抽動著鼻子在聞味道。

說到高貴的香水，大概是因為我參加了艾姆林子爵主辦的舞會吧。

「重點是你的皮膚跟頭髮好像都沒曬過太陽，更沒有被海風吹打過。」

「一定是貴族或是商人的子弟吧？」

在魔法的保護下，我在航海中和烈日及海風都無緣，所以他們的說法很正確。

話說回來，要是被這麼排斥的話可就無法順利收集情報了。

就在我思索著如何是好之際，酒館的角落處傳來了這樣的對話。

「麥酒——？連蘭姆酒也喝不了的傢伙還當什麼船員啊！」

「有什麼關係？上陸的時候起碼讓我喝點喜歡的東西吧！」

船員們互相抓住對方正在吵架。

見到那兩人，男人換上不懷好意的笑容使了個眼色。

「這裡可沒有貴族大人愛喝的葡萄酒啊。」

「趕快滾回去吧。」

「還是說，你要喝光這杯蘭姆酒展現一下男子氣概？」

接獲暗示的船員，一臉壞笑地將倒滿了蘭姆酒的杯子放在我的面前。

強烈的酒精氣味刺激著我的鼻孔。

蘭姆酒是用甘蔗製成的酒，酒精度數相當高——起碼在地球是這樣。

那些期待我嗆到的男人們忍住嘲諷的笑聲紛紛注視著我。

「那麼，就承蒙各位的好意了——」

我這麼告知，然後將杯子送到嘴邊。

——這真是厲害。

和我所知道的蘭姆酒有很大的差別。

味道和香氣粗獷得令人感到酥麻，每喝一口都會在口中肆虐。

——不過，真好喝。

或許是釀造技術還未成熟，還留有些許作為原料的甘蔗糖漿甜味，所以大概跟有苦味的下酒菜相當匹配。

我猛然將剩下的酒一飲而盡。

「老爹，再來一杯！」

我向老闆這麼大叫，周遭的男人們頓時投來意外的目光。

「茶杯可以嗎？」

「用啤酒杯！」

這麼回答完老闆的問題後，酒館內便充斥著粗俗的笑聲以及啤酒杯敲在桌子上的聲音。

「好樣的，小伙子！」

「你有資格當個見習船員了！」

看樣子，我已經入他們的法眼了。

於是我和海上男兒們一起喝酒，請教了各種關於船的事情。

遺憾的是，並沒有我來到這裡主要想打聽的拉拉其埃情報。

「傳說中的空中都市我不清楚，不過倒是知道傳說中的海盜啊。」

一名船員指著牆壁喃喃說道。

仔細一看，牆上貼著繪有懸賞人物長相的通緝單。幾乎都是長相粗獷的海盜，但也有女船長名列其中。

當中的一張最老舊的褪色通緝單上繪有頭蓋骨。看來骸骨王好像也被懸賞了。

「噁！別把那種災厄當成傳說來講啊！」

「一點也沒錯。要是說著說著就找上了我們怎麼辦！」

「老天保佑老天保佑。」

據說通緝單上的骸骨王每隔幾年就會出現，神出鬼沒地襲擊島國和貿易船隊以掠奪祕寶。

「我以前當船員的祖父也提到過，他的祖父曾經講述過骸骨王的故事啊。」

嗯，倘若這是實話，骸骨王打從拉拉其埃滅亡的太古時代就一直在持續徘徊了。

原本以為是我解除了都市岩島的魔法中和陷阱才現身，看來或許只是跟偶然遊蕩的骸骨王發生了一場不幸的遭遇罷了呢

「就是被襲擊的船員們死後還一直被迫在那傢伙的幽靈船隊上幹活的事情吧。」

「無人乘坐的漂流船可是遭到骸骨王襲擊過的鐵證啊。萬一遇上的話就調頭全速逃離吧。」

「骸骨王的幽靈船隊會帶來陰天和暴風雨，所以也要留意惡劣的天候啊。」

「笨蛋，暴風雨本身就很不妙了吧！」

好像完全被當作天災看待了。

由於我已經讓骸骨王的幽靈船隊毀滅，真希望他暫時能夠安分一點。

「別露出那種表情。只要不靠近魔導王國拉拉基就不太會遇上了。」

或許是正在想事情的緣故，一名船員打氣般的說道，同時用力拍了我的背部。

「對對，畢竟好像只會在舉辦『天想祭』的那一年經常出現啊。」

「難道是出來參觀祭典嗎？」

我這麼發問後，整個酒館頓時傳出爆笑。

「這個貴族少爺實在有趣啊。」

「真是的，要是骸骨王是個那麼歡樂的傢伙，大家就不會害怕成這樣了。」

笑得流眼淚的船員們這麼表示，然後告訴了我真相。

「是戰爭啊。每當幽靈船隊增加後，骸骨王就會襲擊拉拉基。」

——戰爭？

真奇怪，身為「拉拉其埃最後女王的伴侶」，骸骨王為何襲擊天空人——拉拉其埃後裔所統治的王國呢？

難道存在著什麼當事人之間才會了解的糾紛嗎？

「所以說，別露出那種表情了。拉拉基王國的魔法可是很厲害的。有機會過去看一遍，你就能理解他們至今都是如何排除骸骨王的幽靈船隊了。」

見到陷入沉思的我，船員豪爽地拍了我的背，然後大聲地要求續杯。

從這裡開始就轉變為天想祭的話題，大家熱烈討論著會舉行什麼樣的遊行，以及哪家店的姑娘最可愛等等。

船員們之中也有人知道魔導王國拉拉基的王族被稱為天空人一事，所以想必沒有特別對外保密吧。

「說到和魔導王國拉拉基類似的國家，在砂糖航線的盡頭也有一個啊。」

「砂糖航線的盡頭……是那個伊修拉里埃？」

哦，是新的國家名。

「是伊修拉里埃嗎？」

「嗯嗯，據說海洋國家伊修拉里埃的王族也是飛天之城的後裔。」

我重複著老船員所說的話，一邊搜尋儲倉內的周邊國家情報。

「男人果然就是要一獲千金才對啊。」

「你說靠著伊修拉里埃的『天淚之滴』成為大富翁嗎？」

男人們彼此互碰啤酒杯哇哈哈地大笑。

「喂喂，伊修拉里埃很不妙吧。別推薦那種只有投機商人才會去的國家啊。」

「那個國家附近不僅有許多海盜，甚至還有子彈鮪魚和怪魚出沒啊……」

「別想了別想了。要是像希嘉八劍那樣強的話還有利可圖，但太過危險，實在划不來。會去那種國家的，就只有賭徒或是想自殺的人而已。」

「不過啊，總比去海龍群島尋寶還要來得安全。」

「那裡就連賭徒也不會去啊。」

對於正在搜尋中而保持沉默的我，周遭的男人們紛紛說出了自己所知道關於伊修拉里埃的事情。

他們提到的「天淚之滴」似乎是僅能在伊修拉里埃才能獲得的最高級寶石。

據說特別受到居住在希嘉王國王都的門閥貴族們的珍愛，可以賣出很高的價格。

——不，不是這個。

現在要關心的並非這件事。

「那裡有鮪魚嗎？」

「啊？你說子彈鮪魚？偶～爾會跑出來啊。」

在我氣勢洶洶這麼詢問後，一名船長有些錯愕地這麼回答。

——好！非去不可了！

在那之前得製作用來解體鮪魚的菜刀——對了，用奧利哈鋼來打造鮪魚刀好了。

「一旦遇到捕獵怪魚鰭的戰列砲艦或快速艇，就會消失在海底了啊。」

「不過啊，總不可能帶著戰列砲艦一起進行貿易吧。」

「當然了。那可是會被伊修拉里埃的龍砲一起燒光的。」

作為空力機關素材的「怪魚鰭」似乎也相當寶貴，但我的儲倉裡還沉睡著七隻超巨大的「大怪魚」素材所以並沒有產生興趣。

「看你的表情，莫非真的想去伊修拉里埃嗎？」

「是的，我產生了濃厚的興趣。」

——對於鮪魚。

「既然這樣，多買一些絲綢過去吧。翠絹大概弄不到，不過據說就連普通的絲綢都可賣出公都好幾倍的價格。」

「說到拉拉基，就是玻璃藝品吧。」

「是啊，無論哪一種玻璃藝品都很暢銷，不過跟公都不一樣，那裡比較看重透明玻璃——這可是我跟船長現學現賣的啊。」

一邊喝著酒，我還打聽到了這些關於貿易商品的訊息。

儘管我沒有賺錢的必要，不過還是在TODO筆記中寫著採購玻璃藝品及絲綢一事。畢竟「靠著貿易賺大錢」這句話光是聽起來，就有種無法抗拒的魅力呢。

心情舒暢的我在宣布店內的酒錢都由我買單以作為情報費之後，就一直陪著他們喝到了天亮為止。

白天沒能買到的卷軸和魔法書已經在過來的路上去了一趟魔法店買下，所以沒有問題。

至於有漂亮大姊姊的店，就下次再說了。

◆

「然後，你就一直喝天亮了對吧？」

「姆。」

回到太守城後，我將亞里沙和蜜雅的牢騷當成耳邊風，逕自拜託房間專屬的女僕小姐幫我找來特許商人。

「要訂購什麼嗎？」

「是有這個打算，不過我順便想拜託對方把東西轉交給死者家屬。」

公都認識的人或者其家臣家累的遺物我會直接送達，除此以外的公都人士我決定委託西門子爵家的閒人多爾瑪幫忙，至於身分不明的遺物則透過特尼奧神殿捐贈給公都的博物館。

畢竟外國人經常會造訪公都的博物館，或許哪一天會被持有者的家人或學者看到也說不定呢。總比一直封藏在我的儲倉裡好得多吧。

另外，這些遺物對外的說法是跟我有往來的商人在海盜們的黑市裡買到的。

「你很信任賽拉和多爾瑪他們呢。」

「是啊。」

那兩人雖然個性迥異，但我相信他們絕對不會盜領他人的遺物。

多爾瑪儘管有些吊兒郎當，不該做的事情是絕對不會做的。

其他歐尤果克公爵領以外的貴族遺物就先保留在儲倉內，準備在前往公都遊玩的時候委託給可以信賴的人。

王國會議的期間，穆諾男爵領的幹練執政官妮娜女士似乎會前來王都，屆時交給她用來強化穆諾男爵領的人脈關係或許也不錯。

管家詢問是否還有其他事情，於是我便請他將妖精葡萄酒和小桶的黃橙果實果乾送給昨晚的船長們。

把別人排除在外也不太妥當，所以也送同樣的東西給艾姆林子爵好了。

順便還向負責照顧我們的房間專屬女僕們贈送了我手工製作的樸素餅乾。

一本正經的美女在甜餅乾的香味之下展露笑容的模樣，實在讓我大飽眼福。

「要出發了嗎？不妨再多逗留一陣子，讓身體休息一下如何？」

「不，昨天的舞會已經足夠讓我養精蓄銳了。」

我這麼辭行後，艾姆林子爵只能依依不捨地為我送行。

不僅如此，還給了我大量昨天在酒館裡提到的絲綢、翠絹和透明玻璃藝品等物。好像是因為昨天的酒館裡有吉德貝爾特男爵的部下在場的樣子。

蕾伊以外的同伴們已經先行一步，所以這些東西都由子爵的家臣們幫忙運到了碼頭。

蕾伊還未完全恢復正常狀態，因此就跟我一起晚點出發。

這同時也是為了提防優妮亞的再次襲擊。

「哦，差點忘了。」

我從懷裡取出和蕾伊的髮飾十分相像的仿製品。

這是我用「偽造」技能和「鏤金」技能製作而成，就算兩者互比也看不出差別。

其中還附了一點小機關，不過那純粹是附加的罷了。

『蕾伊，這個是——』

見到仿造的髮飾，蕾伊頂著失去光彩的眼眸茫然佇立著。

『——蕾伊？』

我呼喚她的名字，蕾伊卻沒有任何反應。

面無表情的蕾伊張開嘴巴。

『拉拉其埃之鑰——用來驅動拉拉其埃的心臟之控制裝置。』

蕾伊流暢地這麼說道。

語氣就和遭遇優妮亞的時候一樣。

『是拉拉其埃的女王代代相傳的王位證明——』

說完後，他的眼睛緩緩恢復了意志的光輝。

『妳不要緊吧？』

『是的，我……沒事。』

恢復平常語氣的蕾伊不斷眨著眼睛喃喃道。

唔，那種斷斷續續的說話方式依舊不變，但好像發音稍微流暢了一些。

『想起什麼了嗎？』

以為對方逐漸在恢復記憶，我於是這麼詢問。

『不。』

蕾伊波浪鼓般搖著頭。

她記得自己說了什麼，但對於所說的內容似乎完全沒有記憶。

大概是遇見優妮亞之後，使記憶受了刺激吧。

這並非立刻可以解決的問題，所以我便回到正題。

『優妮亞似乎盯上了妳的髮飾，所以我製作了仿造品，這樣一來就算被搶走也無所謂。』

聽我這麼說，蕾伊觸摸一直放在自己頭髮上的鑰匙型髮飾加以確認。

『非常像。』

放在一起比較兩個髮飾的蕾伊發出驚呼聲。

『為了避免真正的髮飾遺失，妳就放在這個小提包裡掛在脖子上吧。』

我將打撈品中的魔法法背包內部構造加以移植後的妖精背包式小提包交給蕾伊。

畢竟從蕾伊剛才口述的情報聽來，她的髮飾對於拉拉其埃的相關人士而言無疑也是非常重要的東西呢。

『佐藤先生，謝謝你。』

『不會不會，妳不用客氣。』

我這麼回答蕾伊的答謝，同時將仿造髮飾夾在她的頭髮上。

髮飾泛出淡淡的藍色光輝又隨即消失。

這是透過蕾伊洩漏出的充裕魔力運作的淨化之力，因此今後被瘴氣襲擊的次數應該會減少。

用來對付優妮亞效果很弱，但對於骸骨王或被優妮亞稱為小不點的死靈鳥應該很有效才對。

另外還加入了可以與成對的魔法裝置進行通話的機制，但只能在三百公尺內傳遞聲音且消耗的魔力太多，鑑於實用性太低所以就關閉了。

帶著她前往港口後，我在人群的另一端見到了正在進行出港準備的同伴們。

「主人，貨物已經裝載完畢——這麼報告道。」

「主人，這個是目錄。」

先發的前鋒成員似乎已經把送到出租倉庫裡的貨物裝上船了。

「我們可是好好殺價了一番哦。」

「主人，其中有超值的商品，所以按照您的吩咐購入了。」

「佐藤。」

前去付款的亞里沙、露露和蜜雅三人從商工會議所回來了。

蜜雅行雲流水般奔跑在人群之間，一把抱住了我的腰部。

「姆。」

見到我牽著蕾伊的手，蜜雅不滿地鼓起臉頰，不斷用腦袋摩擦著我。

看樣子是吃醋了。

「蜜雅。」

我呼喚她的名字並遞出空著的另一隻手後，蜜雅便用燦爛的笑容「嗯」了一聲牽起我的手。

不用說，之後我同樣和見到這一幕的所有人牽手在甲板上繞了好幾圈。

向前來送行的艾姆林子爵一家人和吉德貝爾特男爵等人揮手道別後，我們便從蘇特安德爾出港了。

儘管對方表示要派遣守備軍的戰列砲艦護衛我們至隔壁的加尼卡侯爵領的領境，但這麼做未免太公私不分所以我就拒絕了。

對方的盛情固然讓我很高興，不過跟護衛一起就無法切換成飛行模式了呢。

砂糖航線

「我是佐藤。被稱為世界三大發明的指南針，知道其原理的人或許出乎意料地少吧？當別人告訴我其中的原理之際，實在是出奇簡單得讓我大吃一驚。」

「接下來要往哪裡去呢？」

「向西航行一陣子後，就往位於南南西的伊修拉里埃前進。在那之後，我打算要前往拉拉基。」

我在主選單內顯示地圖及海圖，一邊這麼回答水手服打扮的亞里沙。

這並非學校制服，而是水兵服裝樣式的白色水手裝。

「比較遠遠的拉拉基最後再去倒是可以理解，不過我們為什麼不一開始就往伊修拉里埃去呢？」

「純粹是假動作哦。」

一開始往西航行，主要是為了讓周遭人以為我要前往加尼卡侯爵領的領都。

為此，我將會在略微穿越歐尤果克公爵領和加尼卡侯爵領的領境之際改變航向，一直線前往伊修拉里埃。

「況且，要是突然航向南南西，對利益敏感的人們就會產生誤會而追趕我們。」

事實上，地圖裡已經顯示有好幾艘快速艇正拉開距離在後方追趕著。

大概是鼬人的船隊和沙珈帝國的船隊所派出的追蹤部隊吧。

「就這樣一直悠哉地航行在普通航線，雖然不知道要花多久的時間，總之就等到他們放棄為止吧。」

普通航線是從東西狹長的加尼卡侯爵領西端附近的半島開始，經由飛石（註：庭園中等距排列的墊腳石）狀分布的眾島嶼繞向魔導王國拉拉基，再從那裡前往位於東北方的伊修拉里埃。

而我所選擇的航線則距離較近，但幾乎沒有安全的停泊地點，魔物的密度也比較高。

反過來說，就很難引人注目了。

要十足發揮飛行帆船的性能，這樣的航線是最適合的。

「亞里沙～？」

「試吃是露露喲。」

和亞里沙穿著相同水手服的小玉和露露這麼呼喚後，亞里沙便走向船艙。

波奇的言行舉止很可疑，所以想必是在試作某種肉類料理吧。

既然沒有連我一起叫上，就代表露露正在製作實驗性質的創意料理，所以還是等她們叫我過去時再露面吧。

『佐藤先生。』

『啊啊，是蕾伊啊。』

我在甲板上使用卷軸之際，跟年少組一樣穿上水手服的蕾伊一臉好奇地靠來。

她如今已不會像出港前那樣陷入恍惚狀態並口述情報，但卻表示腦中偶爾會伴隨頭痛而像情境再現那樣浮現出片段的場景。

大概是記憶逐漸在恢復的緣故吧。

若硬要回想的話似乎會產生劇痛，所以目前採取的是順其自然的方針。

再過不久，應該就能想起關於稱呼蕾伊為姊姊的優妮亞和過去的記憶了。

話雖如此，找回記憶是否就能讓蕾伊幸福，這一點我抱持些許的疑問。

根據至今獲得的情報來看，蕾伊的過去實在不像是很幸福的樣子。

蕾伊的鑰匙型髮飾是用來驅動拉拉其埃心臟的控制裝置，如今被可能是她父親的骸骨王盯上，而且「獻祭的聖女」這個稱號及骸骨王「無論要犧牲什麼」的發言也實在很不可取。

對方大概打定主意，就算犧牲自己的女兒也要「讓拉拉其埃返回天空」吧。

沉船的幽靈船長所說的「棺柩」雖然不明，但我想那很有可能指的是存在於魔導王國拉拉基的「拉拉其埃之盒」。

優妮亞也說過，一旦湊齊「盒子」及蕾伊的鑰匙就能讓拉拉其埃返回天空，這樣一來骸骨王會定期襲擊拉拉其埃後裔的國家拉拉基也就可以解釋了。

我瞥了一眼地圖上的標記清單，確認骸骨王還乖乖地待在幽界裡。

既然我們和持有鑰匙的蕾伊一起行動，骸骨王和優妮亞就必定會再次展開襲擊，因此我一直都像這樣子定期確認骸骨王的動向。

『這是在……做什麼呢？』

『我在檢查之前購買的卷軸哦。』

另外，我在蘇特安德爾買到的卷軸是——

製作照明的術理魔法「魔燈」。

據說是海上之旅必備的「水生成」和「海水過濾」。

可相互翻譯各種語言的中級術理魔法「翻譯：下級」。

輔助水中活動的水魔法「水中呼吸」和「水壓減輕」。

海戰防禦時大顯身手的「水壁」。

與其說攻擊用，更像是用來攪亂的「大浪」。衝浪愛好者應該會很喜歡。

還有水中限定，像「追蹤箭」一樣生出魚叉追蹤鎖定對象並命中的水魔法「追蹤魚叉」。

——以上這九種。

魔燈以外的卷軸都是坑人的價格，但我相信它們一定能發揮超值的效果。

蕾伊不厭其煩地看著我依序使用完所有的卷軸。

我當然不會將她交給骸骨王，但如果前往伊修拉里埃和拉拉基之後仍然沒有恢復記憶，就這樣一起帶她前往迷宮都市似乎也不錯。

當然，即使記憶恢復我也打算提出「一起去」的邀約。

「喀拉喀拉～？」

「波奇可以轉得更快喲？」

小玉和波奇正在玩著左輪手槍的轉輪一般的砲塔架試作品。

那並不是這麼玩的，但看到兩人那麼開心的樣子我也就不忍制止了。

「那個是格林機槍？」

「是魔砲專用的砲塔架。我正在思考能否縮短發射的間隔，順便進行連射。」

我這麼回答亞里沙的問題。

雖然應該沒有派上用場的機會，不過為了防備我不在時同伴們遭到襲擊的狀況，於是就想出了這種飛行帆船的追加抵抗手段。

距離實用化還要花上許多時間，但我希望能在這段航海結束前弄出一個大概來。

剛剛還在玩著試作品的小玉和波奇，這時轉移了興趣指著陸地。

「港灣～？」

「是灣灣喲！」

兩人所指的方向可以見到座落著城鎮及漁村的港灣入口。

現在距離從蘇特安德爾出港過了大約半天的時間，但下一處的港灣很遠所以今天預計將在這裡停泊。

這裡也跟蘇特安德爾一樣，港灣的入口處設有水門。

驅魔物用的柱子同樣也豎立了好幾根，不過卻採用了以都市外門的捲揚機來控制水門的原始設計。

武裝就少了很多，擺放的並非魔力砲而是普通的投石機和大弩。

「主人，有小船接近——這麼報告道。」

「好像是港灣局的人呢。」

帆船風格的小船很快與我們的船並排且要求登船許可，於是我放下了繩梯。

「我是港灣局，徵稅課的人。前來徵收入灣費。」
我們的船上掛有貴族旗，所以官員們的態度和語氣也很恭敬。
貴族明明就可以免除入市稅，卻依然要被徵收入灣費的樣子。
果然，可以進行貿易的遠洋船就是不一樣。
「您工作辛苦了。」
我這麼慰勞對方，然後支付了如數的金額。
這裡的入灣費好像只依照排水量來決定，並未特別確認載運的貨物就放行，所以我們就這樣將船開進灣內。
港灣不是很大，但灣內卻有一座城鎮以及許多漁村。

當天我決定造訪港鎮，和同伴們一起在街上散步。
「抓得到～？」
「很多小小的魚喲。」
「有倒吊釣組的話好像可以釣到不少呢。」
同伴們站在港口的棧橋眺望海中，發現海裡成群游泳的小魚後顯得很開心。
「主人，我們沒有倒吊釣組對吧？」

「再怎麼樣也不可能會有哦。」

雖然留有在精靈之村溪釣時的釣竿和釣線，但倒吊釣組就沒有了。

「嗯，說得也是——」

「妳等等，我馬上做一個。」

「——咦？」

無視於表情怪異的亞里沙，我利用儲倉內的素材隨手做了一組倒吊釣組。

因為有各種可當作反射素材的五顏六色物品，所以過程頗為簡單。

「好，完成。」

我將完成後的倒吊釣組裝在釣竿上，緩緩放入海水。

轉眼間，小魚就撲向了倒吊釣組。

這樣一來似乎就不需要用到魚餌了。

「立刻上鉤～？」

「好多魚聚集過來了喲！」

『好……厲害。』

小玉、波奇和蕾伊三人一臉激動地望著倒吊釣組上成串的小魚開心道。

我將釣竿交給年少組，然後動手製作下一組倒吊釣組。

「五條～？」

「波奇六個釣鉤全都釣到了——啊啊！不可以逃跑喲！」

「實在是相當深奧的釣法呢。」

獸娘們各自享受著具有個人特色的釣法。

「果然，有了倒吊釣組就很容易釣到哦。」

「亞里沙，扯線！在扯線了！」

「不趕快拉上來會跑掉的哦。」

罕見激動的露露和沉著冷靜的亞里沙與平常截然相反，實在很有趣。

『非常……開心。』

「嗯，愉快。」

蕾伊和蜜雅哼著歌一邊放入倒吊釣組後，魚影明顯變得密集起來。

看樣子，哼歌似乎也會吸引魚類。

「小魚是魚的幼生體？」

「那是成體哦。和大魚是不同的種類呢。」

「主人，感謝建言——這麼告知道。」

娜娜心裡在掙扎些什麼，於是我告知了正確的知識。

「喂，好像挺厲害的啊。」

「該不會是哪裡來的魔法使吧？」

「也就是魚之魔法使嗎？」

「這真是太厲害了啊。」

看來我們似乎勾起了當地民眾的興趣。

「要一起釣釣看嗎？」

我將為了同伴們遇到釣組打結時而製作的備用釣組提供給當地的孩子使用。

「哇啊，好棒！釣到了一堆！」

「魔法使大人，也借我用一下吧。」

「好啊。」

由於抱持快樂就要一起分享的心態，我就這樣進行著倒吊釣組的推廣活動。

等釣上來好幾桶魚的時候，氣氛已經變得相當熱鬧了。

說不定是因為我把剛釣到的魚當場拿來製作天婦羅和唐揚的緣故吧。

甚至就連城鎮的守護也過來一探究竟，所以我將倒吊釣組的樣品贈送給擔任守護的男爵以作為打擾他的補償。

「潘德拉剛勳爵，你不僅是『奇蹟般的廚師』，同時還是位『奇蹟般的釣者』啊。我們男爵家會將這種倒吊釣組當作傳家寶的！」

不知是否因為男爵說出了這樣的話，我的稱號欄裡增加了「釣魚名人」和「太公望」之類的稱號。

眼看太陽就要下山，我們便將醉心於倒吊釣組的男爵及城鎮的人們留在現場，在看熱鬧的人推薦之下前往這裡最棒的海鮮餐廳。

「飽餐飽餐～」

「亞里沙，妳真是的——」

露露這麼責備摸著肚皮一邊走出店內的亞里沙。

「這間店實在很棒呢。」

據說是當地名產的蝦子及螃蟹全餐實在相當出色。

「抹在麵包上食用的蝦肉和干貝沾醬可是一絕哦。」

明明距離蘇特安德爾沒有多遠，這裡的調理法和菜色都和我想像中相差許多，真是有趣極了。

「是的。烤螃蟹咬起來的口感非常脆，相當美味。」

「蝦子的很美味～？」

莉薩和小玉兩人跟往常一樣連殼一起吃下甲殼類菜餚，把侍餐員嚇了一跳。

幸好我們用餐的地方是在餐廳的包廂裡。

「波奇覺得山羊肉才美味喲。」

享用全餐的途中，不知為何還端上了看似山羊肉時雨煮的料理。

恐怕是拿來當作中間的小菜吧。

「肉再多都吃得下～？」

「是的，肉當然一直都是很美味的。」

波奇的發言讓小玉和莉薩都開始講述肉的美味。

果然，肉類對獸娘們來說是與眾不同的。

「加了蟹肉的海鮮燉飯很美味——這麼告知道。」

「嗯，最棒。」

『非常……美味。』

娜娜、蜜雅和蕾伊三人似乎很中意海鮮燉飯的樣子。

儘管蜜雅將海鮮部分塞給了其他孩子們，不過看來她對味道也很滿意。

「——主人，那個是什麼呢？」

來到廣場時，亞里沙帶著有些傻眼的語調喃喃說著，一邊還指向位於廣場中央的紀念碑。

「仿掌上遊戲機外型的岩石？」

『龍歸岩，為了驅逐旁若無人地闊步於拉拉其埃的龍而開發出來的魔法裝置。在注入龐大魔力的同時按下突起部分後，平板的幻術迴路就會呈現出影像。』

我下意識嘀咕後，蕾伊便陷入恍惚狀態這麼回答。

看樣子，源自於拉拉其埃的事物在世界各地分布得比我想像中還要廣。

「這邊有遊戲機岩的解說哦。」

紀念碑前方的石板記載著，這是希嘉王國建國之前就存在於這裡的和平及豐漁的象徵。

我注入些許魔力確認後，發現龍歸岩的魔法迴路已經在歲月的摧殘下損壞，絲毫沒有啟動的樣子。

我們在龍歸岩前面談笑了好一會，便踏上前往旅館的道路。

「還跟在後面嗎？」

「嗯嗯，對方好像帶了職業的斥候過來呢。」

我將雷達上獲得的情報告訴了在耳邊說悄悄話的亞里沙。

雖然藏得很隱密，不過在我和小玉眼裡簡直是破綻百出。波奇似乎也察覺到什麼動靜的樣子，但還不至於能夠看穿斥候所使用的隱形系技能。

對方一直監視旅館到深夜為止，但好像完全沒發現我用隱形系技能溜出旅館過。透過地圖確認自己沒被追蹤後，我便開始進行在路線上設置歸還轉移用刻印板的作業。儘管很想順便去一趟紅燈區，不過今天還是直接返回旅館了。

我們在還有太陽的時候裝成普通的船來航行，一到晚上就停泊在灣內的都市或者城鎮，一直重複了兩天這樣的日子。

或許是採取了這種單調行動的緣故，在抵達領境的時候沙珈帝國的船就往蘇特安德爾的方向折返了。

領境附近距離大陸不遠處存在有各種大小不同的島嶼，岩礁也很多，所以若不大費周章繞過洋面的話就必須在狹窄的海路上前進了。

因為這個緣故，我們從早上就經常遇到其他的船隻。

「總覺得很像瀨戶內海呢。」

「波浪確實很平穩，也有許多小島呢。」

點頭同意亞里沙的發言後，我乘著越過領境的機會使用了「探索全地圖」魔法。

之前透過地圖就清楚了解，如今看來加尼卡侯爵領真的是一塊東西狹長的領地。在地球上要比喻的話，如果說就像南美智利那種地形的東西向版應該會比較容易理解吧？

夾在北方忠臣山脈以及大海之間的狹長陸地為其領土，主要人口都似乎都集中在每個港灣的都市或城鎮裡。漁村也幾乎都位於港灣裡面。

儘管很難比較，不過以面積來說比起歐尤果克公爵領還要小，但又比穆諾男爵領更為廣大。人口則是只有歐尤果克公爵領的一半不到。

就在我這麼確認地圖的期間，似乎有事件發生了——

「戰鬥～？」

「主人！有船被欺負了喲！」

小玉和波奇從瞭望台這麼向我報告。

她們帶著彷彿寫有「趕快救人」的急迫表情指向前方。

看樣子，將領境當成了地盤的海盜正在襲擊一艘中型商船。

海盜的一方是三艘排水量兩百噸級的槳帆船，正朝著中型商船的船帆發射小型的火焰彈和火箭。

商船隨行的小型護衛艦好像已經被海盜壓制了。

在我這麼思考之際，我們的船仍繼續在接近被海盜襲擊的商船。

「主人，已經武裝完畢了。」

乘著我調查的時候，同伴們看似已經在甲板上換裝成鎧甲了。

露露和娜娜也在幫忙動作慢了一拍的小玉和波奇著裝當中。

「那麼，我們就去消滅海盜吧。」

我將船的防禦壁開到最大，朝著海盜駛去。

船長的二十六級很特殊，但海盜們平均為十的等級也比地上的士兵們還要強。

大概是頻繁遭遇到魔物的緣故。

「蜜雅，動手吧。」

「嗯。」

我和蜜雅兩人從船首射出弓箭。

在沉船裡找到的魔法弓當中，我選擇發射了非殺傷用的電擊箭。

「好……好可怕的射程。」

「我們也趕快射箭！」

「辦……辦不到啊。」

「你說什麼！這邊可是上風處啊！」

順風耳技能捕捉到海盜們這樣的交談聲。

「防矢守護也擋不下來。」

「手邊閒著的人趕緊舉盾防禦！」

無視於海盜急迫的聲音，我們就這樣繼續射箭以減少對方射手數量。

「是海盜船！快點向領軍求救！」

「這些傢伙交給我們處理，你們就直接航向下一個港口吧！」

中型商船在風魔法的輔助之下傳來這樣的呼喊聲，我於是也藉助擴音技能喊了回去。

錯身而過的中型商船發出了趕快回頭的忠告，不過即使現在轉向也只會被海盜船追上而成為犧牲品。

原本針對中型商船的攻擊轉而把我們當成了目標。

「可惡！射不中！」

「箭……箭偏掉了！」

「是防矢守護！用火杖瞄準他們！」

「為什麼只有對方的攻擊能打中啊！」

火焰彈伴隨著海盜們的牢騷聲飛來，但我們船上的防禦壁輕鬆將其擋下了。

為應付骸骨王而換裝的大輸出聖樹石機關，和同時增設的防禦壁產生裝置恰好派上了用場。

「火杖的火焰彈被彈開了？」

「是中級的防禦壁！他們裡面有中級術理魔法使啊！」

「理槍要射來了！拿出群青龜的盾牌！用普通盾牌可是會被貫穿的！」

海盜們派出三人扛著大塊的群青色盾牌。那似乎是使用魔物身上部位的裝備。

「娜娜！難得有這個機會，就回應他們的要求吧。」

「接受主人的指令。」

娜娜在我的指示之下施放理槍，不過群青龜的盾牌卻完全擋下了娜娜的理槍。

「要開始了哦，露露。」

「嗯，我會加油的。」

「一起。」

進入射程的亞里沙和露露使用火杖攻擊。站在旁邊的蜜雅也射出了箭。

然而，都和娜娜的理槍一樣被海盜們的群青龜盾牌悉數擋下。

「好！有機會啦！」

海盜們的士氣似乎已經恢復，所以我朝著左右船隻各擊出數發短氣絕彈以及五支魔法箭予以牽制。

關於魔法一事，只要聲稱船上有臨時雇用的魔法使即可，今後應該不至於會懷疑我隱藏了什麼實力才對。

「怎……怎麼會！能夠貫穿群青龜盾牌的理槍？莫非有上級術理魔法使嗎！」

「船長！其他船都被幹掉了！對方似乎還有上級的風魔法使。」

「嘖！原來是冒充商船來獵殺海盜的軍艦嗎！」

總覺得海盜們的誤會大了。

話說回來，海盜船的防禦壁相當薄弱。由於只有大型船才可以裝載魔力爐，所以對方大概是靠著船上的魔法使架起防禦壁的吧。

我的短氣絕彈讓左右兩艘海盜船的船體破了大洞開始下沉。海盜們正三三兩兩跳入海中朝岸邊游去。

看準這些海盜，海中的小型魔物朝著他們襲去，實際上演著弱肉強食的法則。

魔物的攻擊力很低，稍微放著不管應該不至於會喪命才對。

我在腦中遮蔽了海盜們的慘叫，將注意力轉向戰鬥中的海盜們。

「好像有些小嘍囉海盜不逃走呢。」

「不對～？」

「是被鍊條鎖住了喲。」

看來那些槳帆船的划槳手是奴隸的樣子。

要是連他們也一起溺斃也太可憐，所以我就把「理力之手」延伸至最大以支撐船體不至於沉沒。

「稻草人，就這樣衝向敵方旗艦。讓船首防禦壁銳角化。」
我向船首像型魔巨人的稻草人下達指示後，代表了解的氣笛便「嗶」了一聲。
為了打發這幾天無聊時間所製作的稻草人回應機制實在很不賴。果然還是要有點反應才理想。
「是登船攻擊對吧！莉薩小姐，換妳表現了哦！」
「了解，進行近戰準備。」
簡短回答亞里沙後，莉薩朝著其他的前鋒成員下令。
「船長，那些傢伙衝過來了。」
「竟敢對海盜發動撞角攻擊嗎——真是一群有膽量的傢伙。」
「讓他們見識一下用獨角鯨的角製作的撞角是何種威力吧。」
海盜們似乎選擇了正面突擊而非逃走。
「所有人，做好抗閃光抗衝擊防禦！」
亞里沙向同伴們這麼叫道，然後躲進船首樓的避難所內閉上眼睛。
那大概是在惡搞某著名動畫橋段，抗衝擊還可理解，抗閃光就根本不需要了。
伴隨著衝擊，木頭裂開的劈啪聲響起。
同伴們似乎就快要被甩出去，但有我的理力之手抓住而沒有釀成大禍。

當然，沒有魔法輔助的海盜們則在甲板上摔倒，好幾個人被拋入了海中。

「全體拔刀！去蹂躪海盜吧。」

「系系～」

「了解喲。」

「骯髒的海上穢物啊，為自己感到羞愧而化為碎藻吧——這麼告知道。」

和獸娘們一起登上海盜船的娜娜，利用「挑釁」技能朝海盜們痛罵道。

海盜們摔在甲板上但仍對挑釁產生反應，紛紛拔出彎刀襲向娜娜。

「沒用的——這麼告知道。」

娜娜除了大盾還加上了自在盾的防禦，要突破是極為困難的一件事。

而且，娜娜並非一人在孤軍奮戰。

「粗心大意～？」

「腳下空蕩蕩喲。」

小玉和波奇採取低姿勢在海盜們的腳邊來回穿梭，同時朝著對方的腳踝用產生了「銳斬」效果的魔劍加以劈砍。

「哇啊，腳邊有魔物啊！」

「不對，是手持魔劍的小鬼們。」

「可惡，到處跑來跑去的！」

海盜們難掩驚慌的同時這麼罵道。

玩弄著他們的小玉和波奇因為海浪搖晃的關係，有好次受到了海盜們的攻擊。

話雖如此，似乎沒有任何攻擊能突破我所施展的「物理防禦附加」魔法。不過就算被突破了，底下還有鯨魚皮的防具在等著呢。

「你們這些傢伙，連區區幾個丫頭都對付不了！」

唯一擁有高等級的海盜船長，這時拿著寬刃的彎刀及格擋短劍樣式的盾劍來到了前線。

與這名船長對峙的，是在娜娜附近蹂躪海盜的莉薩。

船長用盾劍化解了莉薩挾帶紅色光痕衝來的魔槍，然後砍出另一手的彎刀。

「無濟於事——這麼告知道。」

娜娜以自在盾防禦彎刀的攻擊一邊用挑釁技能叫陣，然後將大盾砸向了船長。

「嘖！剛才的術理魔法使居然跑到前線來了嗎！」

看準以後撤步避開娜娜大盾的船長，小玉和波奇從左右砍向他的腳邊。

看樣子，她們已經收拾完小嘍囉海盜了。

「哼！我豈會中招。」

船長將倒在自己腳邊的小嘍囉海盜依序踹向小玉和波奇。

「好險喲。差一點就要砍到了喲。」

眼看要將小嘍囉海盜一刀兩斷，波奇急忙停下手中的劍和動作。

「勇往直前～？」

小玉則是靈活閃過飛來的小嘍囉海盜，從斜後方成功地在船長的腳上淺淺砍了一刀。

「唔哦，妳這卑鄙的傢伙！」

船長大動作揮出彎刀逼開小玉後這麼罵道。

「海盜可沒資格說這種話呢。」

「贊同莉薩——這麼告知道。」

莉薩的魔槍和前鋒成員的魔劍同時攻擊船長。

儘管腳上受傷，船長仍完全擋下四人的攻擊。不知是等級高出太多或熟悉多對一戰鬥的緣故。

「真是難纏呢——霍亂空間。」

受到亞里沙的空間魔法影響，船長的平衡感遭到破壞後腳步踉蹌。

「乘現在。」

「是！」

蜜雅的弓和露露的魔法槍射穿了毫無防備的船長雙肩，前鋒成員則上前痛打失去彎刀及盾劍的船長。

綑綁完海盜們之後，我載運著即將沉沒的槳帆船上面滿滿的人們前往最近的港口。

進港時起了一點糾紛，但救出的奴隸們當中也有港鎮裡的名士所以安然放行。

「那麼，您真的不要求任何的代價而解放這些奴隸嗎？」

「是的，畢竟他們都是被海盜擄走的受害者。」

我向確認的港鎮官員這麼點頭。

海盜們都被懸賞了高額的獎金，而且等級也比較高，因此光是當作犯罪奴隸賣出就是一大筆收入了。

況且他們所持有的好幾根火杖也有相當高的價值。

「潘德拉剛士爵，我們接下來要直搗海盜的根據地，勳爵你是否也要參加呢？」

「不，這就交給閣下處理了。」

武裝後的守護男爵帶著部下們出發了。

大概是因為海盜的根據地會讓人期待藏有他們累積的財寶，所以才叫上我的吧。

當天我們就在脫離了奴隸生活的名士豪宅當中接受款待。

儘管也叫來了許多奇幻風格的伴遊大姊姊，但在亞里沙和蜜雅的鐵壁雙人組防禦之下，我完全無法跟她們親近。

另外，那些重獲自由的奴隸們，似乎都在我救出的名士擔任發起人的新交易商會裡就職了。

為祝賀他們的嶄新人生，我將從海盜手中奪來的那艘槳帆船贈送給他們。

對此感激的新商會長便將商會的旗幟模仿我的家徽做成「一條大海蛇纏繞著長槍一般的筆」樣式，同時還把商會命名為符合這面旗幟的筆卷龍商會。

◆

「那麼，差不多也該往南航行了。」

隔天，我確認鼬帝國的跟蹤船也已經往蘇特安德爾的方向折返。

看來對方無意跟蹤我們到領境之外的地方。

我們在靠南的航線上西行了半天左右，等周圍都沒有任何耳目的時候，我便轉換成飛行模式往南前進。

「浮遊船模式果然比較好呢。」

「嗯，舒適。」

待在不會搖晃的船上，亞里沙和蜜雅顯得很開心。

「在接下來要去的伊修拉里埃，有大腹肉在等著我們對吧？」

「嗯嗯，是啊。」

等待的自然是鮪魚，不過應該不需要特別訂正了。

畢竟很快就會變成大腹肉。

乘著沒人的期間在海上全速奔馳，我們的船轉眼間就穿過加尼卡侯爵領的區域，進入了魔物的領域。

「沒有……」

不知為何，傳聞中的鮪魚並沒有出現在地圖搜尋結果當中。

「可能在更過去的地方吧。」

「說得也是。」

我點頭同意亞里沙的嘀咕。

不要緊，沒有的話就找到有為止。

畢竟牠們是絕對逃不出我的地圖的。

「無聊。」

這麼喃喃說道的蜜雅身邊，娜娜正在教授蕾伊希嘉國語。

「幼生體，跟著我一起唸——這麼告知道。」

「優生體。」

「請仔細看著嘴唇的動作——這麼訴說道。幼生體。」

「幼~生體。」

所教的詞彙雖然很偏，但太扯的時候會有蜜雅介入，所以應該不用擔心。

「真是和平呢~」

「嗯。」

望著這兩人的模樣，亞里沙倦怠地說完後就躺在甲板上擺放的靠墊裡，蜜雅也跟著躺在旁邊。

「和平是件好事哦。」

「是啊。」

對於微笑著這麼告知的露露，我點頭表示同意。

四肢趴在甲板上進行戒備的小玉用不解的表情望向我這邊，我於是打出一個代表不要多嘴的手勢。

準備從海底襲來的五十二級烏賊型海魔和看似其眷屬的魚雷烏賊群，在小玉之外的人都未察覺的情況下，就這樣成為我新的水魔法「追蹤魚叉」的犧牲品了。

我打從一開始就讓牠們進入「理力之手」可及的距離內以便回收屍體，但由於是從正下方接近所以應該沒有人發現到才對。

這種「追蹤魚叉」和魔法箭一樣可以同時射出一百二十支，因此面對五十級左右的敵人都可輕鬆解決才對。

可惜的是烏賊型海魔以食材來說並不怎麼樣。本身帶有奇怪的氨水味，無論怎麼調理都無法去除。至於在防具素材和墨水的用途上相當有用，所以我打算用在這上面

另一方面，魚雷烏賊則是頗為美味，於是今天的午餐就是烏賊大餐了。

「真美味。」

「炸物，好吃～？」

「水煮後的吸盤也很有彈性，很美味喲。」

獸娘們津津有味地吃著炸烏賊以及水煮過後做成照燒的烏賊。

「做成生魚片雖然很不錯，但果然還是烏賊素麵最棒了呢。」

「嗯，好吃。因為很新鮮所以還在跳動。」

「是的，非常……『美味』。」

以往會吃生魚片的人只有我和亞里沙，今天蕾伊也加入了。

「幼生體，會吃壞肚子——這麼忠告道。」

「嗯，寄生蟲，危險。」

娜娜和蜜雅極力想要讓蕾伊遠離生的食物。

當然，這些事先都已經確認過裡面沒有寄生蟲或蟲卵。

我打定主意等獲得鮪魚之後要來製作壽司，下午就著手開始準備鮪魚刀了。

「佐藤先生，這個是『奧利哈鋼』……不是嗎？」

我對練習希嘉國語之餘這麼發問的蕾伊點點頭。

『是啊，就是奧利哈鋼。』

我將前方甲板設為禁止進入區域，建立起精靈式的鍊成裝置後正在製作奧利哈鋼的鋼塊。

『——奧利哈鋼，只有眾神和精靈們才能製作的神祕金屬。拉拉其埃王朝也嘗試鍊成過無數次，是絕對無法實現的鍊成最深奧祕術。』

蕾伊進入久違的恍惚狀態這麼述說。

過了好一會，蕾伊的眼中恢復了焦點。

『我又……說了什麼……嗎？』

『嗯嗯，妳剛才解釋了奧利哈鋼。』

『記憶的角落……留有一些知識。奧利哈鋼是……人無法製作的……金屬。』

哦，喪失的記憶好像正在逐漸改善當中。

『佐藤先生，你究竟是──不，沒什麼。』

蕾伊看似欲言又止，但最後就這樣閉上嘴巴去了娜娜她們那邊。

雖然好奇對方想說什麼，不過應該不是什麼必須強行追問的事情，所以我繼續進行菜刀的製作。

由於是沒有搭載魔法迴路的單純菜刀，實在花不了多少的時間。

「這裡也沒有嗎……」

黃金鮪魚刀完成後，我在萬全的準備之下進入下一個區域，然而這裡也沒有鮪魚的蹤影。

可能真的要到伊修拉里埃才能遇見吧。

反之出現在這裡的則是──

「嗚哈──是水怪哦！真正的尼斯湖水怪。會不會發出『嗶』的叫聲呢？」

破開海面出現的是很像長頸龍的古海獸。跟海龍群島見到的滄龍類是同一種類的魔物。

由於是UMA當中相當出名的一種，所以我也不難體會亞里沙的心情，但即使如此她的反應卻相當奇怪。

況且，那種「嗶」的叫聲又是從哪裡冒出來的？

「蒲燒啊！建議在我的胃囊面前降伏！」

在娜娜的認知中，擁有長脖子和身體的生物似乎都是做成蒲燒的食材。

——HUROOOOUNN！

被娜娜挑釁的長頸龍發出了撼動空氣的猛烈咆哮。

「那……那根本就不是嗶吉。」

不清楚典故從何而來，看她似乎想起了某部跟長頸龍進行交流的溫馨故事。

亞里沙眼角浮現淚水撕扯著手中的手帕。

儘管知道只是小劇場，不過看了讓人覺得牙疼所以就委婉地拿走了。

「……■■　水縛。」

「乘現在！」

「斬首～？」

「喝——喲！」

長頸龍被蜜雅的水魔法束縛住，在動彈不得之際被獸娘們解決了。畢竟等級只有二十左右，不如外表那樣強悍。

另外，以食材來說比起大海蛇味道更重，肉質稍微硬了一些，但用在味道濃郁的料理上應該就沒問題了。

「花之島。」

「花之島……很『漂亮』。」

「贊同蜜雅和幼生體。」

遭遇長頸龍之後又往南航行了兩個小時左右，我們來到了一座盛開著花朵的南國風情島嶼。

另外，蕾伊剛才說的好像是夾雜了神代語的希嘉國語。

「主人，我想上陸！」

「是可以，不過要穿虛空服哦？」

我的發言讓亞里沙不解地傾頭，詢問：「怎麼回事？」

「因為那些花全都是毒草哦。」

根據AR顯示的情報，大多都是針對動物的神經毒及睡眠毒。

由於可以當作魔法藥的材料，我利用「氣體操作」防止毒素飄來一邊小心翼翼地接近，然後伸出「理力之手」採取適當的數量。

「漂亮的東西總是有毒呢。」

離開島上的時候，亞里沙略微嫵媚地說出這番話來。

那種台詞還是等妳外表成熟之後再說吧。

另外，在瞭望台上打瞌睡的小玉和波奇則是受到莉薩的訓斥。

難怪第一個發現的人會是蜜雅。

繞著島航行之際，我發現島中央有腐朽的金屬板被埋在花叢當中。

『比亞其後期型浮船，在拉拉其埃建造數量最多的傑作船——』

從進入恍惚狀態的蕾伊所言聽來，那個遺跡似乎是拉拉其埃時代的浮船。

透過地圖及「眺望」魔法確認後，遺跡裡沒有什麼值得關注的東西，所以就決定這樣放著不管了。

「什麼東西，沙子？」

「好像是火山灰呢。」

發現花之島的隔天，亞里沙察覺到風中夾雜著火山灰吹了過來。

因為有魔法進行氣體操作，所以並不會堆積在甲板上。看樣子，那是從位於區域中心附近的火山島飄過來的。

不同於上一個魔物的領域，這個區域存在幾個有人居住的聚落。

造訪鮮有人進出的南方島嶼似乎很有趣，不過我有事情要先處理。

就在準備出門之際，亞里沙投來憂心的表情。

「——不要做出危險的事情哦？」

「別擔心哦。我只是去設置刻印板順便採集東西罷了。」

我以輕鬆的口吻這麼回答亞里沙。

雖說是火山島，其實就好比是能夠大量獲得硫磺及火石的獎勵關卡呢。

將船移動至安全圈之後，我穿著飛翔靴離開船上，待拉開足夠的距離後利用閃驅移動至十公里之外的火山。

「嗯，在大氣層內長距離移動實在很不妙。」

我將颳飛的襯衫換上另一件新的，然後以生活魔法「除臭」消除掉燒焦味。

就跟縮地一樣，原本以為用魔法手段來移動不要緊，然而距離太長的話似乎也會受到空氣的影響。明明慣性就會在移動後自己消失，真是不可思議。

「哦，噴發了。」

我藉由風防的魔法保護自己不沾染火山灰和噴發煙霧，同時舉起了自在盾以抵禦火山彈。

「果然有很多火系魔物呢。」

會吐出火球的鮮紅色青蛙及挾帶暗紅色火焰的人魂般魔物從地上襲來，於是我用術理魔法的「追蹤箭」一併解決掉。

根據在精靈之村獲得的知識，這些傢伙的屍體似乎是較為稀有的素材，所以我在不太麻煩的範圍內將其回收。

火山口的中央有散發紅光的熔岩，火山口周邊的裂縫中可以窺見黃色的硫磺。

「雖然採集了一堆硫磺和火山灰，不過完全沒找到火石……」

我在略發牢騷的同時試著搜尋地圖，得知熔岩當中存在大量火石。甚至還有微量的高階素材火晶珠的碎片。

熔岩裡棲息著這個領域的霸主，種族為「焰獸」的八十二級魔物。這種魔物擁有罕見的固有名，顯示為「焰王」。

對方似乎擅長使用火焰氣息，具備能讓攻擊減半的種族特性。火系和光系的攻擊對牠無效。

我從魔法欄當中準備好中級攻擊魔法「爆縮」。

畢竟某本書上曾經提到，滅火最好的方法就是爆風了。

——WYANNGYWAAAAAAWN。

焰王破開熔岩現身了。

「居然是暴龍——！」

不知為何，對方的模樣根本就是恐龍當中家喻戶曉的暴龍。

我在吃驚之餘下意識用全力踢了對方的側臉，然後反射性地施展出「爆縮」炸飛對方毫無防備的腦袋，將其打倒。

由於為了不被捲入其中而事先將爆縮的焦點設定在焰王背後，結果就是留下了沒有腦袋的屍體。

因為雙方等級相差太大我才能輕鬆打倒，但實際上對方的身長超過七十公尺而且還會飛，所以搞不好是頗為難纏的強敵。

我將皮膚呈現朱紅到紅色之間漸層分布的焰王身體收入儲倉，利用深入熔岩當中的「理力之手」採集巨石大小的火石和火晶珠碎片。

採集完畢後我頂著喜孜孜的臉龐抬起目光，隱藏在火山口角落的人工建築物赫然映入眼簾。

「——是什麼呢？」

我用天驅靠近一看，得知是神殿風格的建築物。

造型很類似之前在都市岩島發現的海底神殿。

儘管遭到粗魯破壞，似乎還留有可供人進入的空間，所以我就踏入了神殿內部。

「沒有固定化的魔法，卻少有劣化或風化的痕跡呢。」

神殿遭到破壞好像是最近的事情了。

神殿內部存在著某種看似封印裝置的東西，已經停止運作。

看樣子，就是靠著這個裝置封印剛才的焰王吧。

焰王不具備鳳凰那樣的復活系種族固有能力或技能，因此繼續放著裝置不管應該也沒有問題。

我將刻印板設置在萬一火山爆發也不會受影響的場所，換掉融化的靴子及衣服後便返回同伴的所在處。

◆

我們試著在航線上的其中一座島嶼落腳——

「鳳梨～？」

「香蕉最棒了喲。」

「也有奇異果和芒果呢。」

結果充分享受到了南國的水果。

見到蜜雅之後，島上村長的態度非常友好。

島嶼周圍也沒有魔物，是相當和平的場所。

其原因——

『驅魔碑——發放給被統治區域，由拉拉其埃製作的驅魔物用魔法裝置。』

——似乎是多虧了蕾伊所說的這種圓錐形魔法裝置。

這座島上有許多和蕾伊一樣褐色皮膚的人族，都是黑眼睛和黑頭髮。大多數的人都穿著紅線編成的一塊布從肩膀處垂下來的服裝。

光是這樣的話將會露出另一邊的胸部，所以女性另外還會纏上白色胸帶。

幾乎所有人都用細木片穿線之後的裝飾品戴在手腳上。從裝飾的豪華程度似乎可看出在村裡的地位如何。

『分給我們這麼多真的沒問題嗎？』

『無妨，這些是獻給精靈大人的。』

村長所說的是烏爪島語，音韻相較於希嘉國語實際上更接近沙珈帝國語，是島上的獨特語言。

雖然獲得了技能，不過由於是這個島的固有語言，所以我就透過「翻譯：下級」魔法翻譯對話。

他們可能是拉拉其埃的後裔，但似乎完全扯不上關係。

『況且，我們也分到了異國的酒和從未見過的食物。』

透明的希嘉酒和帶苦味的麥酒很受男性的歡迎。因為這座島特有的當地酒是讓水果發酵之後製成的甜濁酒，所以大概是覺得不一樣的東西很稀奇吧。

食物則是唐揚許德拉肉及鯨魚肉——大怪魚托布克澤拉的肉排。

作為回禮，村裡的人們也招待了據說是「難得吃到的大餐」的海龜湯。儘管還比不上鱉肉，但確實是會讓人晚上睡不著覺的滋味。

『佐藤，喝這個。』

村長那約莫高中生年紀的可愛女兒，在飯後端來了裝有某種黑色液體的杯子。

她的胸帶僅有其他孩子們的一半寬度，從布塊下方溢出的部分實在相當豐滿而且吸引人。

倘若不是高中生年紀的小孩子，我想必會不由自主地追求對方吧。

『這個是「可可」嗎？』

——好苦。粉狀的苦味在口中擴散開來。

這種可可似乎沒有加入砂糖或奶粉的樣子。

『可可？這是「愛之滴」。喝下的兩人要彼此確認愛意，然後讓女方懷上孩子。』

面對我的問題，村長女兒頂著炙熱的口吻和目光向我逼近。

不過，亞里沙和蜜雅這對鐵壁雙人組當然不可能放過這樣的行為——

「唉呀，可不能在當地結交Lover哦！」

「嗯，禁止。」

亞里沙口中的「Lover」是個很陌生的詞彙。

想必是昭和時代的死語吧。

『強大的貴客自然要送出自己的種子。我就是從村裡的少女們當中被選出來的。』

村裡好像有人具備人物鑑定技能的樣子。

和之前的村落一樣，我已經讓蕾伊裝備了阻礙認知的魔法道具所以應該沒問題。畢竟娜娜也有「化人護符」呢。

「那種民俗學系漫畫會出現的設定統統駁回哦！」

亞里沙用莫名其妙的邏輯否定了村裡的風俗。

『佐藤喝了「愛之滴」。』

村長女兒指著我喝過的杯子這麼傾訴道。

喝下這個叫代表答應求婚了嗎？

我用手摀住杯口，透過手掌從儲倉加入砂糖和牛奶，然後再以「理力之手」攪拌均勻。

『要嚐嚐看嗎？』

『奇怪？剛才的確喝了才對。』

見到恢復成原來分量的杯子，木訥的村長女兒不解地傾頭。

村長女兒受到杯裡飄出來的甜味所吸引，就這樣喝了一口。

『甜甜的很好喝。佐藤做了什麼？』

『是神的奇蹟哦。一定是在說妳談戀愛還太早了。』

我藉助詐術技能矇騙村長女兒。

『……是嗎，我知道了。』

猶豫了好一會，在敵不過甜可可的魅力而完全喝光之後，村長女兒便這麼告知並跑向村民們的所在處。

雖然對她很不好意思，不過還是希望她能在村民中尋找伴侶。

『精靈大人，祝您旅途上一路安康。』

「嗯，感謝款待。」

隔天早上，全島的人都前來替啟程的我們送行。

蜜雅簡短回答村長後，周圍的村民們就跪拜在地感謝她的賜言。

『佐藤先生，這片海域有一座被稱為「噴火島」的受詛咒島嶼。村裡相傳，那裡被封印著連大海都能點燃的可怕焰獸。』

村長以真摯的表情這麼告訴我。

見到對方表情那麼嚴肅，我實在不好意思坦白焰獸——焰王已經被我消滅了。

『倘若看到海上有噴煙的話，就轉向迅速離開吧。』

『感謝您的忠告。』

我點頭接受村長的建議，然後離開了島上。

我們接著還繞去了好幾座有野生可可樹的無人島，大量確保了製作巧克力的必要材料及南國水果。

當然，我並未做出採集殆盡這種沒公德心的事。

畢竟已經設置完刻印板，以後要來採幾次都行呢。

海洋國家伊修拉里埃

「我是佐藤。聽到海洋國家，腦中不知為何就會勾勒出漂浮在太平洋上的人工島。大概是因為在科幻類的作品裡，有令我印象深刻的海洋國家吧。」

「那就是伊修拉里埃？」

亞里沙這麼指著前方島上可見的建築物。

火山島的下一個區域裡，就有這個「伊修拉里埃王國」。

似乎是以面積與四國相仿的大島為中心，由大小數百座島嶼所組成的島國。最大的島上在中央處存在湖泊般的內海，伊修拉里埃的王都就在該內海的中央。

氣候好像是透過都市核的力量來調節，不同於前一個區域的亞熱帶氣息，這一帶是屬於初夏的氣候。

「似乎是這樣呢。」

確認地圖的同時，我一邊心不在焉地回答亞里沙。

亞里沙看到的是應該是位於甜甜圈型島嶼外緣的聚落。

包括海面在內的面積就相當於歐尤果克公爵領，不過人口稀少，只有公爵領的一成左右。人口幾乎都聚集在大島上。

王國海域內的海盜正如謠傳的那樣非常多，但我們航行在標準航線之外所以一艘也沒有遇到。

「沒出現多少魔物呢。」

「在魔物的領域裡才會比較多哦。」

反倒是獲得了各種海產類，綠水晶身體的海馬和飛天鯊魚一般的怪魚魚鰭應該能賣個好價錢。

話雖如此，我並沒有出售的打算。

「果然是這樣呢。對了，我的大腹肉怎麼樣了？」

亞里沙說出了充滿食慾的問題。

她的心情我很了解，我目前在搜尋的就是鮪魚。

「好像也不在這個區域的樣子。」

或許是洄游範圍很廣，到處都找不到蹤跡。

「主人，小型飛空艇來了——這麼報告道。」

我望向娜娜所指的方向，可以見到猶如洗澡桶裝上蜻蜓翅膀的飛行物體在靠近。坐在上面的是戴著防風鏡的不倒翁翹鬍子男。

『你們是否為海盜！』

∨獲得技能「伊修拉里埃語」。

這個國家的語言發音似乎很接近古代語。

如果是拉拉其埃的後裔，應該會使用神代語的方言才對……

總之為了調查，還是先分配點數給技能並開啟好了。畢竟「翻譯：下級」的魔法沒有辦法閱讀文字呢。

「詢問！你們……是否為……海盜！」

我還未回答的期間，不倒翁翹鬍子男又用不流利的希嘉國語重新問了一次。

『這是希嘉王國的交易船！希望能在伊修拉里埃王都入港。』

我這麼告知，並歷經些許的爭論後便被帶往通向內海的唯一閘門。

「好大～」

「非常了不起喲。」

閘門的懸崖上有一座圓頂型的堡壘，設置有兩門巨大的魔砲。

『——托托里埃第八代型魔砲。也被稱為龍砲，在拉拉其埃王朝發揮了最高的攻擊力。由於這種龍砲，托托里埃的魔砲技術被視為世界最強，但心懷嫉妒的拉拉其埃技術人員聯合了元老院，將托托里埃王族塑造為反叛者，連同浮城一併處以墜落之刑。龍砲則被逃亡的王子帶走，下落不明，從此消失在歷史上——』

蕾伊在恍惚狀態下用神代語說了這麼一長串。

「幼生體很博學——這麼稱讚道。」

「咦？娜娜小姐？」

被娜娜抱起來的蕾伊回過神，發出不知所措的聲音。

看來她吃驚的時候也會自然脫口而出希嘉國語了。不光是和娜娜學習，可能也是和其他孩子們進行交流所帶來的影響吧。

我們的船穿過懸崖之間的狹窄水道，航向內海。

「總覺得左右兩邊好像會擠壓而來，有點可怕呢。」

「不用擔心哦，露露。有危險的時候，主人會保護我們的。」

平時莉薩或許會表示有自己等人出手保護，但面對山崩之類的自然災害等級就要交給我了。

當然，無論山崩或海嘯我都會保護大家的。

「軍隊～？」

「滿滿的都是喲。」

小玉和波奇看到的似乎是挖開懸崖崖壁製作的防衛用駐地。

年少組朝著士兵們揮手，對方也很爽朗地揮手回應。

船來到內海後，就這樣航向中央的島。

「內海相當舒適呢。」

正如亞里沙的嘀咕，氣溫很像是春天。波浪也很平靜，船身很少晃動。

內海漂浮著許多小漁船，正在捕撈充滿南國風情的繽紛魚類。

「捲捲的～？」

「是螺旋的城市喲。」

「嗯，海螺。」

小玉、波奇和蜜雅仰望著伊修拉里埃的王都冒出這樣的感想。

就彷彿削掉貝殼外側而成的多層次城市。

相較於奇幻世界，給人的印象更像是科幻作品中會出現的場景。

一直不吭聲的亞里沙唸了一句「要來了嗎？」之後，蕾伊的眼中便失去焦點。

『托托里埃風格的建築物——螺旋構造是浮島托托里埃的特徵。』

蕾伊進入恍惚狀態這麼進行解說，但這次的時間相當短。

包括剛才的龍砲也好，這座島上的居民似乎是拉拉其埃王朝時代托托里埃這個國家的後裔。

大概是類似屬國的國家吧。

「好大的船～？」

「有船槳跟船帆，看起來很強喲！」

港口的角落有軍艦專用的船塢，那裡停放著五艘大型戰列砲艦以及四十艘左右的中小型軍艦。

正如波奇所言，這個國家的軍艦好像是附槳的帆船。

規模實在不像是小國的軍隊，但考慮到要在魔物肆虐的海域維持一個國家，大概就需要這種程度了吧。

大型艦幾乎都是木造，唯獨中央的旗艦是祕銀合金材質，比其他四艘大了一號。

總覺得有點破舊，好像剛戰鬥歸來似的。

『焰獸——』

風中可聽到軍港方向傳來令我在意的關鍵字，於是我試著用「眺望」和「遠耳」魔法。「順風耳」技能的話因為距離太遠所以無法捕捉到呢。

『艦長！快馬已經派出了。話說部下所言是真的嗎？』

『是真的。噴火島的封印已經解開，焰獸復活了。登陸部隊全滅，其他的船艦也為了讓我們順利逃脫而主動挑戰焰獸……』

『究竟是什麼人讓焰獸復活──』

『是骸骨王。』

『──什麼？』

『鄰近島嶼上的人聲稱，他們看過飛天的幽靈船。』

『有這種事！那麼，對方的目標就是伊修拉里埃的龍砲嗎！』

『嗯，應該是先教唆焰獸，打算乘著我們國家化為火海時襲擊吧。』

『為了攻陷拉拉基，竟然這麼大費周章。』

──原來如此。

我好像在不知情的情況下粉碎了骸骨王的陰謀。

我打開地圖確認骸骨王和優妮亞的動向。

骸骨王跟早上確認時一樣還待在幽界，至於優妮亞則是出現在一個叫海魔領域的未知區域內。

對方似乎重新展開了活動，所以我差不多也該加強戒備比較好。

◆

『托托里埃行宮，宮殿型浮船，酷似王子用於逃亡的年代之物。』

抵達伊修拉里埃的隔天，我帶著蕾伊造訪了伊修拉里埃王城。

「那女孩不要緊吧？」

「是的，只是比較常喃喃自語罷了。」

此次讓我們造訪王城的貿易省官員，用不快的目光俯視著蕾伊。

得知我們抵達伊修拉里埃的船是希嘉王國所屬，他便為了購買希嘉王國所出產的絲綢而主動上門交涉。

「公主殿下的成年儀式需要用到絲綢！」

抓住了對方告知的這項把柄，我便提出以謁見伊修拉里埃王作為獻上絲綢的交換條件。

對方似乎相當急需，隔天便安排好謁見，於是我們就這樣前來造訪了。

當然，這也是為了嘗試一下特意接觸王族是否能刺激蕾伊的記憶，進而治好她的記憶喪失。

『托托里埃紋樣。發祥於浮島涅涅里埃的雕刻。在拉拉其埃王朝被廣泛地使用。』

傾聽著恍惚狀態的蕾伊這麼唸道，我一邊仔細觀察王宮的建築。

好幾根柱子透過拱狀的結構物形成支撐上方柱子的連續結構，製作出了圓頂狀的莊嚴空間。

很像是歐洲旅行時所看過的樣式。總覺得跟索菲亞大教堂十分相似吧？

「我會先摀住她的嘴巴，以免在伊修拉里埃王的面前自言自語，請不用擔心哦。」

我向憂心的官員投以微笑，然後跟上負責帶路的女官。

不同於東羅馬帝國風格的男用服裝，女性是在短背心般上衣及一片裙的組合上面再纏上了布，走在前方隱約可以見到背部的曲線，實在太棒了。

從正面看的話，肚臍一帶則是暴露在外。

感覺就類似東羅馬帝國與天方夜譚風格的混合版服裝。

在廣大的圓頂內前進後，中央深處設有一處王座。

比我們行走的地方要高了兩階。

蕾伊剛才仰望著圓頂進行解說，但由於即將謁見所以我給予輕微的衝擊以強制解除恍惚狀態。

或許是錯覺，她在恍惚狀態與普通狀態之間的切換好像變得順暢多了。

「你就是聲稱想獻上布料給我女兒的商人嗎？」

盤坐在王座上翹起一隻腿的伊修拉里埃王俯視著我這麼詢問。當然，用的是伊修拉里埃語。

處於壯年的伊修拉里埃王有些不良大叔的氣息，營造出一種年輕的時候不務正業的印象。

他的王冠是在帶狀金線編成的布料上放滿了「天淚之滴」，與希嘉王國的王冠有著不同的風情。

天淚之滴是一種可以燦爛反射照明的渾圓寶石，難怪希嘉王國的貴族會視為珍寶——奇怪？這個是阿魯亞。

ＡＲ顯示中出現「天淚之滴：阿魯亞樹脂」的描述。用鑑定技能的話，一般只會顯示「天淚之滴」而已。

阿魯亞是我在精靈之村獲得的素材，用在船上甲板的鍍膜以及小玉和波奇愛用的防碎杯子及盤子都很方便。

我搜尋地圖，試著尋找有無分泌阿魯亞的樹木。

似乎是生長在一座無人島的樣子。

大概是王家在獨占生產「天淚之滴」吧。

滿足了好奇心之後，我便將注意力轉向眼前的伊修拉里埃王。

「初次見面，伊修拉里埃王。我是希嘉王國穆諾男爵的家臣，佐藤·潘德拉剛名譽士爵。」

對方直接發問似乎代表直接回答也無妨，所以我就自我介紹並行了貴族之禮。

幸好我在穆諾男爵領的新人貴族講習當中學過謁見「他國國王」時的禮儀。

「原來並非商人而是貴族嗎。請見諒。」

伊修拉里埃王大方地點頭，然後向我催促下文。

看來是因為突然有人申請謁見而尚未被告知詳情的樣子。

「這就是我從希嘉王國帶來的翠絹。」

「竟然是翠絹！」

不光是伊修拉里埃王和旁邊的官員，就連周圍的貴族也發出了驚呼聲。

這應該不是什麼會讓一國之王吃驚的東西才對……

「竟能通過魔導王國拉拉基的愚蠢海關，莫非你擁有酒爵的地位嗎？」

據說魔導王國拉拉基一直針對行經自國的船隻所載運的翠絹課徵了原價一百倍的關稅，作為對伊修拉里埃的警告。

這麼做好像是為了強行推銷魔導王國拉拉基的特產朱絹，然後在有利的條件之下大量收購「天淚之滴」。

由於這是伊修拉里埃王國人的說法，姑且就相信一半吧。

「翠絹——而且是帶來如此的最高級品作為獻禮，想必是希望獲得『天淚之滴』的交易權吧——也好。」

官員及站在國王身邊的大臣們發出了近似哀嚎的呻吟。

「在這之前我有些話要說。跟我來吧。」

伊修拉里埃王告知一聲後動作輕快地從王座起身，然後吩咐我跟上，逕自進入了位於王做後方的王族專用通道。

官員在後方被擋住，不過蕾伊則獲准與我同行。

『水天球——利用風石和水石使水球時常浮起的魔法裝置。』

見到裝飾於通道的擺設，進入恍惚狀態的蕾伊這麼喃喃道。

這個專用通道是完全沒有考慮到防暗殺戒備的開放式走廊，從柱子之間可以俯瞰城堡及周邊街景。

『很博學的姑娘。是拉拉基王家的相關之人嗎？』

看樣子，伊修拉里埃王也會說神代語。

「不清楚。當初是在她失去記憶且遇難的時候救下來的。」

『哦，年紀輕輕就懂得神代語嗎……要不要擔任王子的家庭老師呢？我可以給你更高於名譽士爵的爵位哦。』

我委婉拒絕了伊修拉里埃王不知是否在開玩笑的提議之後，對方也不繼續堅持而對蕾伊產生了興趣。

『知道那是什麼嗎？』

伊修拉里埃王指著位於王城頂端的謎樣擺飾。

『天護光蓋，眾神賦予天空人的守護之力。』

『沒錯，具備了天護光蓋和龍砲的伊修拉里埃，就連骸骨王也無從下手。』

這裡沒有提到焰獸而是骸骨王，其中的用意讓我有些好奇。

聽到骸骨王的名字，解除恍惚狀態的蕾伊似乎想要說些什麼。

不過，直到最後還是沒能開口。

「——擔任王子的護衛嗎？」

「沒錯，你應該知道很快就是拉拉基的『天想祭』了吧？派遣王子前往親善已經成為了一種慣例。」

我們被請入伊修拉里埃王的私人房間後，對方提出了令我意外的委託。

大概是為了戒備焰獸的襲擊，考慮先讓王子逃到鄰國吧。

就算是這樣，把心愛的孩子託付給一個初次見面的對象未免也太沒有戒心了。

「為何要委託像我這樣的他國之人呢？伊修拉里埃不是擁有聞名整個大陸的雄壯海軍嗎？」

「軍隊已經被焰——不，沒什麼。」

伊修拉里埃王正要說出焰獸的事情，但又閉上了嘴巴。

「剛才的事情就當作我沒說過吧。不過你要幫我載送先遣的使者過去。就算是開小型船，載著區區一名沒有隨從的使者應該也沒問題吧？」

這不管怎麼看，都是王子殿下要假扮成使者的前奏。

「報酬就是這個。」

伊修拉里埃王放在桌上的是裝滿了「天淚之滴」的包袱。

怎麼看都不像是載運一名使者的報酬。

「僅僅運送一名使者，未免也太多了……」

「這件事很緊急。一天時間讓你準備。後天就從伊修拉里埃啟程吧。」

伊修拉里埃王提出要求，直接打斷了我的發言。

原來如此，換成普通的船要進行出港準備就很吃緊了，根本就無暇買賣貨物。

對方的意思大概是要用這些來填補我們的損失吧。

「知道了。我會盡自己的微薄之力。」

疼愛自己孩子的想法，無論在哪個世界都是一樣的呢。

就讓王子去參加一下魔導王國拉拉基的祭典，盡情享受自由的空氣吧。

「是嗎！你肯答應了！我會在城內安排房間，你就參加今晚和明天的晚餐吧。」

這麼告知後，伊修拉里埃王就讓我們離開了。

雖然還想打聽一下拉拉其埃的事情，不過等晚餐席上再說好了。

◆

「主人！這邊這邊！」

接獲亞里沙利用空間魔法「遠話」的傳呼，我來到了王城周邊的商店街。

看樣子，她在小巷裡的貝殼藝品店似乎有事要辦。

招牌上書寫著彷彿在遊戲書當中擔任女神的「莉布拉」店名。在這國家的詞彙中，「布拉」代表著藝品店，所以原意大概是「莉藝品店」吧。

「怎麼樣！很厲害吧！」

「嗯嗯，這的確很厲害呢。與其說是工藝品，或許稱為藝術品會比較好。」

就在欣賞著精緻加工過的貝殼藝品之際，我發現了意外的事實。

市場行情太便宜了。大件商品才是銀幣價格，除此以外幾乎都只要一枚銅幣。

「這個多少錢？」

「每一樣都是三個銅幣哦。」

老闆開出了普通行情的三倍價格，不過沒有問題。

原本還打算接下來要直接殺到市場行情，但這種價錢再砍的話就是對於傑出技術的冒犯了。

「看！很便宜吧。」

「是啊。」

我點頭同意亞里沙的發言。這種水準的藝品，起碼要價值一枚金幣才對。

特別是最大件的珍珠及貝殼做成的王冠，真想戴在鰭人——人魚美女的頭上。想必看起來會是一副海底王國女王陛下的架勢吧。

「這種不是就可以當作交易品了嗎？」

原來如此，所以才找我過來的嗎。

畢竟我已經給亞里沙她們每人一枚金幣當作零用錢，所以應該有能力盡情地購買這種小東西才對。

當作禮物送給王都或迷宮都市的貴族們也剛好，不如就按照亞里沙的提議吧。

誰叫我十分嚮往靠著交易賺大錢的情境呢。

「事情就是這樣，有庫存的話我們想大量採購哦？」

「是……是的。按照那位姑娘的吩咐，我已經調查過倉庫了。」

據老闆所言，庫存雖然多達三百個，但達到店面展示的這種藝術品水準的商品就只有十五個。

「我們只有希嘉王國的貨幣，這樣也沒關係嗎？」

「是的，當然可以。希嘉王國的銅幣雜質很少，所以就連商人也願意免費兌換。」

伊修拉里埃銅幣僅有希嘉王國貨幣的三分之一大小，可以知道老闆最初的開價很符合市場行情。

不管怎麼樣，這樣下去的話也太過便宜，還是稍微加點價好了。

「貴族大人，不嫌棄的話，能不能請您順便到我朋友的店裡看看呢？」

付款完成後，由於老闆這麼建議，我便帶著同伴們一起逛了珍珠藝品和珊瑚藝品的店家，增加了不少交易品。

另外，珍珠藝品店是萊布拉，珊瑚藝品店則叫托利布拉這個名字。

每一家店的藝術水平都很高，陳列著品質不遜於貝殼藝品店的優秀商品。特別是珊瑚藝品的庫存相當豐富，品項從裝飾品到豪華吊燈應有盡有，所以我大肆採購了一番。

畢竟在希嘉王國的內陸部分，珊瑚和珍珠可是貴重品呢。

◆

「薩班・伊修——」

在自我介紹的途中，下垂眼的帥哥王子挨了伊修拉里埃王的一記肘擊。

大概是因為他差點說出自己的王子本名吧。

參加晚餐會的人只有我，其他孩子們應該正在安排好的房間內享用大餐。

在晚餐會之前，伊修拉里埃王替我引見了預定要載運的王子身分使者。

「我叫薩拜修。前往拉拉基的旅途上就有勞你了。」

見到用王族口吻這麼告知的王子，伊修拉里埃王露出不悅的表情。

我裝出一副「完全沒察覺到」的模樣，一邊向薩拜修進行自我介紹。

交談了好一會，我便向國王打聽拉拉其埃的事情。

「你對拉拉其埃很感興趣嗎？」

「是的，我正針對拉拉其埃進行研究中。」

我藉助詐術技能隨便邊了一個理由。

就算老實承認是為了讓半幽靈的蕾伊返回故鄉，對方怎麼也不會相信的吧。

「如果是要尋寶的話就死心吧。」

將裝有橙色雞尾酒的高腳杯拿到嘴邊，伊修拉里埃王告誡般的這麼說道。

「就連那個孚魯帝國，當年尋找拉拉其埃財寶的行動也失敗了。」

由於聽不太懂，我繼續等待伊修拉里埃王的下文。

「我國的古文獻當中記載，那個帝國為了尋求能和魔王戰鬥的神代兵器，於是就朝拉拉基的東方派出了大艦隊。」

我打開地圖確認位置關係。

魔導王國拉拉基現在位於伊修拉里埃的西南方，所以就是這個國家的東南方吧？

「最後在與海龍群島之間的『海魔領域』束手無策地敗給了『海王的私生子』們。這是僅剩一艘歸來的船艦艦長所留下的證詞。」

位於港口那艘祕銀合金材質的軍艦，好像就是從當時孚魯帝國倖存者手中奪來的東西。

「多虧了『私生子』們，貪婪的帝國艦隊毀滅，我們國家的自治權和魔砲最終也未被奪去。」

魔物偶而也是能派上用場的——伊修拉里埃王愉快地這麼笑道。

據他所言，所謂「海王的私生子」就是棲息在「海魔領域」的各種章魚型海魔總稱。

「據說拉拉其埃所沉入的地點就在遼闊的『海魔領域』沒有錯，但會去那種地方的就只有想自殺的人。死心吧，死心吧。」

這麼告知後，伊修拉里埃王便帶著王子進入晚餐會場。

另外，晚餐有許多魚類料理，特別是巨大魚類的醬煮實在美味得令人難以置信。

遺憾的是沒有生魚片，但每一道料理都展現了精湛的廚藝，讓我的舌頭很愉快。

像這樣能夠在伊修拉里埃悠哉的日子也只到今天，隔天我們便在國王的授意之下緊急出港了。

◆

「——潘德拉剛勳爵，我不行了。」

薩班王子在我懷裡這麼輕聲發著牢騷。

出港後沒多久，薩班王子便因為暈船而倒下了。

船艙的入口處傳來亞里沙「是佐藤×薩班呢！白皙正太跟褐色下垂眼也很配哦！」的奇怪發言，但我充耳不聞繼續攙扶著無力的王子。

「您太誇張了哦。我們還有暈船藥。」

「抱歉，暈船藥對我無效。」

話說回來，海洋國家的王子居然會暈船，真是罕見。

「那麼，就給您想睡覺的藥好了。」

「太好了。希望睡著的期間就能抵達拉拉基。」

王子喝下高持續性的睡眠魔法藥之後，我讓他躺在位於船首樓的客艙床上。

既然王子在航行中睡著，就能用飛行模式輕鬆一下了。

「——亞里沙。」

對於頂著充滿腐味的眼神笑得很淫蕩的亞里沙，我咚地一聲敲了她的腦袋後走到船艙外面。

護衛及送行的船隻只跟到外門為止。

伊修拉里埃的軍艦大概是要防備焰獸吧。

「主人，又是海盜！」

「這次是三艘小型槳帆船嗎。」

從伊修拉里埃啟程過了半天時間，正如在蘇特安德爾市的酒館聽到的那樣，連接伊修拉里埃和魔導王國拉拉基之間的航線上有許多海盜。

擒下海盜押送到伊修拉里埃或是魔導王國拉拉基也很麻煩，所以我決定趕跑那些罪行較輕的海盜，至於滿是重罪犯的海盜就以擊沉海盜船的方針來處理。

槳帆船大多從島嶼的暗處發動襲擊，因此海盜們總是會游向附近的島。

話雖如此，能否在魔物棲息的無人島上存活下去就要看他們的努力和運氣了。

襲擊的海盜船中還有魚或龜型巨大魔物的背上載著船隻一般結構物的奇特類型，但我都一視同仁地處理掉。當然，作為台座的魚和龜就是食材待遇了。

「哪一種？」

「比較重的。」

對於亞里沙的提問，我回覆她海盜們的罪行輕重，然後施展前置攻擊的魔法。

當中好像沒有奴隸，所以我毫不客氣地採取了用水壁的魔法讓海盜船翻覆，再以短氣絕彈擊碎露出船底的例行手法。

「主人，建議變更航線。」

「說得也是。」

我同意娜娜的發言並打開地圖。

好像就快要離開伊修拉里埃的地圖範圍了。

我就這樣等待區域切換，施展「探索全地圖」魔法來調查「魔法王國拉拉基」。

區域的大小就跟伊修拉里埃一樣，人口大約是伊修拉里埃的三成左右。王都所在的島相當大，面積大概等於北海道。

和伊修拉里埃一樣都是人族為主的國家，幾乎沒有亞人種。頂多在邊境的島嶼上有海棲的亞人居住罷了。

在伊修拉里埃肆虐的海盜，到了魔導王國拉拉基卻幾乎不存在。

僅在伊修拉里埃，以及反側的砂糖航線與魔導王國拉拉基之間海域有海盜而已。

這個魔導王國拉拉基似乎將都市核調整為比伊修拉里埃還要炎熱的氣候，感覺愈接近拉拉基王的王都方向氣溫就愈高。

「亞里沙，有了哦。」

「咦？」

我冷不防的一句話讓亞里沙錯愕回應。

「有鮪魚了。」

「在……在哪裡？」

「拉拉基的東南東海域有幾條。那裡大概就是棲息地了吧。」

我這麼告訴亞里沙，一邊對子彈鮪魚加上標記。

──這樣一來，就絕對逃不掉了。

「因為有點遠，等拉拉基的事情辦完後再前往吧。」

我和亞里沙面面相覷，同時笑了出來。

山葵和切絲裝飾用的白蘿蔔都有庫存，醋飯用的白米及醋也準備齊全，接下來只要等鮪魚過來就萬無一失了。

在那之前，得要練習一下怎麼煮醋飯和捏壽司才行呢。

◆

「那裡有帆船喲。」

最初發現那艘船的是在瞭望台上執行監視任務的波奇。

聽了波奇的話，把腳纏在側支索上面懶散地趴著的小玉立刻顫抖耳朵。

小玉唰唰爬上側支索，從瞭望台的波奇手中接過望遠鏡眺望船隻。

「沒有人～？」

正如小玉的嘀咕，前方的來船沒有半個人。

透過地圖確認後，我發現航線上漂流著四個集團總共二十八艘無人船。

每一艘船好像都觸礁了，但數量未免也太多。

最難以理解的是竟然沒人。

從地圖上看來，也沒有魔物潛伏在此。

「會是什麼呢？」

和剛才的小玉一樣因為炎熱氣候而無精打采的亞里沙用手充當遮陽板望向前方的船隻。

「姆？」

「主人，幼生體的髮飾在發光——這麼告知道。」

蜜雅和娜娜向我報告蕾伊的髮飾帶著淡藍色光輝一事。

「佐藤先生。」

「不用擔心哦，好像正在淨化瘴氣的樣子。」

我對不安的蕾伊這麼告知，然後開啟瘴氣視。

——噁！

前方接近的無人漂流船上面籠罩著彷彿被整個塗黑的瘴氣。

瘴氣如觸手一般朝著無人漂流船的四周延伸，其中一條甚至到了我們的船上。

見到籠罩船隻的非比尋常瘴氣，我可以斷定凶手並不是人。

從我在蘇特安德爾的酒館聽到的骸骨王「漂流船」逸聞推斷，骸骨王或許已經在動手重新建構幽靈船隊了。

總而言之別胡思亂想，先調查漂流船好了。

為此——

「等一下，我立刻驅除瘴氣。」

我將平時刻意不外洩的精靈光完全開放，驅除掉周邊的瘴氣。接觸到我色彩繽紛的精靈光之後，瘴氣就像蒸發了一樣消失無蹤。

當初在精靈之村得知精靈光可用來驅除瘴氣，但像這樣子親眼目睹後實在是厲害極了。

「我去對面的船上看一下。」

「要……要小心哦！」

我朝著語帶憂心的亞里沙揮揮手後，就在無人漂流船上展開淨化同時探索船內。

船內的魔力爐還在運作中，而且從用餐中的桌子及煮到燒焦的鍋子來看，不測的事態好像是突然發生的。

再看看料理的腐敗情況，人從船上消失應該就是這一兩天內的事情。像著名的無人漂流船瑪麗．賽勒斯特號事件一樣，貨物還在，僅有船員們消失了。

從船長室裡的文件，我得知這艘船是希嘉王國的交易船隊的旗艦。好像是比斯塔爾公爵這個人的船隊。

由於是很陌生的名字，所以我試著確認滿載著貴族情報的多爾瑪筆記。

其中寫著對方是希嘉王國的三公爵之一，歐尤果克公爵的政敵。他的領地在希嘉王國的西北部，位於中間隔著小王國各國與沙珈帝國遙遙相對的位置。

我對比斯塔爾公爵的好奇心已經獲得滿足，於是就繼續進行探索。

船長室的金庫內依然收納著魔法物品及交易用的金幣，從中可窺見這並非普通海盜的傑作。

「還有三艘？」

望著出現在前方的無人漂流船，亞里沙這麼問道。

「不，這個第二十五艘是最後了。」

從我們最初遭遇算起過了大約一個小時，我以飛行模式到處回收漂流船，這已經是最後一艘了。

剩下的三艘在我回收之前就被海中魔物擊沉。

當然，殘骸和貨物我都盡可能地回收了。

能在短時間內沉沒三艘船的海域裡成功回收二十五艘船，就代表骸骨王他們之前是在距離相當近的地方動手的。

我至今確認對方動向的次數僅早晚各一次，看樣子還是每小時至少確認一次標記清單會比較好。

「果然是骸骨王的傑作吧。」

「大概是。」

我在蘇特安德爾的酒館裡聽到過「襲擊的船員們死後還一直被迫在那傢伙的幽靈船隊上幹活」及「無人乘坐的漂流船可是遭到骸骨王襲擊過的鐵證」之類的消息。

想必骸骨王不但奪去船員們的性命，還將這些亡者加入了新船員的行列吧。

我伸出理力之手，將無人漂流船回收至儲倉。

無人漂流船在儲倉內可以當作資料夾打開，然後把瘴氣視為船內的物品來移動，所以十分方便。

「消失……了。」

「突然不見～？」

「失蹤了喲。」

就連一開始看到無人漂流船消失而吃驚的蕾伊，如今好像也習慣了。

她跟小玉和波奇一起很感興趣地眺望著船消失之後出現小漩渦的海面。

「幼生體，身體探得太出去會掉落——這麼告知道。」

「嗯，危險。」

「是的，對不起。」

娜娜和蜜雅這麼叮嚀後，蕾伊隨即乖乖地讓身體離開扶手。

「小玉呢～？」

「波奇不會危險喲？」

「當然很危險哦。乘還沒掉下去趕快回到甲板吧。」

對於沒被點到名而落寞地嘀咕著的小玉和波奇，莉薩則敲了一下她們的腦袋柔聲斥責。

「系～？」

「是喲。」

明明是挨罵，小玉和波奇卻一臉開心地跳起來落在甲板上。

「主人！找到人了！」

露露觀看著步槍型狙擊用魔法槍的瞄準器，突然這麼罕見地大叫。

這種魔法槍沿用了我從沉船當中發掘的小型魔砲迴路。

威力還不到原版小型魔砲的一成，但以個人可攜帶式武器來說已經是很了不起的東西了。

由於還裝備了使用蒼幣的魔力電池，憑藉露露的魔力也可射擊。

「啊！沉下去了！」

哦，看來不是繼續悠哉的時候了。

我從船上飛起來，使用「透視」和「理力之手」魔法從海裡撈出漂流者。

對方似乎感染瘴氣而失去意識，所以我在施以治療後讓他睡在其中一間客艙。

原本想確認一下船被襲擊時的狀況，然而對方卻比想像中還要虛弱，看來要抵達魔導王國拉拉基之後才能詢問狀況了。

「哦～希嘉王國的貴族嗎。」

「嗯嗯，好像是亞西念侯爵家的次男呢。」

據多爾瑪筆記的記載，亞西念侯爵家在王都的門閥貴族當中擁有相當大的勢力。

而且，目前的家主也就是他的父親，正是我們預計要造訪的迷宮都市賽利維拉的太守。

真是不可思議的緣分。

「那麼，將航線轉向拉拉基吧。中途會經過好幾處海盜的基地，所以乘現在趕快武裝一下。」

「了解。」

莉薩點頭回應我的要求，然後帶著同伴們走到樓下。

「佐藤……先生。」

「怎麼了？」

留在甲板上的蕾伊帶著嚴肅的表情向我出聲。

「總覺得……胸口深處……在鼓譟著。」

莫非是感應到骸骨王或者優妮亞的襲擊了嗎——我這麼心想同時搜尋地圖，不過完全沒有這方面的徵兆。

頂多只有五十級的章魚型海魔在魔導王國拉拉基外海數公里的海中移動而已。

像這樣的魔物，每個海域裡起碼都會有一隻，所以並不值得一提。

我為了保險起見持續戒備，不過直到消滅海盜並抵達魔導王國拉拉基後，蕾伊的不安依舊沒有化為現實。

想必只是心理作用而已吧。

約東京灣面積的大海灣最內部，就坐落著魔導王國拉拉基的王都。

不同於希嘉王國，港灣的入口並非物理性的水門，而是架起隱形的魔法結界。感覺很類似守護精靈們故鄉的「波爾艾南之森的結界」。真不愧是魔導王國呢。

「斜的～？」

「傾斜了喲？」

小玉和波奇仰望著傾斜的魔導王國拉拉基王都，身體也跟著傾向一邊。

大概是想要嘗試能不能調整為水平吧？

『拉拉其埃北端的支城拉拉基，是負責對陸人進行懲罰的戰鬥用浮城。』

進入恍惚狀態的蕾伊仰望著王都這麼敘述。

可以見到許多白色建築物。位於中央的巨大圓錐狀建築物應該就是王城。其頂端有個在伊修拉里埃王城也能看到，疑似天護光蓋的謎樣擺飾。

王城周邊的建築物大多都很高，不過外緣部分就以兩層樓建築或平房為主了。

都市整體之所以呈現傾斜狀態，大概是迫降於地面時的影響吧。

「好像有……很香甜的味道。」

「是糕點的香味──這麼告知道。」

「嗯，砂糖。」

脫離恍惚狀態的蕾伊聞到風中的甘甜香味後瞇細眼睛。

畢竟這個魔導王國拉拉基在砂糖航線當中可說是最大的砂糖生產地。王都裡面似乎也有砂糖煉製所的樣子。

蕾伊跟娜娜及蜜雅談論著究竟會有什麼糕點，從她的側臉看來已經不見消滅海盜前的那股不安了。

魔導王國拉拉基

「我是佐藤。奇幻作品當中嗜酒的種族首推矮人，但異世界的船員們似乎也豪不遜色。和朝氣蓬勃的船員們拿起啤酒杯對飲的蘭姆酒，實在別有一番滋味。」

「後面的船是加巴特商會的『曇天丸』嗎？為何你這位希嘉王國的貴族會帶著那艘船一起？」

港灣局的職員見到跟在我們船後面的大型商船後皺起眉頭。

另外，他所說的拉拉基語我已經取得了技能。感覺是很接近伊修拉里埃語的語言。

「這艘船是在無人漂流的情況下被我回收的。船內載著——」

「局長，船內載滿了打扮怪異的男人。」

搶在我說完之前，移動到僚船上的職員便這麼大叫。

「——載著途經海域裡向我們襲擊的海盜們。」

這些是從共計九艘海盜船以及三處據點回收而來的人們。

另外，被海盜擄走的受害者們已經分坐在我們船的甲板上了。

我在港灣局的接待室裡將這些情況向局長先生及職員們說明，然後在接收獎金及販賣海盜們的同意書上簽名便完成了手續。

至於海盜們，似乎有擔任槳帆船划手的這個新終身職業在等著他們。

拿著文件的港灣局職員離開後，換成莉薩和娜娜進來了。

「主人，從海盜手中救出的人們以及侯爵公子，都收容在港灣局職員介紹之下所徵用的旅館裡了。」

「謝謝妳，莉薩。」

在拉拉基王都此處有熟人的受害者都已經讓他們回去了。

除此以外的人當中，有家可歸的就提供盤纏路費，至於無家可歸的就提供短期的生活費，之後打算請對方自行謀生。

這些費用我準備從販賣海盜和他們基地內寶物的收益裡進行籌措。

另外，消滅海盜的獎金則是放入同伴們的儲蓄資料夾裡。

寫好文件，我在輕輕伸個懶腰之際，露露便敲響房門現身了。

「主人，有訪客。」

一名初老男性以推開露露之勢衝進了房間。

「聽說薩班殿下就在這裡，是真的嗎！」

看樣子是伊修拉里埃的大使出現了。

「是的，薩拜修先生正在那裡的沙發上休息當中哦。」

儘管漏洞百出，我所載運的終究是伊修拉里埃王的使者薩拜修，所以就維持表面的說法了。

話雖如此，大使卻好像完全沒放在心上。

「殿下！」

「嗯，勞煩你過來迎接了。」

同樣毫無掩飾之意的薩班王子落落大方地回答。

正在和大使談論些什麼的王子忽然轉過頭來開口。

「那麼，佐藤，我們走吧。」

「去哪裡呢？」

原以為將王子交給相關人士後就算結束，難道還需要什麼手續嗎？

「我聽父親說過了。你想從拉拉基王的口中打聽古代拉拉其埃王朝的事情對吧。可以順便帶著那位父親讚不絕口的博學姑娘哦。」

原來如此，就是所謂的驚喜報酬吧。

我向薩班王子及伊修拉里埃王表示感謝，決定接受他們的好意。

「好久不見了，薩班王子。」

「拉拉基王您也十分硬朗，真是太好了。」

我摀住一直處於恍惚狀態的蕾伊嘴巴，傾聽著拉拉基王和薩班王子之間的對話。

拉拉基王是個稱為海盜比較合適，長相凶惡的壯年男性。

不同於東羅馬帝國風格的伊修拉里埃，炎熱的魔導王國拉拉基以南國風格的服飾為主流。無論男性或女性似乎都大量裸露肌膚，流行穿著好幾層透明可見的布料。紅色系的服裝較多的原因，應該是大量使用了拉拉基出產的朱絹緣故吧。

「對了，薩班王子。差不多可以告訴我，後面那兩人究竟是誰了嗎？」

「這兩人是希嘉王國的貴族，古代拉拉其埃王朝的研究者。」

聽了王子的說明，拉拉基王看似不快地板起臉來。

『以研究者來說也太過年輕了。』

『初次見面，拉拉基王。我是希嘉王國穆諾男爵家臣，佐藤・潘德拉剛名譽士爵。』

反駁拉拉基王終究不太妥當，於是我使用和他相同的神代語進行自我介紹，然後行了一個謁見「他國國王」的禮儀。

『哦，很名符其實的研究者。』

帶著柔和的表情，拉拉基王很感興趣地喃喃道。

對了，就乘現在獻上東西好了。

據說這裡的國王陛下會對帶來罕見美酒之人授予「酒士」和「酒爵」之類的稱號並加倍禮遇，所以我也很識時務地直接選擇了獻上美酒而非酒器等物。

爵位本身對我來說可有可無，最主要的是期待收到美酒後龍心大悅的國王會同意告訴我拉拉其埃的事情。

我打出暗號後，王城的傭人們便將裝有獻上品箱子的手推車推到國王面前。

「這是我謁見拉拉基王所獻上的禮物。」

「哼，又是一成不變的希嘉酒嗎？想必是『王櫻』或『白靈山』其中一種吧。」

看似很掃興地吩咐傭人打開箱子的拉拉基王皺起了眉頭。

「葡萄酒和漂浮著紅色顆粒的清酒，還有那琥珀色的是麥子的蒸餾酒嗎？」

「分別是名為『妖精葡萄酒』、『矮精靈的血潮』以及『守寶妖精的祕寶』的妖精族美酒。」

「你……你說什麼！這就是著名的『夢幻妖精葡萄酒』嗎！其他的兩種也是只聞其名的傳說之酒啊！」

反應非常不錯。

「這……這麼說，這個小瓶子就是『樹人之滴』嗎！」

「不，小瓶子就不同了。」

亢奮的拉拉基王聽到我的否定之後有些冷卻下來了。

「是……是嗎，果然不是還不知實際存在與否的『樹人之滴』啊。那麼最後一瓶是什麼？不至於會是什麼無趣之酒吧？」

「是的，那個小瓶子是名為龍泉酒的——」

「你說龍泉酒！」

我還沒說完，拉拉基王就驚慌地站了起來。

那慌張的模樣讓我不禁後退了一步。

「這就是只有成年龍以上的龍才能製作，存在於神話當中的酒嗎！」

哦哦，好像終於進入神話的領域了。

「等……等一下，該不會是騙我的吧？叫鑑定士過來！馬上！」

彷彿配合著拉拉基王的這番大叫，一名老人立刻從小門跌跌撞撞地跑進來。

看樣子是他的家臣已經先叫了人。

「趕快鑑定這個小瓶子！」

「請……請稍待片刻。」

對於心浮氣躁的拉拉基王感到害怕的同時，鑑定士老人最後認定小瓶子的內容物就是「黑龍的龍泉酒」。

「你究竟是如何取得如此的美酒？」

「是的，我和沙珈帝國的勇者大人一起前去參與消滅黑龍的任務時，發現了裝滿龍泉酒的酒泉。酒泉很快就乾涸，但承蒙勇者大人分給我搶先汲取過的小瓶子。」

那時候的龍泉酒已經送給了住在公都地下的歐克「加．赫烏」等人，不過這次的酒同樣也是黑龍赫伊隆釀造的「龍泉酒」所以應該沒有問題。

「我心想這應該要獻給酒仙之名遠播的拉拉基王，所以就這麼帶過來了。」

詐術技能有些失控，讓我變得太油腔滑調了一點。

為保險起見，我出示歐尤果克公爵授予的「歐尤果克公爵領屠龍勳章」後獲得了對方的信任。

「真想不到，竟然能見到真正的屠龍者啊。」

拉拉基王頂著彷彿看到英雄人物的少年般眼神這麼說道。

我表示事實上擊退黑龍的是沙珈帝國的勇者隼人，但因為龍泉酒而亢奮度滿點的他根本就沒有聽進去。

「嗯，光是酒爵還不夠，就賜你酒侯之位吧！今後有任何好酒就儘管獻上來！」

拉拉基王的宣布讓周圍的大臣們發出驚呼聲。

「酒侯之位不是有三百年沒冊封過了嗎？」

「不過，包括三種妖精酒在內，對方畢竟還獻上了傳說中的龍泉酒。國王會認為酒爵不足以答謝也是可以理解的。」

「的確的確！唯有酒侯才可匹配。」

「啊啊，就算只有一滴也好，真想品嚐一下龍泉酒。」

看樣子，這個國家就連大臣們也是好酒之人。

所謂的酒侯我並沒有聽過，但地位好像還在酒爵之上。

據說這些特殊的爵位不同於普通的貴族，基本上只具備了獻上美酒的義務而沒有參加國政的資格，特權也頂多只有可自由進出王城及交易時的免稅特權罷了。

「如此的名酒，僅僅賜予爵位依然不夠。你有什麼想要的東西嗎？若是想娶公主，繼承權較低的第二十六公主倒是無所謂哦。」

不不不，那種東西就算了。

話說回來居然有二十六位公主，實在太厲害了。真好奇他究竟有多少老婆。

「既然如此，可以請您為我講述古代拉拉其埃王朝的事情嗎？」

我忽略了娶親的提議，將因為貢品而走調的話題重新拉回正題。

被當成空氣一般的薩班王子，則是在我身旁鬆了一口氣。

「好吧，潘德拉剛勳爵。既然你想聽拉拉其埃的故事，我就告訴你吧。畢竟歷代拉拉基王都是拉拉其埃歷史的傳承者啊。」

心情極佳的拉拉基王欣然同意我的請求後，我們便被帶到了其他房間，聽他講述拉拉其埃的故事。

一同在場的有我和蕾伊，好幾名護衛及樂士，還有魔導王國拉拉基的皇太子。

完成任務的薩班王子藉口旅途勞累而告別了謁見廳。根據地圖情報指出，他好像正和拉拉基王的女兒見面。巧合的是，對方正是剛才提到的第二十六公主。

就在這麼思考的期間，拉拉基王似乎已準備完畢，在嚴肅的氣氛下開始講述。

拉拉基王用於講述的語言是神代語。

『距今兩萬八千年前，蒙受眾神恩寵的國王被賜予了浮島拉拉其埃。』

哦哦，好像是非常久遠的故事。

『被眾神挑選出來的拉拉其埃之民被賦予了引導地上愚昧人們的使命，受到人們尊崇為「天空人」。』

故事開頭就充滿了菁英思想，但接下來更是變本加厲。

『對那些向拉拉其埃高舉反叛旗幟的愚蠢民眾，則代替神使用「天譴砲」將其淨化，並將良民引領至該地。』

不不不，說得好像振振有詞，那根本只是消滅敵國後當成殖民地而已吧？

可以吐槽的地方實在太多了。

我差點就被拉拉基王極富個性的嘹亮敘述語調及伴奏的樂士們所演奏的莊嚴樂曲欺騙，看來拉拉其埃根本就是個把眾神賜予的力量當成後盾的糟糕國家。

還有——

說到天譴砲，記得應該是能夠將海龍群島外海沉沒的真鋼合金材質裝甲輕易撕裂的強力武器吧。

被那種東西鎖定，就算是有都市核之力守護的領主或國王的城堡也岌岌可危。

『——黃金的歲月，終究像果實一般有掉落的時候。』

哦，進入新章節了嗎？

『在魔神的指引下，狗頭魔王出現於大地盡頭，增添不願歸順神的邪惡信徒。』

狗頭魔王嗎——很常聽到的名字。

根據我在穆諾男爵的城堡聽來的情報，對方應該是被稱為邪神的最強魔王才對。

記得「黃金豬王」在歐尤果克公爵領的地下也曾經提過這個名字，難怪骸骨王會怨聲連連了。

總覺得就這樣子聽下去，等著我的很可能會是和「狗頭魔王」交手的未來，感覺實在很不吉利。

『邪惡的狗頭魔王不斷殺害虔誠的神官巫女，將世界上的神殿焚燒殆盡。』

不愧是魔王，看來完全不是從暴政中解救民眾的正義使者。

繼這段敘述之後，還十分生動地描述了屠殺的場面，但因為太過血腥我就全部當作耳邊風了。像這種往事真希望能敘述得再含蓄一點。

『被天空人稱為「邪神」的「狗頭魔王」，將擊落「浮城」的邪法傳授給了邪惡的信徒。更將其眷屬的海王、焰王、空王、陸王賦予信徒，極盡暴虐之能事。』

我在那座火山島所打倒的，原來是狗頭的眷屬嗎。

該不會在拉拉其埃沉沒的「海魔領域」裡也沉睡著其他三種眷屬吧？

全部打倒之後就換狗頭登場——真不想遇到這種遊戲形式的機關呢。

在那之後拉拉基王繼續冗長的講述，簡單整理一下就是狗頭被一柱神打倒，焰王和陸王被神之使徒封印，空王則遭到天龍追殺而逃往天空的彼端。最後——

『在最後的女王捨身之下，神之浮島拉拉其埃將海王封印於海底。』

——故事在此終結。

太好了，從這種發展來看，狗頭似乎不會登場了。

話說回來，擁有天譴砲的拉拉其埃僅僅將海王封印起來，就代表連真鋼合金都能輕易撕裂的天譴砲也無法徹底打倒海王嗎……

遇到海王的話還是不要留情，以過度殺傷的高輸出攻擊砸向對方好了。

另外，這個魔導王國拉拉基的王族和市民，據說就是從拉拉其埃當中逃出的人們後裔。

「父親，您說得太精彩了。」

「講述這段歷史真是累人。把『生命之水』拿來！」

國王似乎並不排斥兒子的稱讚，興高采烈地命令女官拿飲料過來。

他所說的「生命之水」好像是蘭姆酒的酒名。

蘭姆酒的微甜酒精香氣在房內瀰漫開來。

看樣子他很喜歡喝熱酒。

「如何，潘德拉剛勳爵——」

拉拉基王說到一半打住，命令一名女官拿布過來。

循著他的目光望去，我發現坐在身旁的蕾伊頂著恍惚狀態的表情正在滂沱流淚。

我接過女官之一遞來的布塊幫忙擦拭蕾伊的淚水。

「佐藤先生，我不知為什麼……總覺得非常悲傷。」

她看來不像恢復了記憶，似乎是因為拉拉基王的講述而產生了情感上的反應。

蕾伊的異常狀態使得當天的謁見到此結束，我們必須離開國王的私人房間。

不過，臨走前拉拉基王對我提出了這樣的邀約。

「潘德拉剛勳爵，三天後的『天想祭』請務必參加。為答謝你讓我遇見傳說中的龍泉酒，就允許你在僅有王族才能列席的內院裡近距離觀看『盒子』吧。」

「是的，我一定到！」

這個意想不到的驚喜讓我回答得有些失禮，但拉拉基王仍毫不在意地點頭。

他所說的「盒子」，應該就是我在海龍群島營救的吉德貝爾特男爵所提到的「拉拉其埃之盒」吧。

儘管對於能參加祕祭感到很雀躍，我同時也有種即將發生事件的預感。

◆

我背著累得睡著的蕾伊走在王城的迴廊上，一邊整理至今聽來的情報。

雖然聽了各式各樣的往事，但我該關心的新情報就只有古代拉拉其埃王朝是個以神力為靠山為所欲為的糟糕國家，以及透過「最後的女王」的捨身將海王封印在海底一事。

總之，骸骨王的目的確定為「讓拉拉其埃返回天空」，至於返回天空所需要的就是「盒子」、「鑰匙」還有火晶珠的結晶這三樣東西。

鑰匙是蕾伊持有的鑰匙型髮飾，接下來只剩盒子和火晶珠的結晶了嗎——

「盒子」恐怕就是位於拉拉基的那個「拉拉其埃之盒」吧。

也有可能是幽靈船長口中的那個「棺柩」，不過將毫無頭緒的可能性列入考慮的話就會妨礙推測，所以我決定先忘掉。

接著，我想起了自己獲得火晶珠碎片的火山島。

「說到這個，骸骨王和狗頭應該是敵對的關係，為何又會釋放了身為狗頭眷屬的焰王呢？」

伊修拉里埃的軍人認為對方是為了奪取伊修拉里埃的龍砲而解放了焰王，所以龍砲當中使用的說不定就是火晶珠的結晶。

我透過地圖定期確認，發現伊修拉里埃似乎沒有出現被骸骨王攻入的損害。

——這麼說，剩下的三個關鍵物品目前都還未落入骸骨王的手裡。

若造成那些無人漂流船的正如我所料是骸骨王，他應該會攻擊伊修拉里埃或拉拉基這兩者其中之一吧。

真要說的話，感覺會先攻擊舉辦天想祭的拉拉基才對。

骸骨王最先鎖定的很可能就是「拉拉其埃之盒」。

即使如此，我想最好先告訴亞里沙她們蕾伊的鑰匙型髮飾已經被人盯上，以及她平時戴著的其實是仿造品一事。

畢竟要是為了保護仿造品不被奪去而導致同伴們受傷就後悔莫及了呢。

接著我繼續考察下去。

「假使這三樣東西被骸骨王奪去，會出現什麼問題呢？」

我自言自語地思考著。

假使拉拉其埃真如骸骨王所願飛上天空，頂多只會使遭到封印的「海王」被解放出來，以及「浮島拉拉其埃」連同真鋼合金也能夠撕裂的天罰砲落入骸骨王手中而已。

總覺得有些世界危機的味道，不過兩者都可用強大的力量來解決。

得出這個結論的我終於放鬆緊繃的肩膀。

「在海上應該就不會對周遭造成損害，全力以赴的話想必也沒有問題吧。」

我仰望著在夕陽當中最明亮的星星，輕聲這麼喃喃道。

◆

「「「乾杯——！」」」

結束王城的謁見後回到旅館，那裡居然正在舉辦宴會。

帶頭乾杯的人似乎是當初漂流之際被我救起來的亞西念侯爵次男雷里先生。

他如今正活蹦亂跳地暢飲啤酒杯，完全看不出之前還虛弱得躺在床上。

在他的側臉處有個像漫畫一樣的楓葉形紅腫吸引了我的目光。

大概是對侍餐的大姊姊做出性騷擾行為而被賞了巴掌吧。

同伴們好像沒有參加宴會，還待在旅館的最上層房間，於是我為了讓蕾伊休息就不前往宴會場而是直接走上樓梯。

「我回來了。」

「歡迎回來～」

「是喲！」

一打開房門，小玉和波奇就猛然撲了過來。

她們的異常舉止讓我打量起房間，發現裡面充滿了沉重的氣氛。

看樣子，小玉和波奇很討厭這樣的氣氛。

「主人！聽我說！」

「姆，貴族男死刑。」

亞里沙和蜜雅這對鐵壁雙人組一副忿忿不平的樣子向逼近。

小玉和波奇她們的氣勢嚇到，躲在我的身後。

「總之先冷靜一點。小玉和波奇她們都在害怕了哦。」

「啊……抱歉。」

「謝罪。」

聽了我這句話才察覺到這一點的兩人終於冷靜。

我在她們靜下心來之後詢問理由，好像是喝醉的雷里先生——不，雷里那個傢伙竟然抱住了娜娜，還很不客氣地搓揉了她的胸部。

「等……等等，主人？」

「幹嘛？」

正準備前往對性騷擾男展開天誅之際，亞里沙卻制止了我。

「你的表情很可怕哦？」

我不經意掃視，發現小玉垂下耳朵，波奇則將尾巴藏在雙腳間淚眼汪汪。

不行不行，這樣一來就沒有臉斥責剛才的亞里沙了呢。

我做了個深呼吸，讓心情平復下來。

「不用擔心哦，我們已經好好報復過了。」

繼亞里沙之後，其他孩子們也紛紛開口：

「打巴掌～？」

「娜娜『啪鏘』一聲打下去了喲！」

「那運用了腰力的攻擊實在很棒。」

「我覺得來回打巴掌也也不錯。」

露露跟在獸娘們之後也做出激進的發言。看來她也很討厭性騷擾男的樣子。

最後是一臉平靜的娜娜開口了：

「我的胸部是屬於主人的——這麼宣告道。」

那真是很棒的宣言，但會引人誤會所以請修正一下吧。

先不說亞里沙和蜜雅這對鐵壁雙人組的怒氣，見到娜娜悲傷的表情實在讓我很心痛呢。

那麼，就算知道已經報復過，就這樣放著不管也不好。

得要好好警告一下性騷擾男才行。

「士爵大人……這邊！」

一見到我的臉，當初在海盜基地救出的青年便這麼大叫。

「哦——他就是潘德拉剛士爵嗎？恩公，快到我旁邊來！」

我朝著對這邊招手的性騷擾男身邊走去。

「唉呀——真多虧有你，我才沒成為海中的碎藻！無論怎麼感謝你都是不夠的。我的親人在希嘉王國的地位很高，你至少可以獲得名譽准男爵的地位哦。」

喝醉的性騷擾男心情絕佳地說道。

「一醒來就發現自己在海上，周圍還滿是船的殘骸，差點以為活不了了啊。」

對方說到這裡我正準備表達自己的不滿，但他卻搶先開口了。

「對了對了，我必須向你道歉。剛才我追求了一位美麗的婦人，沒想到那居然是潘德拉剛動爵你的夫人。我當時毫不客氣地就向她求愛，真是對不起。」

既然對方先道歉，我就不好意思抱怨了。

況且還是一邊指著自己的臉頰笑道：「我可是挨了很重的反擊哦。」

由於這算是傷害貴族，所以對方如果提出告訴，娜娜就會被問罪了。

「至於口頭之外的謝罪，等回到希嘉王國再說可以嗎？我現在手頭不寬裕呢。」

「倘若您願意發誓不對娜娜和我的同伴們出手，就不需要口頭之外的謝罪了。」

即使如此，我還是警告一下好了。

「是嗎，那麼我就向亞西念侯爵家的家名和王祖大和發誓吧。我雷里・亞西念今後不會再對潘德拉剛勳爵的相關人士做出不當的行為。」

性騷擾男雷里先生一臉老實地將手貼在胸前這麼宣誓。

我在穆諾男爵領的新人貴族講習時曾經學到，以家名和王祖大和的名義來發誓是最能夠信任一種誓言，所以應該可以相信對方的誠意吧。

看在他已經反省的分上，這件事情就到此結束好了。

話雖如此，要是對方再做出同樣的事情，我就會讓他待在某座無人島上孤單度過餘生了。

「──我當時在甲板上眺望著霧海，沒想到意識突然變得朦朧。整個人被拋向了海裡。所以，我並不知道船是怎麼被弄沉的哦。」

在我詢問遇難時的狀況後，他的回答大致如此。

恐怕是沐浴在大量瘴氣之下導致昏迷而落入海中，反而因此倖免於難吧。

他只有十二級，技能僅「禮儀」、「交涉」、「物品鑑定」這三樣，完全沒有戰鬥系的技能。

這樣的一個人在漂流中完全未遭到海中魔物的攻擊，運氣真是太好了。

如此幸運的雷里先生在鄰座男性的催促之下對我提出了問題。

「對了，潘德拉剛勳爵。聽說你去了王城，莫非是為了獲得酒爵的地位嗎？」

「不，我並未得到酒爵的地位。只是將伊修拉里埃的重要人士帶到王城罷了。」

畢竟我獲得的不是酒爵，而是酒侯呢。

聽了我的回答，雷里先生和一旁的男性顯得相當失望。

「這樣啊……既然帶著精靈，我還期待你會獻上夢幻的妖精葡萄酒，藉此來獲得酒爵的地位呢……」

「酒爵的地位有什麼好處嗎？」

不知對方為何會如此關心酒爵的地位，我於是出言詢問。

「你在說什麼啊？有了酒爵的地位，那個可恨的關稅不是就能降低至兩成了嗎！這樣一來，就能盡情將希嘉王國的絲綢帶進伊修拉里埃，再把該地的『天淚之滴』拿到希嘉王國賣掉了。」

說到這個，伊修拉里埃王國好像也說過絲綢的關稅太高的樣子。

「原本我打算向潘德拉剛勳爵你借船，帶著那些無處可去的人們一塊從事交易，但既然沒有酒爵的地位就很困難了。」

「借船嗎？」

「是啊，有一艘叫『曇天丸』的大型帆船對吧？之前加巴特商會的人過來找碴，結果被我全部攆走了哦。」

啊啊，是我用來運送海盜的漂流船嗎。

所有權似乎已經歸我，但若是前任持有者加巴特商會帶著誠意前來交涉，我倒是可以考慮還給對方。

據雷里先生所言，對方好像帶了暴徒前來恐嚇的樣子。

「唉呀——那些孩子們還真強呢。聽說打倒海盜時的身手也很俐落啊。」

據說是雷里先生出面唬住了加巴特商會的會長，不過那些暴徒則是由我的同伴們負責擊退的。

暴徒及加巴特商會的人，最後似乎統統被旅館安排的衛兵帶走了。

「光憑我的酒士爵位僅能進行交易，至於關稅就幾乎不變了。明明就獻上了珍藏的『王櫻』和『白靈山』卻只得到了酒士，你不覺得太扯了嗎？」

「沒辦法啊，誰叫拉拉基王不太喜歡辛辣的希嘉酒呢。」

面對唉聲嘆氣的雷里先生，坐在旁邊的男人出言安慰道。

拉拉基王當時提到的酒名，好像就是雷里先生以前曾經帶過去的。

「對於救了我們一命的士爵大人來說，這個請求或許很厚臉皮，但能否請您考慮向新商會出資呢？」

旁邊的男性也提出了這樣的請求。

放著從海盜手中救出之後無處可去的人們不管，萬一逼得他們淪落為新的海盜或罪犯的話也讓我於心不安，更何況儲倉內還裝滿了不知如何運用的錢財。

嘗試在這方面投資一下或許也是件好事。

「那麼，可以請您準備一份商業計畫書嗎？」

「——商業計畫書？」

「是的，就是以什麼樣的航線交易多少某某商品之類，這方面的概算經費和預估利益。」

當然，要是變成呆帳的話就不好笑了，所以我希望對方至少先評估過有多少成功的把握。

畢竟在趕鴨子上架的情況下同意，通常都會豎起最大的一面失敗旗呢。

「知……知道了。我會向『曇天丸』的人打聽裝載量和航速，然後寫出商業計畫。」

「好的，我拭目以待。」

就連最初感到不知所措的男性，打從中途開始也向我投以充滿幹勁的目光。

至於對這方面不感興趣的雷里先生則是拍拍男性肩膀說了一句「交給你囉」，一副完全要丟給對方的架勢。

根據他所擬定的商業計畫好壞，我除了資金以外甚至還可以追加交易船，就算要提供一瓶妖精葡萄酒讓他們當中的一人獲得酒爵的地位也沒問題。

◆

「呼，流完汗之後好舒暢。」

「辛苦了，亞里沙。」

我用手帕擦拭亞里沙因汗水而發亮的額頭。

在交易所賣出玻璃藝品的過程中，亞里沙大顯身手了一番。

「多虧有亞里沙，才能賣出好價錢哦。」

「嘿嘿～偶爾也得展現一下亞里沙的實力啊。」

牽著被我誇獎後得意洋洋的亞里沙，我們回到大家的所在處。

由於過程可能會很長，再加上魔導王國拉拉基天氣炎熱，所以我讓他們在附近的樹蔭底下乘涼。

「好多人呢。」

「是的，好像都是為了冰而來。」

放在這裡避暑用的冰柱似乎吸引了眾人過來。

其中很多是穿著相同服裝的少年少女，根據ＡＲ顯示得知他們都是拉拉基魔法學校的學生。

說到這個，這裡畢竟是「魔導王國」呢。

逗留期間不妨帶著亞里沙和蜜雅前去造訪魔法學校或是公立圖書館好了。

「要是開一間賣刨冰的攤車，大概生意會很好吧。」

「一點也沒錯。」

我點頭同意亞里沙的發言，然後確認大家已經準備完畢。

「那麼，我們走吧。」

我這麼告知並催促著同伴們。

「等等，先等一下！冰柱就這樣放著沒關係嗎？」

「是的，請和大家一起用來乘涼吧。」

我這麼回答圍繞著冰柱的其中一人後，眾人發出了足以讓樹蔭上方的樹葉震落的歡呼聲

——畢竟很熱啊。

「甜甜的好吃。」

「牛軋糖甜甜的很強喲。」

「嗯，美味。」

「非常……甜。」

年少組吃著煉製砂糖過程中的副產物糖蜜的糕點，驚訝於其濃厚的甜味。

我也很久沒有吃到甜得黏牙的糕點了。

「好像不是用手撈，而是將這邊的餅乾泡進去食用哦。」

正如露露所言，原本應該是把加了堅果的餅乾沾著糖漿狀的糖蜜來食用。

「真美味。」

「主人，甜味測定器發生故障。希望調整。」

莉薩的反應很普通，娜娜則是顫抖著嘴巴逼近我。

或許是甜味帶給她很大的衝擊吧。

我們觀摩的砂糖工廠不光是一般的黑砂糖和糖蜜，品項當中甚至有冰糖和加工成純白的細白糖。

前者是廣泛提供交易之用，後者則是由於昂貴且產量稀少，所以幾乎提供給國內的貴族們消費。

「既然是潘德拉剛酒侯大人的委託，無論是冰糖或白砂糖都可優先供應，您意下如何呢？」

「那真是太令人高興了。那麼我在港口已經租了倉庫，請幫我送到那裡吧。」

不知從哪打聽到我被授為酒侯的砂糖工廠業主這麼提議道，於是我決定把握這個機會。當然，我也以大桶子為單位大量購入了在魔導王國拉拉基相當廉價的黑砂糖和糖蜜。

「還……還有，酒侯大人。其實——」

業主先生的請求令我相當意外。

「並非『想喝到傳說中的酒』，而是『希望我透露是什麼樣的滋味』嗎？」

雖然想像得到跟妖精葡萄酒有關，但這種內容實在有些超乎我的預料。

「是的，我想酒侯大人您一定曾經喝過才是。」

「俗話說百聞不如一見，就將我自己的分你喝一口吧。」

對方如履薄冰的模樣讓我實在看不下去，於是就把倒入魔法藥用小瓶子裡的妖精葡萄酒遞給他。

「這莫非就是！」

「要對其他人保密哦？」

聞著小瓶子口飄出的香氣後瞇細眼睛陶醉了好一會，業主才用發顫的手小心翼翼不去碰到瓶口，就這樣將妖精葡萄酒倒入口中。

見到痴迷的業主一臉幸福的表情，我知道對方是個真正的愛酒之人。

業主並未將小瓶子全部喝光，而是遵照約定僅喝了一口後就蓋上蓋子交還給我。

「真是出色的葡萄酒。憑藉我匱乏的語彙，實在無法形容這種芳醇葡萄酒的一鱗半爪。」

業主感動得全身顫抖一邊陳述著感想。

我伸手將對方遞來的小瓶子推回去。

「那是送給你的哦。」

「真……真的可以嗎？」

「是的，若能讓愛酒之人飲用，送我這個的棕精靈們應該也會很滿足吧。」

我這麼說完後，業主便流下開心的眼淚。

只剩下兩口的葡萄酒竟然能讓對方如此高興，我不禁覺得很過意不去。

向不停道謝的對方揮手道別後，我們便離開了砂糖工廠。

隔天，港口的倉庫裡除了約定好的砂糖，還送來了大量桶裝的蘭姆酒及牛肉乾。

似乎是砂糖工廠的業主額外附贈了旗下經營的酒窖和牧場的產品。

用壓榨完的甘蔗渣所飼養的拉拉基牛據說十分美味。

由於對方也將拉拉基牛的上等肉送到了旅館那邊，所以當天我們就舉行了牛排&漢堡排祭。

食材準備階段就塗滿砂糖的拉拉基式牛排讓我大吃一驚，不過和甜醬汁一起享用後顯得非常柔嫩，美味得令人不禁想要再來一盤。

另外，對於禮數周到的業主先生，我之後打算捎去一封感謝信以及贈送「矮精靈的血潮」和「守寶妖精的祕寶」。

◆

「這個就是『盒子』嗎？」

「沒錯。那位姑娘，妳也可以靠近一點觀看。」

觀摩砂糖工廠之後過了兩天，我們在拉拉基王城內看似禮拜堂的「內院」裡親眼目睹了簡稱「盒子」的「拉拉其埃之盒」。

在我的ＡＲ顯示則是標示為「拉拉其埃上級職員用修護終端」。

原本來以為是祕寶之類的東西，看來好像不太一樣。

骸骨王的目標或許並非這個「盒子」，而是另有他物吧。

「白色的……盒子。」

看樣子，蕾伊的記憶好像沒有受到刺激，並未像往常那樣進入恍惚狀態。

蕾伊興趣缺缺的模樣讓拉拉基王露出有些掃興的表情。

「潘德拉剛勳爵，你試試看注入魔力。」

「可以嗎？」

「無妨，只是表面會發光罷了。」

我按照拉拉基王的吩咐，注入了還不到一ＭＰ的微量魔力。

『本產品僅上級職員可以使用。上級職員請告知辨識號碼。』

盒子傳來的語音讓我不禁嚇了一跳，但吃驚的人好像不只我一個。

「這……這聲音怎麼回事？『上級職員』又是什麼？」

「我……我不知道。」

國王和皇太子發出不知所措的聲音，其他王族之間也傳來鼓譟聲。

『拉-１０９０６０９-蕾——』

聽了盒子的語音之後，陷入恍惚狀態的蕾伊眼看就要說出辨識號碼，但被我中途制止成功了。

這個「盒子」應該只是普通的修護工具，但要是啟動了連王族也束手無策的東西，蕾伊就很有可能會被拘禁起來。

我從反覆出聲的盒子當中迅速洩掉魔力使其沉默。

「呼，好險。拉拉基王，這個『盒子』似乎具有排除王族以外人員的機制。剛才保全系統運作，差點就失去了祕寶。」

「『保全系統』是什麼東西？」

「就是防盜的自毀機制。」

我透過「詐術」技能對疑惑的拉拉基王說出了自己編造出來的說詞。

技能等級最大的威力實在很驚人，他居然就相信了這番鬼扯。

儘管穿插了這樣的突發事件，但由於是代代流傳下來的儀式，內院裡的儀式最終也順利舉行完畢，「盒子」被放在神轎上準備繞著拉拉基王都的主要道路遊行。

為保險起見，還是對「盒子」加上標記吧。

儘管配備有大量的護衛，但骸骨王和優妮亞現身的可能性畢竟相當高呢。

——大概是聽到了我的這番心聲，事件終於發生了。

「殿下！海岬的監視塔傳來報告！」

拉拉基王正在陽台上向民眾們揮手致意時，傳令的士兵忽然衝了進來。

「快說。」

「東方海上出現了巨大的海棲魔物。」
「種類呢？」
國王的問題讓傳令的士兵欲言又止。
「怎麼了？」
「是……是疑似『海王的私生子』的章魚型海魔。」
我確認地圖後，發現章魚型海魔的旁邊還有優妮亞乘坐的小型幽靈船一併同行。章魚型海魔一樣和優妮亞都處於附身狀態。
恐怕是透過優妮亞的死靈鳥小不點那樣的魔物在操控吧。
「快準備城內的魔砲。中止祭典，讓民眾前往地下避難所。」
「「「遵命。」」」
國王的命令讓家臣們都行動起來。
「不……不好了！」
「冷靜點！發生什麼事了！」
「西邊的天空出現了幽靈船隊。」
傳令的報告讓我確認地圖，只見西方出現了將近三十艘的幽靈船。
不過，骸骨王並不在其中。

「兩邊都是佯動呢。」

「當然。會用這種再明顯不過的方法，正是那個空腦袋的老手段。那傢伙將會從南北的其中一邊過來。」

正如拉拉基王自信滿滿的發言，骸骨王正從北方的海中接近，而看似作為佯動的不死怪魚集團則是從南方往這邊過來當中。

若是其中的任何一方敵人，這個國家的軍隊應該都能夠戰勝，但是拉拉基王持有的都市核終端旁邊顯示在AR當中的魔力量，看起來實在不足以供應魔砲和天護光蓋直到擊退所有敵人為止。

我或許應該化身為勇者無名來協助排除敵人才對。

不過，在那之前有幾件事情必須確認——

「聽您說這是空腦袋的老手段，莫非拉拉基王您已經猜出襲擊者是誰了嗎？」

拉拉基王向我點頭。

「那個謊稱為『拉拉其埃最後女王』之伴侶的骷髏不死魔物，據說目標就是位於這個王城深處的浮島時代『主機關』遺跡。」

——奇怪？

骸骨王的目標不是「盒子」嗎？

「你們直接交談過嗎？」

「哼，有這番匹夫之勇的，僅僅是前前代的國王一人而已。」

原以為會說神代語的話起碼也跟骸骨王交涉過才對，但似乎並不是這個樣子呢。

恐怕是把對方當成了一種災厄看待吧。

「恕我冒昧，是不是先將『盒子』送回王城裡比較好呢？」

「潘德拉剛勳爵真是愛操心呢。」

我這麼建議後，國王凝重的臉上浮現笑容。

「別擔心，我已經下令將『盒子』送回了。況且對於不死魔物來說，是絕對無法越過神所賦予的天護光蓋這道神聖的守護。就算試圖強行突破，最多也只會遭到淨化變成灰燼罷了。」

什麼啊，這樣一來似乎就不用擔心「盒子」會被骸骨王搶走了。

我鬆了一口氣之後便出言告辭，以免繼續打擾看起來頗為忙碌的拉拉基王。

「拉拉基王，既然事態如此緊急，就容我先失陪了。」

「嗯，你也趕快往地下避難所移動吧。」

拉拉基王看也不看就同意了。

他的目光緊盯著已經突破港灣結界的「海王的私生子」。

「我們走吧，蕾伊。」

「是……是的，佐藤先生。」

牽著蕾伊的手，我前往同伴們等待的廣場。

「海……海王從海裡過來了！」

「別怕！國王會想辦法的！」

「陛下有令！眾人在軍隊擊退魔物之前趕緊躲到地堡避難！」

出現在港口外海的章魚型海魔讓街上的人們心生恐懼，但多虧了對國王的信賴及迅速的避難指示而沒有造成恐慌。

王城的天護光蓋閃閃發亮，將王城及周邊區域籠罩在微微發光的圓頂中。

章魚型海魔拋出的岩石擊中發光圓頂後在表面掀起波紋，發出鐘鳴一般的聲響。

這種鐘聲似乎具有讓人心沉澱下來的效果。

我奔跑在無人的道路上，抵達了同伴們等待的場所。

「莉薩！全員都到齊了嗎？」

「是的，主人。戰鬥準備也萬無一失。」

莉薩用精神飽滿的聲音這麼回答，但這次的敵人太強了。

「不好意思，大家都到地堡去避難吧。」

我這麼告知，一邊將各種防身用的魔法道具交給同伴們。

『女王的戒指——拉拉其埃的女王持有的防身用魔導具。』

將黃玉戒指戴在手上的蕾伊進入恍惚狀態這麼唸道。

這似乎是來歷相當深的東西。

由於時間所剩不多，我便將蕾伊和戒指一事交給同伴們處理。

「亞里沙，這塊刻印板給妳保管。有什麼狀況就用『遠話』呼叫我。」

「ＯＫ！」

亞里沙的「遠話」傳遞距離很短，所以我便事先允許她緊急的時候可以使用一次特殊技能「力量全開」。

離開前，我繼昨天晚上後又再一次叮嚀亞里沙和莉薩兩人，表示骸骨王或優妮亞很可能會現身奪取蕾伊的髮飾。

不過骸骨王和優妮亞如今都在天護光蓋的圓頂之外，應該無法輕易進來才對。

那麼，這就開始勇者時間吧——

◆

敵人來自東西南北四個地方。

東方的章魚型海魔為五十一級，擁有水魔法及水抗性，具備再生技能。還要加上優妮亞所乘坐的小型幽靈船。

西邊的幽靈船隊共二十八艘，等級從三十到四十五不等，各艘船上都有約六十具骨兵。

南方是總數超過一百隻的不死怪魚群，等級在三十左右。

然後就是北方的骸骨王了。

「以危險度來說似乎是西邊的幽靈船隊最糟糕，不過我要去的只有一個地方。」

我在小巷子裡變身為勇者無名，前往正在北方海中前進的骸骨王所在處。

一開始還是得先解決掉元凶才行。

「地點有些不方便……」

在讓人不禁想要進行水肺潛水的藍色大海與美麗珊瑚礁之間，可以見到骸骨王的幽靈船正在前進。

從這裡用魔法攻擊的話，過大的威力將連同那些美麗的珊瑚礁也一併破壞。

我從儲倉裡取出聖劍光之劍，注入魔力後變成十三枚刀刃。

「怎麼會——珊瑚居然魔物化了？」

幽靈船通過的海中，珊瑚眼看著逐漸變大，在海上蠢動著詭異的觸手。

與其說是珊瑚魔物，看起來更像是海葵的感覺。

「《起舞吧》光之劍。」

我唱出聖句之後，聖劍光之劍就拖帶著藍光，動作猶如鎖定獵物的海鳥一般襲向海中的幽靈船。

面對聖劍光之劍的神聖力量，幽靈船毫無抵抗之力地化為黑色汙垢消失無蹤。

我目光掃視著紀錄和地圖以確認結果。

「——逃得真快。」

骸骨王已經投入幽界了。

沒想到在那個時間點還會失手。

大概是乘著我猶豫是否破壞珊瑚之際動身逃出去的吧。

雖然有點失敗，不過就跟上次一樣造成了頗大的傷害，短時間應該恢復不了。

我用「追蹤魚叉」的水魔法打倒化為魔物的觸手珊瑚，然後前往下一個戰場。

這次的目標是優妮亞率領的東方章魚型海魔。

「魔砲對小不點操控的傢伙完全無效哦！」

坐在小船般的單人用幽靈船上，優妮亞得意地這麼叫道。

她和章魚型海魔的前方出現了厚厚的海水巨壁，抵擋著王城及砲塔的魔砲所發射的深紅砲彈。

火花和爆炸火焰在海上綻開，被炸飛的海水壁四散後折射出彩虹。

海水壁挨了兩發魔砲就會崩潰，但章魚型海魔卻是源源不絕製造出新的海水壁作為應對。

「攻擊停止了哦！小不點，開始反擊！」

——SHWNESHWNEE。

——TWAWWWAAAAAKYWOOOOO。

優妮亞這麼下令後，九官鳥的聲音及吹響法螺般的重低音咆哮便重疊在一起。

章魚型海魔的觸手前端生出了大質量的海水槍。

其尺寸似乎一擊就可擊沉戰列砲艦。

「天護光蓋，究竟能承受幾發這種攻擊呢？」

雖然對呵呵笑著的優妮亞很不好意思，但我不會讓妳擊中任何一發的。

我利用集束雷射將章魚型海魔連同防禦魔法輕易地切成兩半，再以魔法破壞消除大質量槍。

被集束雷射急遽加熱的海水產生的水蒸氣爆炸，將大量的海水及爆風噴向天空。

話說回來，這很明顯已經過度殺傷了。早知道用幾道普通的「光線」就好。

優妮亞乘坐的小型幽靈船像樹葉一般被爆風颳來颳去，但在我出手救援前就迅速消失在幽界了。這對父女逃得都很快。

海上出現了小規模的海嘯，於是我在海水雨當中飛翔，伸出網狀的「理力之手」將構成大浪的海水回收至儲倉。

這樣一來就算是規模較大的海嘯應該也不要緊了。

善後工作結束後，我繼續前往下個戰場。

「莫非是漂流船的船員們嗎？」

航行在幽靈船隊前方的幽靈船和「曇天丸」十分相似。

而且幽靈船的船員們，組成也和無人漂流船之前搭乘的人們一致。

我將十足的魔力注入聖劍光之劍，再度變出十三枚刀刃。

——ＰＷＵＯＯＯＯＮＷＥＥＥＥ。

骸骨水手們的怨恨聲響徹藍天。聲音中似乎蘊含著深深的悲傷以及思鄉的情緒。

我為他們默哀一番，然後唱出聖句。

「《起舞吧》光之劍。」

拖帶著藍色光跡，聖劍光之劍將幽靈船和骸骨水手們逐一淨化。

幽靈船的方向時而會飛來魔砲的砲彈，但我全數用自在盾擋下並迅速施展「魔力搶奪」用來恢復消耗的魔力。

伴隨清脆的叮噹聲飛回來的聖劍光之劍在我的身旁滯空。

我就這樣帶著光之劍前去殲滅了南方的不死怪魚集團。

就在準備開始回收屍體之際，我收到了亞里沙的「遠話」。

『主人！快回來。』

『知道了！』

我未追問詳情便把握時間操作主選單，以歸還轉移回到同伴們的所在處。

◆

『——姊姊，為什麼要拒絕我呢？』

轉移回來後，原本逃入幽界的優妮亞正在大房間的另一端和保護蕾伊的同伴們對峙當中。

看樣子，這邊才是他們的主要目的吧。

『告訴我，為什麼？』

優妮亞的腳邊掉落著蕾伊的仿造品髮飾，她看著自己的手用低沉的聲音這麼質問蕾伊。

大概是從蕾伊手中搶走的仿造品髮飾發揮了淨化機能吧。

我以持續連線中的「遠話」通知亞里沙已經抵達，並移動至隨時可介入的位置，偷聽著蕾伊和優妮亞之間的對話。

『我……我害怕──』

『為什麼……告訴我，為什麼姊姊妳會怕我呢！明明只剩下我們姊妹兩人了。』

蕾伊的拒絕讓優妮亞顯得很激動。

瘴氣反映著優妮亞的情緒開始翻騰，讓蕾伊更加畏懼了。

『我……我不記得了。』

『怎麼……回事？』

「幼生體失去記憶──這麼告知道。」

回答優妮亞的人是娜娜。

『怎、怎麼會……』

在優妮亞的臉上，不解、悲傷、憤怒及憎恨的感情瞬息萬變地出現又消失。

受情緒擺佈的優妮亞摟緊自己的胸口垂下臉。

抓住自己手臂的手指，彷彿在表現她的內心一般顫抖著。

『……姊姊妳不公平、不公平，太不公平了！』

『不公平？』

猛然抬起臉來的優妮亞吼叫般的將自己的不滿向蕾伊宣洩。

面對突如其來的這句話，蕾伊一副不知該如何反應是好的模樣。

『在我代替姊姊被縛鎖的詛咒折磨期間，妳居然忘記一切安穩地過日子！』

所謂縛鎖的詛咒，應該就是束縛優妮亞的那種瘴氣枷具和鎖鍊吧。

優妮亞原本恢復正常的右邊眼睛，已逐漸回歸成和左眼一樣的正負片反轉眼。

「冷靜一點！我們那位很作弊的主人，一定能解開妳身上的詛咒！」

亞里沙這麼說服著優妮亞。

這麼信任我固然很高興，但那句「作弊」是多餘的。

看起來沒有其他人在場，於是我便解除勇者無名的變裝出現在她們面前。

『黑……黑髮惡魔！』

一看到我的臉，優妮亞就像看到怪物一樣尖叫。

實在是讓我有點受傷呢。

『別……別過來！姊姊，我還會再來的。』

在我發動縮地準備抓住優妮亞以解開她身上瘴氣的下一刻，從她腳邊湧出了噁心的活屍體。

——噁！

噁心感讓我下意識停止腳步之際，死靈鳥從四面八方的影子處襲來。

詭異的活屍體還另當別論，死靈鳥要排除的話我是不會猶豫的。

所有的死靈鳥似乎都是分體，我擊出拳頭後便輕易散落影子羽毛消失了。

在影子羽毛飛散的房間內，優妮亞已經不見蹤影。

『姊姊！下次一定要想起我是誰！一定要哦！』

優妮亞帶著回聲效果的聲音從各處傳來。

或許是學到了教訓，發聲的地點似乎沒有通往幽界的蟲洞。

大概是透過好幾道影子將聲音送進來的吧。

另外，莉薩她們轉眼間就解決掉活屍體了。

「蕾伊，妳沒有受傷吧？」

「是的，我沒事。」

「幼生體，髮飾回收了——這麼告知道。」

娜娜將仿造品髮飾插在蕾伊的頭髮上。

「佐藤！」

「主人，不好了！」

循著蜜雅和亞里沙的聲音回頭，只見蕾伊掉在地上的妖精背包式小提包已敞開，裡面的東西掉落出來。

「蕾伊的髮飾不在裡面！」

我察看地圖的標記清單後，發現蕾伊的髮飾已經移動至幽界。

不同於其他孩子們，蕾伊的背包沒有使用者限制，好像導致髮飾被優妮亞或死靈鳥搶走了。

真是糟糕……

位於標記清單當中的「拉拉其埃之盒」同樣也往幽界移動了。

看樣子，戰術上雖然勝利，不過戰略方面卻被對方先下手為強了。

儘管有些不甘心，但我們最優先的目標是「保護蕾伊不被骸骨王擄走」所以算是成功了。

◆

「是潘德拉剛大人嗎……」

造訪王城的我正在與拉拉基王會面。

總覺得對方好像一下子就老了許多。

「『盒子』被骸骨王偷走了——世界要毀滅了。」

——太誇張了。

「伊修拉里埃王的書信中寫著，焰王的封印已經解開了。而且還聲稱做出這件事情的就是骸骨王。」

拉拉基王用體現出絕望般的低沉聲音這麼道來。

「害怕狗頭與其眷屬的骸骨王竟然不惜犯下解開封印的愚蠢行徑，硬是將封印的關鍵『焰輝劍』帶走，想必是已經有了將拉拉其埃送回天空的把握。」

拉拉基王很肯定地說道。

記得優妮亞初次見面時——

『接下來只要有代替紅蓮杖的大顆火晶珠結晶及「盒子」，再加上姊姊的鑰匙，就可以讓拉拉其埃返回天空了！』

——也說過這樣的話吧。

可代替我手中紅蓮杖的寶珠之物，應該就是用來封印焰王的焰輝劍吧。

封印焰之魔物的物品居然是火系的焰輝劍，實在讓我覺得格格不入，但此時的他完全沒有說謊的理由。

「一旦他在夢幻的『封塔島』獻出屬性石，使拉拉其埃飛上天空，狗頭眷屬當中最強的海王就會甦醒。」

哦，是新的關鍵字。

「狗頭眷屬將會在大海與陸地肆虐，而天上則有骸骨王操控配備天譴砲的『浮島』。」

說到這裡，拉拉基王頂著死人般的表情抬起臉。

「——地上已不再有任何安寧之地。」

「沒有這回事哦。」

要是放著拉拉基王不管，對方可能會就這樣因為勞心過度而喪命，於是我便說了這麼一句。

「別安慰我了。究竟還有誰能掃除如此可怕的災厄。」

神應該可以辦到，但這個世界的神只會透過神諭技能告知災厄，實際的問題還是全部丟給人們自己去解決呢。

「說到要消滅惡人，自然是勇者大人了。」

「勇者？是沙珈帝國的勇者嗎？」

拉拉基王的眼中出現了些許的希望之光。

勇者這個詞彙好像很有名望的樣子。

「莫非您剛才沒有看見拯救了這個國家的勇者大人嗎？」

「你是說那個飛在天上的神祕人影嗎？」

糟糕，應該多展現一下自己的模樣才對。

「是的，那正是將出現於希嘉王國的成群大怪魚托布克澤拉在轉眼間打倒的勇者大人。」

「竟……竟然打倒了大怪魚托布克澤拉！」

我向驚訝的拉拉基王點頭，就這樣繼續說下去：

「在我從希嘉王國啟程的不久前，曾經發生過骸骨王襲擊了希嘉王國港灣都市的事件，所以他想必是埋伏在此地等待骸骨王的襲擊吧。」

詐術技能今天也是狀態絕佳。

「倘若是那位大人，一定能夠擊潰骸骨王的陰謀哦。」

我燦爛一笑這麼告知後，拉拉基王眼中的陰影已經完全拭去。

「若是這樣，我也不能待在這種地方頹喪下去了啊。得化解民眾的不安才行。」

拉拉基王這麼強打起精神，振作起來平定因骸骨王襲擊而陷入混亂的王城周邊。接下來交給他應該沒問題了吧。

從拉拉基王口中獲得「封塔島」的情報後，我便離開了王城。

至於向雷里先生出資一事，我對他們表示日後再討論後續詳情，同時塞了一筆當前的活動資金給對方。

畢竟商業計畫書好像也還沒完成，所以解決拉拉其埃的事件後必定還要再來這個國家一趟。

「主人，出港準備萬無一失——這麼告知道。」

我點頭回應船甲板上這麼告知的娜娜，然後向船首像型魔巨人「稻草人」下達出港指示。

骸骨王很可能會前往的「封塔島」據說就在「海魔領域」的某處。

為了阻止企圖復活拉拉其埃的骸骨王，我們離開魔導王國拉拉基，朝著「封塔島」出發。

拉拉其埃航線

「我是佐藤。『航向未知的大海原』這句話通常是海洋冒險故事的開頭。即使是已經附上了攻略本一般的地圖——」

「主人！前方有鳥群！」

桅杆上的瞭望台傳來莉薩的聲音。

「終於來了呢。」

「嗯嗯，我一定會一刀解決的。」

面對帶著得意笑容的亞里沙，我也以相同的表情回答。

我手中的奧利哈鋼材質黃金之刃似乎也等不及要出場了。

「那麼，我出發了。」

「加油～？」

「要加油喲！」

在同伴們的目送之下，我從甲板飛了起來。
在鳥群的另一端，那傢伙破開海面現身了。
——來吧！
對方噴灑著海水，以超乎我想像許多的龐大姿態飛在空中。
「喝啊啊啊啊啊啊啊啊啊啊！」
我以閃驅瞬間移動至那傢伙的眼前，以配合裂帛般的呼喊將舉至上段的黃金之刃朝著那傢伙的腦袋砍去。
就連分子也能斬斷的銳利一擊將對方的身體一分為二，其餘波把後方的海水剖成兩半。
那傢伙並未察覺自己被砍中而打算直接飛走，但在空中準備變換姿勢之際就斷成兩截斃命了。
我用「理力之手」迅速將其抓住收入儲倉。
——好！大腹肉確保成功！

我下意識就要擺出勝利姿勢，但現在還太早。

「主人，後面！」

用不著循著露露的聲音回頭，我已經知道鎖定海鳥的子彈鮪魚群正在接近中。

我重新舉起奧利哈鋼材質的鮪魚刀，衝入了體長有十公尺的子彈鮪魚群當中。

「啊——入口即化～」

「非常美味。」

繼亞里沙和蕾伊沾著山葵醬油開始享用大腹肉生魚片後，我也跟著伸出筷子。

壽司固然不錯，但我無論如何都想先吃生魚片。

露露、小玉和波奇三人都很感興趣，但卻被莉薩制止而正在觀望中。

那麼，先來一口吃下望穿秋水的大腹肉。

如文字所述那樣，大腹肉的脂肪在口中融化，鮪魚的鮮味逐漸擴散於舌頭上。

我在日本的時候曾經吃過大腹肉，但這根本是另一種層次。

風味遠遠豐富得多，明明濃厚得一片就可滿足卻一口接一口。

——美味。太美味了。

山葵醬油我也準備了好幾種，所以原本打算試試看哪一種最合適，結果光是沾著第一種醬油就吃完整盤生魚片了。

「啊啊，太滿足了。」

「是的，非常非常……美味。」

亞里沙和蜜雅呼出心滿意足的氣息。

「喵～？」

「波……波奇也想吃吃看喲。」

被莉薩抱住而手腳不斷掙扎的小玉和波奇，如今已經流著口水一邊望著空蕩蕩的盤子。

「不可以。生魚很有可能會吃壞肚子。」

「肚子痛沒關係，好想吃吃看喲。」

「小玉也是～？」

「我……我也做好肚子痛的準備了。」

小玉和波奇的要求被莉薩制止，但這一次波奇、小玉和露露三人的意志似乎都很堅定。

「不用擔心哦，莉薩。生魚當中有害的寄生蟲和蟲卵都完全排除掉了。」

「主人——知道了。既然三人的意志這麼堅定，就由我先擔任實驗品。」

莉薩以視死如歸的表情這麼說道。

充滿自我犧牲的精神固然很好，但我們已經先吃過了所以不需要實驗品哦。

不過，乘著這個機會，我也想讓莉薩吃吃看生魚片。

莉薩忐忑地用筷子從再次放上鮪魚生魚片的盤子裡夾起了大腹肉，然後閉上眼睛一口氣吃下。

「這、這個——」

「生魚好吃～？」

將睜大眼睛的莉薩拋在一邊，其他孩子們也對生魚片伸出筷子和叉子。

「黏黏軟軟的又有彈性，很好吃喲。」

「好厲害，主人！鮪魚實在很美味！」

小玉、波奇和露露紛紛這麼稱讚後，又開始吃下一片。

「——真是美味。」

莉薩手貼臉頰陶醉地唸道。

好像很合乎她的味覺。

「難怪主人會那樣喪失理智。」

莉薩接著說出了這句話。

——我可沒有那麼喪失理智哦？

我望向亞里沙的方向打算詢問，卻見她猛然移開目光……真搞不懂。

「娜娜小姐……也要吃吃看嗎？」

「既然是幼生體的請求，就沒有辦法了。」

「蜜雅小姐也是。」

「姆，拒絕。」

娜娜在蕾伊可愛的請求之下淪陷，但討厭油膩食物的蜜雅卻在嘴巴前用手指打了個叉叉拒絕道。

「很美味，不過烤過之後會更美味——這麼告知道。」

「的確，做成鮪魚排應該也很美味呢。」

要把這麼新鮮的鮪魚拿來烤，我身為日本人的本能雖然表示拒絕，不過記得某本書上寫說這樣很美味，所以我就決定應娜娜的要求烤看看。

「啊啊，好浪費。」

「不過，香味很可口哦？」

我能理解亞里沙的哀嘆，但香味確實如露露所言讓人食指大動。

其威力只要看到小玉和波奇就一目了然。

兩人都待在碳烤的網子旁邊閉上眼睛抽動著鼻子，口水不斷流下來。

我將完成品切好，首先遞給小玉和波奇。

「耶～」

「開動了喲。」

兩人用叉子叉起鮪魚排放入口中。

「Très bien～？」

「跟漢堡排老師一樣強喲！」

瞬間笑容全開的小玉和波奇不斷揮舞緊握的雙手這麼告知。

光是用手還不夠，她們甚至在原地急促踏著步。

或許是錯覺，眼角好像還浮現了淚水。

「主人，烤過的鮪魚果然比生吃更美味——這麼主張道。」

「的確……烤的也很美味。不過……我覺得生魚片……比較美味。」

娜娜似乎對鮪魚排很滿意。

蕾伊則贊成娜娜的意見，也主張了自己的喜好。

有生魚片的同好真是一件好事。

「嗚嗚，雖然不甘心，不過很好吃。」

亞里沙嘴裡塞滿了鮪魚排一邊悔恨地唸著。

「真美味。感覺很像牛肉呢。」

「非常美味。」

看來莉薩和露露也都覺得很可口。

「佐藤。」

唯獨無法參加的蜜雅靠過來不斷磨蹭著腦袋，於是我打算在捏壽司之前製作一盤蜜雅專用的。

但願她會喜歡豆皮壽司呢。

◆

「呼——真好吃。」

和其他孩子們一起進行飯後整理的亞里沙，來到坐在船首樓的我旁邊坐下。

「收拾完畢了嗎？」

「當然囉。對了，決定要往哪裡去了嗎？」

我使用光魔法「幻影」顯示出魔導王國拉拉基旁邊的「海魔領域」地圖情報。

「這裡是我們的現在位置，然後這邊的四座島就是『封塔島』。」

骸骨王應該會在這裡獻出和紅蓮杖寶珠同種類的寶珠，試圖讓拉拉其埃浮上來。

雖然很像遊戲裡的機關，但若允許採取強制手段，我在現實世界有很多方法可以阻止。例如讓整座島消失無蹤之類的。

話雖如此，這次我無意採取這樣的手段。

「比例尺大概是多少呢？」

「一公分大約等於十五公里。」

「那豈不是非常遠嗎！全部繞遍的話要花幾天時間啊！」

亞里沙吃驚得站了起來。

她的聲音很大，不過我已經使用了防諜用的「密談空間」魔法所以其他孩子們都未察覺到。

確實很遠，然而要是緊急情況下犧牲衣服用閃驅飛過去的話，一下子就到了。

「我們現在前往的是這裡。」

「四座島的中心？可是，不是什麼也沒有嗎？」

見到亞里沙不解地傾頭，我於是將目的地擴大。

「這個是島？」

「沒錯。依序繞遍四座島也是可以，不過距離畢竟太遠了。中央的小島應該會有什麼東西才對吧？」

「說得也是，況且就算沒東西，萬一四座島上出了什麼事也都能在短時間內趕到——很不錯嘛？」

看出了我的用意，亞里沙思考了一會便點頭表示妥當。

「奇怪？這張地圖是北方朝上對吧？航線是不是有點偏了？」

「我要稍微繞去一個地方哦。」

我們如今要一邊前往用來設置刻印板的島嶼，所以航線顯得十分曲折，即使如此整體還是偏向了南邊。

「我在這裡有事要辦。」

「有什麼東西呢？」

「島上棲息著大鵬鳥。」

「等一下——這種時候還要觀光？」

亞里沙一臉傻眼地這麼指責，但我搖了搖頭。

「不是哦。那座島上有個叫『空王』的傢伙。」

既然是與浮島拉拉其埃敵對的「狗頭魔王」的眷屬，要是對方在我和骸骨王對決的時候殺出來就吃不消了。

骸骨王逃跑的速度已經夠快，真不想再給他增加一個幫助逃跑的要素呢。

◆

「這就是大鵬鳥嗎——」

展開雙翅，其體積就跟用來築巢的小島一樣大。

——PYWEEEEEWN！

伴隨著咆哮，重轟炸機般的巨軀飛上天空。恐怕是有風魔法的輔助吧。

八十七的等級比起「焰王」強了一點。種族為「大鵬鳥」固有名似乎是「空王」。

我對聖劍光之劍注入魔力使刀刃延長，然後更在刀刃的延長線上生出聖刃，擴充至可以砍中空王的長度。

——PYWEEEEEEWN！

面對空王釋放出來挾帶真空刃的颶風，我用同為風魔法的「大氣砲」將其颳散。

或許是錯覺，空王的眼中好像浮現了驚訝。

我躲開猛然接近的空王所擊出的空對空飛彈般壓縮空氣砲彈，在錯身而過之際以散發藍光的刀刃砍下空王的大腦袋。

「好！弄到鳥肉了！」

不知道好不好吃，不過能夠大量獲得有些短缺的鳥肉實在讓我很高興。

這樣一來就可以製作許多莉薩喜歡吃的烤雞肉串了。

我將對方的巨軀回收至儲倉後，前往位於島中央的鳥巢。

鳥巢裡有約二十顆民房大小的鳥蛋及大量骨頭，還有就是堆積如山的財寶。

大鵬鳥似乎像烏鴉一樣喜歡會發亮的東西，鳥巢裡也裝飾著和巨大鳥蛋同尺寸的綠寶石與藍寶石。

骨頭幾乎都是魔物或魚類的骨頭，其中也有少量的人骨。鳥巢的主要材料好像是船的殘骸。

我將財寶、鳥蛋以及人骨回收之後返回船上。

人骨預計之後要進行海葬。

「好大的……鳥。」

船離得相當遠，不過好像還是可以看見空王。

由於還看不到島嶼，所以沒有人察覺到具體的大小。

「嗯嗯，好像叫『大鵬鳥』的樣子呢。」

若要刺激蕾伊的記憶最好使用「空王」這個名稱，不過可能只會想起故鄉滅亡的負面記憶，所以就沒告訴她固有名了。

另外，成為晚餐食材的大鵬鳥肉有點硬，然而美味中卻充滿了樸實感。

「佐藤先生。」

我在飯後固定前往的船首樓望著沉入水平線彼端的夕陽之際，蕾伊走了過來。

「我想談一下……那孩子的事情。」

「是優妮亞的事吧。好啊——」

總覺得她找上亞里沙當作商量對象會比較好，不過難得蕾伊親自指名，我也就不推託地認真傾聽吧。

「佐藤先生……你能解開那孩子的枷鎖嗎？」

「嗯嗯，解得開哦。」

聽了我的回答，蕾伊放心鬆了一口氣。

倘若最初見面的時候沒有死靈鳥出來干擾，我早就解開了對方的瘴氣枷具才對。

畢竟認識蕾伊時，我也曾經解開過纏繞在她手腳上的瘴氣枷具呢。

「那麼……拜託你。請幫忙解開……那孩子的枷鎖。」

「當然可以。」

我毫不猶豫這麼保證後，蕾伊露出了開心的笑容。

雖然一直在害怕優妮亞，蕾伊卻也相當關心她的樣子。

「蕾伊妳也很擔心優妮亞呢。」

「是的……那孩子雖然很可怕，也想不起她是誰……但卻稱呼我為姊姊……相當尊敬我。」

原來如此，深受大家喜愛的蕾伊確實會說出這番話來。

「就快要抵達……拉拉其埃了呢。」

蕾伊望著航向的另一端喃喃道。

「到了拉拉其埃……我的記憶……就能恢復嗎？」

「可能性很高呢。不過，妳的表情不用那麼鑽牛角尖哦。」

見到蕾伊不安的表情，我將手一把放在她的腦袋上轉動撫摸著。

「佐……佐藤先生？」

「啊啊，抱歉抱歉。」

不知不覺就做出了平常會對小玉和波奇進行的肢體接觸。

「不用擔心哦。就算恢復了記憶，蕾伊依舊是蕾伊。妳一樣還是我們的同伴。」

「……是的。」

聽我這麼說之後，眼角微微浮現淚水的蕾伊開心地微笑。

對話到此結束，我和蕾伊一起欣賞著下沉的夕陽。
不過從船首樓的樓梯處帶著可怕表情窺視的亞里沙和蜜雅，倒是有點恐怖呢。

◆

「那就是目的地嗎——」這麼詢問道。」
「是啊。」
娜娜指向前方可見的島嶼後，其他孩子們也往駕駛台聚集過來。
出現在前方的是擁有被亞熱帶樹林所覆蓋的小山及小灣的普通島嶼。
在到達這裡的路上，我們頻繁遭受包括章魚型海魔和名為獨角鯨的類旗魚魔物所襲擊，但等級對於同伴們有危險的魔物都被我在海中解決掉，所以對其他人來說似乎是一段相當單調的航程。
「既然這樣，那裡就是拉拉其埃了吧？」
亞里沙隨口這麼詢問蕾伊。
「——我不知道。」
「用不著強迫自己回憶哦。這裡只是位於所有封塔島相等距離的位置，還不曉得是不是拉拉其埃的一部分。」

我這麼安慰哀傷地搖頭的蕾伊，然後將船駛入小灣。

「漩渦～？」

「轉圈圈喲。」

小玉和波奇兩人在桅杆上的瞭望台很好奇地這麼告知。

前方的島嶼被彷彿在阻止船隻入侵的漩渦圍繞著，海中更是藏有好幾處銳利的岩礁。

我透過地圖以及派出偵察用的掌上型石像鬼加以確認，得知漩渦上空並沒有什麼可疑的防衛裝置或結界一般的事物。

「並非沙塵暴，而是有漩渦保護的小島……果然會有波塞頓出現嗎？」

所謂的波塞頓就是希臘神話當中的海神，不過既然是亞里沙，所說的一定是以前的動畫或漫畫當中的典故吧。

我們的船從空中輕易飛越漩渦，進入了小灣。

「海龜～？」

「那個一定是很美味的東西喲！」

高透明度的海中，可以看到擁有群青色甲殼的海龜正在優雅地游泳著。

莉薩擲出了魚叉，可惜好像被逃掉了。

我正在集中精神觀察島上有無發生異變，所以就沒有參加獵海龜行動了。

「真是和平呢。」

「嗯嗯，是啊。」

將船停靠在海邊也沒有出現特別的反應。島上始終相當平靜。

儘管很希望至少能在海中或沙子裡找到神祕擺飾，但這種想法大概是被日本的小說荼毒太深了吧。

「很美麗的沙灘呢。」

眺望著簡直可稱為樂園的島嶼，露露讚嘆地呼出一口氣。

美麗得想要讓人收進一幅畫當中。

「好像會有很多貝類和蝦子。」

「可以期待南國水果——這麼建議道。」

至於莉薩和娜娜似乎以食物為優先。

我只指定島上的範圍進行地圖搜尋。

漩渦當中沒有魔物，看起來是個只有普通動物及稀有幻獸居住的島嶼。

從這裡可以看到的椰子自然不用說，島嶼深處還生長有香蕉及芒果一般的水果。

在異變還沒發生之前，就來悠哉地享受假期時光好了。

「首先找個安全的營地吧。」

我們搭乘小船上陸，選擇在漲潮時不會淹水的沙灘上設置簡易營地。

我對擺放在防水墊上面的魔法道具注入魔力，布料和骨架就「砰」地一聲擴散開來，轉眼間出現了帳棚。這是可供所有人進入的大型版本。

因為剛好有可以根據魔力伸縮的纖維和類似魔力版記憶合金的素材，於是我在精靈之村的時候就嘗試製作了這個。

雖然我也可以從儲倉裡拿出備齊生活用品的小屋，不過第一天選擇露營畢竟比較好玩呢。

「那麼，大家開始換衣服吧！」

「系系～？」

「了解喲！」

小玉和波奇擺出「咻答」的姿勢回應亞里沙的號令，其他孩子們也紛紛跟著三人進入了帳棚。

蜜雅和娜娜牽著我的手準備一起帶進帳棚，但這樣一來就枉費我特地搭起帳棚，所以最後在入口前讓她們放手了。

乘著大家換衣服的期間，我靠著已經提升至變身境界的快速更衣技能換上了及膝的海灘褲。

亞里沙很想讓我穿上迴力鏢形狀的比基尼型泳裝，不過我從沒看過游泳競技者和體育俱樂部之外的人穿過所以就拒絕了。

畢竟我可沒有任何炫耀肉體美的嗜好。

「主人，請看～？」

「波奇也希望主人看喲。」

首先衝出帳棚的是小玉和波奇。

從猛然被掀起的入口布簾另一端，我好像可以看到露露白皙的肌膚，但就先當作沒這回事吧。

小玉是桃紅色的兩件式泳裝，而波奇也是和小玉同型的黃色泳裝。小玉的是裙子，波奇的則是短褲樣式。

「妳們兩人都很可愛哦。」

我這麼誇獎後，兩人都害羞地忸怩著全身。

「主人，我想帶她們兩人前往採集海產。」

身穿紅色兩件式泳裝現身的莉薩，一手拿著用陸海栗的刺製作而成的魚叉以凜然的表情徵求同意。

為了掩飾分量較少的胸部，泳裝的胸部中央還附上了玫瑰圖案的裝飾。

「那麼，我就先施展幾個安全用的魔法，不過可別太過自信了。」

「知道了。」

「系！」

「是喲！希望主人期待大獵物喲！」

想必她們三人一定可以捕獲相當可口的獵物吧。

可以的話真希望她們能夠單純享受海水浴，不過發掘樂趣的方式因人而異，飯後亞里沙應該也會找她們一起來玩吧。

「佐藤。」

以白色及水色條紋比基尼姿態出現的蜜雅，站在帳棚前轉了一圈向我展示。

平常總是綁成雙馬尾的頭髮也編得很漂亮，有種新鮮的感覺。

「主人，請一併看看我和幼生體——這麼告知道。」

或許是鐵壁雙人組的陰謀，娜娜並非比基尼而是穿著連身式的不起眼泳裝。

話雖如此，兩人的企圖完全弄巧成拙了。因為不起眼的泳裝反而使得情色度大為增加。

勝利者應該就是在調整槽增量過後的娜娜胸部了。

「佐藤先生……怎麼樣呢？」

從娜娜身後露出臉來的蕾伊，有些猶豫地現身了。

蕾伊似乎借用了亞里沙的備用泳裝，和蜜雅是相同設計的比基尼。

「妳們三人都一樣可愛哦。穿起來很好看。」

聽我誇獎之後，三人都露出開心的微笑。

「讓主人您久等了。」

接著從三人後方出現的，是在白色和黑色的上空比基尼之外套上一件淡桃紅開襟毛衣的露露。

由於開襟毛衣的緣故遮蓋了背部及肩膀的線條，不過從敞開的開襟毛衣中間可以窺見可愛的肚臍及胸部的谷溝，實在充滿了悖德的吸引力。

「不好意思，幫大家編頭髮花了太多時間。」

說到這個，娜娜和蕾伊兩人的髮型也跟蜜雅一樣是編織過的。

看樣子是露露替三人打理好了髮型。至於她本人或許是覺得太麻煩，所以只是將黑色長髮綁成辮子而已。

「非常好看哦。」

「謝……謝謝您，主人。」

害羞臉紅的露露固然可愛，但擺出夾緊雙臂垂下腦袋的姿勢後胸部就有些危險，真希望她能多加留意。

「鏘鏘——！」

用嘴巴演奏著音效，一身白色泳裝的亞里沙亮相了。

「壓軸果然還是要最後才登場呢！」

……亞里沙。

「怎麼了？莫非都被亞里沙的魅力給迷住了嗎？」

換上白色舊式學校泳裝打扮現身的亞里沙讓我錯愕得說不出話來，結果反而被她做出完全相反的解釋了。其胸部還很用心地寫著平假名的「亞里沙」三字。

儘管是輕小說和動畫中的必備泳裝，我還是第一次看到有人在角色扮演之外穿在身上。

我從擺出嫵媚姿勢的亞里沙身上猛然移開目光，朝著大家出聲：

「那麼，妳們先去玩海水浴吧。這段期間我來準備烤肉。」

「咦——大家一塊來游泳嘛。」

「主人，請讓我也一起準備。」

眼看這樣子下去就連露露也會幫忙準備而不去玩耍，我於是決定和大家一起享受海水浴。

「是大海——————————！」

亞里沙這麼大叫，一邊朝著大海衝刺而去。

「嗯，是大海。」

「這無疑是大海——這麼告知道。」

「是的，是大海。」

牽著蜜雅和蕾伊的手，娜娜跟在了亞里沙的後方。

平常總是給人不顧周遭狀況我行我素印象的娜娜，如今似乎乖乖配合著步伐不大的兩人。

「咦，那個？是大海——」

被我催促之後有些害羞地小聲唸道的露露，我牽著她的手一起走向大海。

至於露露不解風情的開襟毛衣已經先回收至我的儲倉了。

「——呼～玩得好痛快。」

「嗯，滿足。」

將我埋進沙子後，亞里沙和蜜雅心滿意足地嘀咕道。

露露和蕾伊則是早就放棄，正在海灘傘的下方休息當中。

「主人，採到了許多小巧可愛的貝類——這麼報告道。」
娜娜出示了採集袋的內部。
我離開沙中查看袋子裡面，果真如她本人所言裝滿了五顏六色的小貝殼。
「稍後來製作貝殼裝飾品好了。」
「我也可以製作嗎——這麼詢問道。」
「當然，大家一起來做吧。」
娜娜以外的孩子們也很感興趣，所以飯後就來舉辦貝殼裝飾品講座好了。
「獵物～」
「捕到了很多喲。」
「我們發現了魚、蝦子還有大型的貝類，所以就統統捕來了。」
莉薩打開裝獵物用的妖精背包讓我觀看。
裡面裝有幾人份看似熱帶魚的魚類、石鯛、龍蝦外型的蝦子，還有牡蠣及海螺等貝類，甚至連內部可以裝下一個維納斯的巨大珍珠貝也有。
「蜜雅，貝類交給妳了。」
「嗯。」
我讓蜜雅使用旅行期間製作的水魔法「吐沙：貝類」迅速去除貝內的沙子。

這是我讓不知多少貝殼爆炸之後才終於完成的嘔心之作。

「哦——沒能抓到海龜呢。」

「抓不到抓不到～？」

「海裡的海龜先生速度很快喲。」

亞里沙的發言讓小玉和波奇都很遺憾地搖頭。

「主人，這邊的扇貝可以打開了嗎？」

「嗯嗯，拜託妳了。貝柱的力道很強，我來負責開一條縫吧。」

要是莉薩的手臂被夾住的話就危險了。

我輕輕拉了一下便簡單開出縫隙，莉薩於是將短劍插入貝中，動作流暢地切斷了貝柱。

扇貝努力想要關上外殼，但根本無從抗衡我的力量。

「哇啊～好大的珍珠呢。」

確實很大。

差不多有壘球的大小吧。

「主人，這個貝殼是不是透明的？」

「真的呢。剛才明明還只是普通的貝殼。」

不知為何，巨大珍珠貝變成了透明狀。

「注入魔力後，好像就會變得不透明，出現顏色呢。」

大概是藉由這種能力在海底擬態吧。

質地也很堅固，某些用途上似乎能拿來做有趣的事情，刺激著我的創作者靈魂。

就在我思考這些事情的期間，其他孩子們好像已經打開小貝殼了。

「主人，發現了珍珠的幼生體——這麼報告道。」

「哦——原來還有粉紅色的珍珠啊。」

「這邊的是黑珍珠。」

看來棲息在這片海岸附近的雙殼貝大多都含有珍珠的樣子。

要串成一整條項鍊的話數量還不夠，所以就來替大家製作成單珍珠的項鍊或耳環吧。

因為還有被打上岸的珊瑚，用完餐後的貝殼裝飾品講座似乎變化會相當豐富了。

那麼，關於最重要的午餐——

「嗚哈！簡直就是海水浴套餐嘛！」

今天我嘗試製作了咖哩、炒麵、拉麵、烤烏賊這些海之家會有的品項。

炒麵和鹽味拉麵則是新菜色。

「怎麼不是沒有配料的咖哩跟煮爛的拉麵呢？」

亞里沙抱怨著一點也沒有海之家的味道，但我完全不想要故意煮得難吃。

儘管這麼發牢騷，亞里沙吸著拉麵的表情卻相當滿足。

「嗯，美味。」

蜜雅似乎非常中意放滿了蔬菜的鹽味拉麵。

「加了肉很美味喲。」

「那個叫燒豚，也叫作叉燒呢。」

「叉——燒——麵～？」

小玉的發音有些奇怪，不過其他孩子們好像也喜歡吃拉麵。或許是麵類用筷子吃不方便，她們都是使用叉子。

不知為何炒麵就沒什麼人吃，以後再改進一下吧。

「拉麵很燙，不過非常美味呢。」

「還有其他許多種拉麵，等到了較冷的地方再來製作吧。」

「好的！」

我可不想在這種大熱天長時間熬煮豬骨拉麵的湯頭。

雖然有空調的魔法，不過這純粹是心情上的問題呢。

「辣辣的……很美味。」

「咖哩要第三天才美味——這麼報告道。」

蕾伊和娜娜兩人和樂融融地吃著咖哩。

「真美味。咖哩和炸海鮮十分搭配呢。」

莉薩津津有味地吃著有炸蝦及炸白肉魚的咖哩。

用餐完畢享用刨冰以消除暑氣之後，再歷經中間的貝殼裝飾品講座，我們最後將時間花在製作無人島必備的樹屋上面。

◆

「煙火～？」

「劈里啪啦的喲！」

小玉和波奇在營火晚會前方的沙灘上踩著轉圈圈的步伐。

她們的雙手還拿著附加了「幻煙火」效果的短杖。

這種短杖是得知「幻煙火」的貝里烏南氏族高等精靈幫忙製作的。儘管對方聲稱不擅長製作光系的魔法道具，卻仍在很短的時間內就完成了。

由於製作過程需要魔法的輔助，算是我如今仍無法複製出來的貴重品。

「幼生體，要這樣子玩——這麼告知道。」

「非常……漂亮。」

娜娜正在教導蕾伊關於「幻煙火」短杖的使用方法。

「總覺得──好像要被吸進去一樣呢。」

「是的，實在趣味很濃厚的煙火。」

露露和莉薩則是著迷地玩著我製作的仙女棒。

這種煙火我純粹使用了火藥。

「說到營火晚會，總覺得很有現充的味道呢。」

「會嗎？學校沒辦過這種活動嗎？」

我應亞里沙的要求一起跳著奧克拉荷馬混合舞。伴奏由蜜雅負責。

這實在不是適合兩個人單獨跳的舞蹈。

「姆，換人。」

蜜雅以外的人都不會彈奏樂器，所以我在亞里沙的口技演奏下跟蜜雅跳舞。

「幼生體？」

循著娜娜疑惑的聲音望去，只見蕾伊的眼中失去光輝，臉上帶著茫然的表情注視營火。

『──火。』

蕾伊輕聲唸道。

「喵！」

「來了喲！」

小玉和波奇放開手中的煙火短杖，四肢著地趴著之後發出警告。

——下一刻，地面晃動。

島內的鳥類同時間一起飛出來，野獸發出了吼叫。

「是地震嗎？」

「這一帶應該沒有海底火山才對。」

我打開地圖一邊確認魔物光點的動態，但沒有什麼明顯的徵兆。骸骨王和優妮亞的標記也確認過，目前位置依然還在幽界。

「既然這樣，來看看四座島好了——」

我發動空間魔法「眺望」試著確認「封塔島」的狀況。

其中一座島上出現了看似高塔的東西，正散發著紅光。其他三座島則沒有變化。

——終於開始行動了嗎。

「會是某種凶兆嗎？」

「不用擔心哦。」

身旁可以聽到莉薩的喃喃自語，我於是用輕鬆的口吻回答以讓她安心。

將覆蓋整個視野的主選單顯示全部縮到最小後，便看到同伴們浮現害怕的表情向我抱來。

這個世界很少發生地震，所以就算只有三級震度也會感到畏懼吧。

我針對明顯在乘火打劫的亞里沙輕輕彈了一下額頭後，決定等大家冷靜下來之後，今天早點就寢。

雖然也考慮過現在就動身前往「封塔島」，但先打消了這個主意。

畢竟我出門的期間要是骸骨王現身擄走蕾伊就相當麻煩，而且老是被骸骨王搶先一步也很惱人，所以不如等拉拉其埃復活之後再連同海王和天譴砲一起破壞會比較輕鬆。

當然，我仍打算在復活前盡可能去阻止對方。

◆

「明天來進行南國水果探險吧！」

「嗯，同意。」

「亞里沙，希望進行剖西瓜。」

「那麼，中午就開始來剖西瓜好了。」

多虧了亞里沙，滿臉不安的同伴們似乎很快就恢復平常的狀態了。

眾人躺在充滿南國風情的香蕉葉上就寢，看起來絲毫沒有停止聊天的跡象，但在月亮靜靜爬到上夜空之際終於沉沉地睡著了。大概是玩得很累了吧。

然後，深夜——

我彷彿被喚醒一般睜開眼睛。

夜視技能所呈現的視野中有些異樣。

——蕾伊不見了。

顯示在雷達上的蕾伊，似乎正往島中央的山上而去。

我小心翼翼離開床上而不驚動其他人，然後追趕深夜外出散步的蕾伊。

夜行性生物們引人入睡的叫聲在熱帶雨林裡響起，樹葉摩擦的沙沙聲隨風傳來。

「找到了。」

我用天驅從樹林上方追趕，很快就追上了對方。

搖搖晃晃走著的蕾伊就像個夢遊症患者。

我就這樣在她後方頭頂處關注著。

蕾伊在位於半山腰的岩場伸出小手後，岩石上方立刻浮現齒輪形狀的魔法陣，和魔導王國拉拉基見到的「盒子」一樣的神代語語音在黑夜中響起。

『緊急通道僅上級職員可以開啟。上級職員請告知辨識號碼。』

『拉-１０９０６０９-蕾亞妮．托瓦．拉拉其埃。』

恍惚狀態的蕾伊喃喃唸出識別號碼。

說到這個，她或許是我在這個世界遇到的第一個有中間名的人。

『確認辨識號碼。解除偽裝。』

岩石如沙子般崩塌，當場露出了一座小塔。

塔上方還嵌著刻有拉拉其埃紋章的水晶球。

『拉拉其埃中央控制核歡迎女王蕾亞妮的歸來——警告，確認對女王蕾亞妮懷有惡意的干擾。進行安全掃描。』

塔上方的水晶球閃動著這麼告知。

『——女……王？』

這麼唸道的蕾伊失去氣力，當場昏倒了。

「蕾伊！」

我呼喚她的名字衝了上去，但戒備的中央控制核卻在蕾伊周圍架起防禦結界。

「別礙事。」

我手臂一揮，結界就如空氣般化為光的碎片破碎消失。

『發現危害女王蕾亞妮之人。中斷掃描，執行排除——』

我抱起蕾伊，叫出「自在盾」以防備塔的攻擊。

『——中斷執行。遵照條款四之三，不可危害精靈的使者。』

看樣子，對方看到我掛在腰上的「波爾艾南的靜鈴」之後產生了反應。

『告知精靈的使者。儘速歸還我們的女王。女王蕾亞妮存在記憶被竄改的痕跡，必須在中央控制室儘速進行修復。』

『我是她的同行者。既然是中央控制核，應該在我們抵達島上之後就一直監視著吧？那麼，自然也知道我們並不會危害她才對。』

總覺得，水晶的閃動開始變得就好像電池快要耗盡的電器產品那樣迅速。

『……同意同行。現在，拉拉其埃處於魔力節約模式，故無法將女王蕾亞妮安全帶領至中央控制室。請使者將女王蕾亞妮……護送至中央控制室，拜拓——』

這麼告知後，水晶球便陷入沉默。

最後一字的發音有點奇怪，或許真的是魔力快要耗盡了呢。

我撬開入口的門，在處於另一個地圖的內部執行探索全地圖。

——看樣子，這裡就是拉拉其埃的入口了。

地圖名顯示為「拉拉其埃：遺跡」。

這樣一來幾乎就等於是完成了將蕾伊送回拉拉其埃的任務，不過要完全找回記憶似乎還需要把她帶到中央控制室才行。

在送她到中央控制室之前，我想還是當作任務仍持續中會比較好。

那麼，有些離題了，還是來確認地圖吧。

空間比想像中廣大，大概足以裝下整個東京都。遺跡內部空無一人，就連魔物或魔巨人之類的也不存在。

中央控制室正如其名，似乎位於這片廣大遺跡的中央部分最深處。

我查看主選單的時鐘。

「快天亮了嗎。」

我用天驅返回露營地，將蕾伊放在床上後開始準備早餐。

內部看來沒有什麼危險，我決定和同伴們以探險般的形式前去打擾中央控制室。

◆

「哇啊～這個螺旋階梯好長！」

俯視著沒有任何外部光源的樓梯深處，亞里沙發出了驚呼聲。

「■　■……■　魔光球創造。」

蜜雅讓精靈魔法創造出來的光球飄浮在前方十公尺處，發動理術「魔燈」的娜娜則是走在前頭。

走在中央的露露手上拿著和魔燈同名的魔法提燈。這是庫哈諾伯爵領的魔女徒弟伊涅妮瑪亞娜贈送的餞別禮。

我也會施展卷軸當中學到的「魔燈」，不過我的「魔燈」太亮反而會破壞探險氣氛，所以就自我約束了。

另外，為防止情況突然有變，飛行帆船我先收在了儲倉當中。

「……再怎麼說也太長了吧。」

單調的移動讓厭倦的亞里沙發出牢騷。

後衛成員和蕾伊早就已經累得走不動，所以就坐在我所叫出來的「自走板」上面進行移動。

露露和蜜雅雖然還撐得住，不過載著兩人或者四人都是一樣，所以就一起載運以提高移動速度。

「快到了～？」

「石頭的聲音還沒數到二就響起，所以就快了喲。」

小玉從口袋取出小石子丟進螺旋階梯中央的空洞裡，根據聲音傳回的時間測量距離。

她們應該不知道重力加速度或計算公式，所以大概是憑經驗得知大約的高度。

「嗯，大廳。」

蜜雅讓光球跑向更前方，到達了螺旋階梯下方的大廳。

大廳只有一處出口，是個沒有什麼特殊東西的場所。

小玉和波奇噠噠噠地往出口方向跑了下去。

「門～？」

「可不可以打開喲？」

小玉和波奇站在雙開的門前轉過頭來。

雷達上沒有敵影，發現陷阱技能和察覺危機技能也毫無反應所以應該沒問題。

「當然可以。」

我允許之後，小玉和波奇便運用身體推擠開了沉重的門。

光線從門的後方射進來。

「好棒～？」

「好棒，好厲害喲！」

一下子跑進門後的小玉和波奇不斷在招手。

眾人好奇地衝進位於出口另一端的廣場後，令人意想不到的光景便呈現在眼前。

「主人，大海就在頭上！」

「主人，透過海水可以看到太陽——這麼報告道。」

個性正經的莉薩和意外地具有常識的娜娜仰望著天空這麼向我報告。

正如兩人所言，在沒有任何支撐物的情況下，大海看起來就像天花板一樣。恐怕是這裡和大海之間存在著使用了高透明度樹脂或術理系魔法構成的天花板吧。

天花板的另一端猶如一座水族館，大批五顏六色的海中生物們正有規律地在大海與天空之間游泳著。

這裡似乎是拉拉其埃的中央居住區。

由於太過廣大，看不到模糊的另一端是什麼狀況。

「真是漂亮呢——」

「很漂亮！非常漂亮哦。和精靈們起舞一樣漂亮，真的哦？」

「天花板好像會掉下來似的，有點可怕呢。」

露露讚嘆地呼出一口氣，蜜雅一臉興奮地說了一長串，莉薩則是憂心忡忡地仰望上方。

至於亞里沙——

「唔唔唔，簡直就像是現充聚集的水族館……」

還是別管她好了。看來應該是想起了什麼討厭的記憶。

『神之奇蹟所創造的高效率魔法柔障壁。是保護拉拉其埃不受高空的冷風和低氣壓影響的機制。唯有拉拉其埃的浮船才能通過。』

進入恍惚狀態的蕾伊告知天花板的實體為何。

跟AR顯示的內容有些差異，不過問題不大所以就並未訂正繼續聽下去了。

「對面的塔就是中央控制室嗎？」

『天之塔。女王與眾神溝通的神聖場所。同時也是女王和王族的行宮。』

兩人在談論的應該是居住區中央的粗大高塔。

奧利哈鋼材質的塔身散發著金黃色的光輝。

就這樣在廣場上前進，格子狀的地板縫隙間忽然吹出了風。

露露和蜜雅的裙子被頑皮的風掀起來，純白和條紋映入了我的視野。

『——風。』

蕾伊的嘀咕聲讓我心中一動，於是順從自己的直覺使用「眺望」魔法確認了三座「封塔島」。

其中一座可見高塔並發出綠色的光。

果然還是沒有骸骨王或優妮亞的身影——

「又搖晃了——這次很小呢。大概是震度二左右吧？」

「差不多呢。」

或許是這次搖晃得比較小，同伴們並未害怕得上前抱住我。

頂多只有露露和莉薩捏著我的衣角，以及年少組握住我的手而已。

「主人，發現有人——這麼報告道。」

廣場邊緣是懸崖般的地形，可以見到拉拉其埃的街景。

娜娜所指的盡頭處的確存在許多人影。

——不過。

「是不是有點奇怪？」

人影的身體可以看穿，而且都是年輕人，沒有小孩、老人，甚至是中年人。

『拉拉其埃的幸福人——拋棄罪業深重充滿痛苦的肉體，化為精神體後永遠活在幸福中的人們。人們在淨昇靈廟脫胎換骨為半幽靈，在肉體腐朽的同時連靈體也一併拋棄，成為真正的精神體。』

所謂的半幽靈好像不是混血兒，而是人與靈體的中間狀態之意。

話說回來，支配世界並極盡榮華的人們會追求永久的年輕，無論在哪個世界都是一樣的。

「哦——雖然總比在遙遠的銀河裡被當成螺絲釘來得好，不過變成只有精神體的存在又有什麼意思呢？」

『他們已經只能感覺到幸福。人的內心相當脆弱。一旦失去肉體記憶就會淡忘，失去靈體後就連感情也會變得稀薄。如今的他們只是過去的殘渣。一旦拉拉其埃的中央控制核中斷備份，就只會面臨悄然消失的命運。』

蕾伊頂著面具般的表情潸然流下淚水。

原來如此，難怪會在我的AR顯示當中為「拉拉其埃的亡靈」，被當成了不死魔物看待。

見到流淚的蕾伊，娜娜和蜜雅拿出手帕擦拭她的臉。

我們不禁為半透明的人影默哀一番，然後離開了現場。

途中穿過的「淨昇靈廟」就類似精靈們的睡眠槽，但不同於依然保持健康的精靈們，人們在靈廟的玻璃筒當中都乾涸成木乃伊了。

路上還遇到了損壞的自來水管將整個通道淹沒，於是我用水魔法的「水中呼吸」及「水壓減輕」就這樣繼續前進。

『——水。』

蕾伊小巧的嘴巴呼出氣泡喃喃道。

好快。第三座封塔島好像被解開了

或許是接下來發生的地震讓排水口打開，我使用「理力之手」在湍急的水流當中抓住所有人，往目的地穿行而去。

「嚇一跳～？」

「還以為會被沖走喲。」

在以生活魔法「乾燥」緊急處理完大家濕答答的衣服後，我們急忙往中央控制室移動。

真希望能盡量在最後的封印解除之前恢復蕾伊的記憶。

通往中央控制室的廣大通道兩門林立著黑色巨板一般的石柱。

這裡比巨人們行走的通道還要寬敞。

左右的石柱上似乎描繪著壁畫。

「哇啊！這些壁畫裡面，光明和黑暗對比實在很鮮明呢。」

前半是拉拉其埃支配世界，將繁榮建築在地上人們的犧牲之上的景象。

「不過，地上的人們好像不是一味被壓榨而已哦。」

後半開始逐漸轉為反叛戰爭的情景，最後變成了狗頭魔王毀滅世界的故事。

「——什麼？」

其中的一幅讓我好奇得下意識停止腳步。

「怎麼了嗎，主人？」

「章魚和女孩子？」

亞里沙直接唸出壁畫的內容。

這幅壁畫描繪著將活祭品從懸崖上拋入章魚型海魔所在海中的景象。

『獻祭的聖女。為了扭轉陷於劣勢的戰況，身上刻有支配術式的少女們被獻給了「海王的私生子」。』

記得蕾伊的稱號當中也有「獻祭的聖女」才對。

莫非這幅畫是代表著她的過去嗎？

『獻祭的聖女總為雙胞胎或姊妹。其中一位少女的「支配」掌控「私生子」後，就透過刻在另一位少女身上的「操作」來進行操控。』

仔細一看，畫中的少女們都被加上漆黑的鎖鍊，像魚餌一樣被丟進海中。

裡面滿載著戰敗之前的國家不顧一切的瘋狂行徑，讓我看了心中不斷冒火。

隔壁的壁畫描寫了他們靠著操控「私生子」引發海嘯，毀滅敵人船隻及港鎮。

『儘管在支配的「私生子」影響下扳回了居於劣勢的戰況，但最後因為狗頭四天王的參戰而決定了勝負。試圖支配海王的嘗試失敗後，女王的妹妹喪失性命，女王也被撕裂靈魂而在「棺柩」中永遠陷入沉眠。』

接下來的好幾幅畫當中，描繪出以拉拉其埃整座島，將同樣大小的海王沉入海底的景象。

雖然應該是誇飾，但要跟島嶼尺寸的大章魚交手的話我可敬謝不敏。

剩下的六幅畫裡面，似乎就是焰王和陸王被封印的情景以及狗頭的最後下場。

「野篦坊？這個圓錐巨人是什麼呢？」

『神之使徒。擊垮空王、以焰輝劍封印焰王，將陸王束縛在迷宮裡。』

這就是神之使徒嗎——

蕾伊使用「擊垮」這個字眼一味強調著使徒很強，但壁畫中卻光是一隻魔王的眷屬就有好幾十具使徒圍上去將其打倒的構圖。

這些大概是拉拉其埃沉入海中之後所繪製的吧。

「隔壁的是被七道光柱圍住的狼和人？」

『為封印狗頭而降臨的眾神姿態。一柱之神化為人的姿態，打倒了狗頭。』

——奇怪？數量是不是不太對勁？

由於創造出魔王的魔神應該不至於會參加，所以莫非龍神也參戰了嗎？

畢竟對方還向巴里恩神傳授了勇者召喚的魔法，感情應該不差才對。

更何況，總覺得身為戰鬥狂的龍神很有可能是自告奮勇的呢。

◆

『我一直在等您，女王蕾亞妮。』

來到中央控制室的前方，門上的珠子立刻發光，傳來中央控制核的聲音。

『精靈以及精靈的使者啊。感謝你們護送女王蕾亞妮。』

我們被邀請進入門當中。

「主人，幼生體消失了——這麼報告道。」

『這是怎麼回事！』

娜娜的報告讓我出聲怒吼中央控制核，這時昏暗室內的角落忽然拉開百葉窗，以探照燈光照亮。

在那裡，蕾伊就漂浮在紅色魔法陣當中。

『安全掃描完畢。在女王蕾亞妮的記憶野發現了竄改痕跡。建議從備份進行復原。』

──我差點脫口吐槽一句：「原來是電腦啊！」但還是自我約束了。

『……我不想……忘記。』

『對象僅針對被改變的記憶。往後的記憶沒有任何變化。』

哦哦，拉拉其埃的技術好像非常厲害。

『請……開始吧。』

『遵命。執行復原。』

蕾伊的周圍出現好幾層齒輪形狀的魔法陣，和剛才掃描一樣的紅光持續來回了半個小時左右。

『作業結束。女王蕾亞妮，您覺得如何？』

『謝謝你。記憶還有點混濁，不過想起了很多事情。』

蕾伊說起話來就像恍惚狀態一樣流暢。

模樣還是個小女孩，但給人無比沉穩的感覺。

她在ＡＲ顯示當中的名字變成了蕾亞妮．托瓦．拉拉其埃，原本反灰的等級和技能也以白字顯示了。

「佐藤先生，我想起來了。我──」

蕾伊說到一半，突然發生了更大的地震。

「呀啊啊啊啊啊啊！」

露露尖叫的聲音最大，不過震度五的話就連我也不太能從容以對了。

儘管很清楚我現在的等級就算天花板掉落或地板崩塌也會安然無恙，但害怕總歸害怕。

『報告女王蕾亞妮。女王塔發布了緊急情況宣言。在宣言撤回之前，中央控制核將轉移至從屬模式，以女王塔的指令為優先。倘若此報告並非出於女王蕾亞妮的意圖，請由女王塔的控制終端進行中止。』

做出彷彿某密碼變更確認信的發言後，中央控制核便沉默了。

「主……主人，這種搖法太奇怪了！根本就不是地震的搖晃。」

正如亞里沙所言，與其說是地震，感覺更像是大型船舶的機關部分在晃動。

繼續待在這裡還不知道會發生什麼事，所以我進行「歸還轉移」返回至我在拉拉其埃瞭望廣場所設置的刻印板場所。

「主人，請看天花板。」

「海水在流動？」

我循著莉薩的話仰望天花板。

「天空～？」

「太陽很刺眼喲。」

『拉拉其埃正在上浮？怎……怎麼會——犧牲了母親大人她們而封印的「海王」，父親大人竟然會將其解放出來。』

蕾伊表情錯愕地喃喃道。

看樣子，拉拉其埃正在往海面上浮。

——嗯？上浮？

如此龐大的質量突然往海面上浮的話——

「佐藤。」

「主人！」

蜜雅和娜娜的目光盡頭處，齒輪形狀的魔法陣展開，從中出現了一個人影。

果然不出所料，出現的是優妮亞。

『——我來接妳了，姊姊！』

現身的優妮亞身穿充滿古風的巫女服，用挑戰般的笑容向蕾伊說道。

感覺是把公都的特尼奧神殿所看到的禮儀用巫女服去除掉特尼奧神的聖印之後，改造得更為誇張的服裝。

『妳是優妮亞，對吧？』

蕾伊確認般的詢問。

『是啊！妳想起來了嗎，姊姊！』

優妮亞並不在意蕾伊的意圖，只是點頭這麼回答。

『我們一起走吧，姊姊。父親大人在等著哦！』

蕾伊不知為何向優妮亞投以悲傷的目光。

與其說悲傷，更像是在哀憐的一種視線。

「佐藤先生，我……要去一趟。」

蕾伊並不回答優妮亞，而是轉向我改用希嘉國語這麼說道。

「為了終結父親大人的妄執，不讓世界陷入混亂，以及守護拉拉其埃可悲之民的墓地。」

「那就是妳的心願嗎？」

「是的，為了拯救一切，我只能過去。」

蕾伊帶著殉教者一般的透明笑容告知。

「幼生體！我也一起去——這麼告知道。」

娜娜這麼開口後，其他孩子們也異口同聲要求同行。

「娜娜小姐，這段期間謝謝妳。大家也是，感謝妳們一直善待著來歷不明的我。」

蕾伊斷然拒絕了娜娜她們的提議。

『走吧，姊姊。』

優妮亞牽起蕾伊的手。

「蕾伊！妳要拯救的一切，也包含妳自己在內嗎？」

未回答我最後的問題，蕾伊便留下薄命般的笑容消失於幽界。

接著，代表兩人的光點再次出現於女王塔的最上層。骸骨王似乎也在那裡。

『——排出指令，執行。』

聽到中央控制核的聲音，眾人下一刻便出現在舉行過營火晚會的中央島沙灘上。

不，小灣如今已經成為一灘水，中央島則是變成了拉拉其埃都市外圍的高山一處角落。

看樣子，這裡曾經是拉拉其埃都市的西端。

山的另一端，可以見到天護光蓋製造出的發光圓頂。

「主人！」

亞里沙給了我的肚子一記輕拳。

「當時你應該要抱住蕾伊，挽留她才對啊！」

「嗯，基本。」

「主人。」

一臉憤慨的鐵壁雙人組和面無表情的娜娜都這麼逼問我。

當然，這個我非常清楚。

「剛才之所以沒有一起去，是因為我有事要先處理哦。」

「有什麼是比蕾伊要更優先的？」

「是海嘯哦。」

沒錯，繼續放著不管，突然上浮的拉拉其埃所掀起的海嘯就會襲向沿岸各國。

而且，海嘯的速度遠比許多人想像得要更快。

「我立刻就解決，蕾伊也會去救她出來，所以大家先上船離開拉拉其埃吧。」

我這麼說著，一邊從儲倉裡拿出飛行帆船，再從露露身上的大型妖精背包中取出船首像型魔巨人的核心零件安裝在船首像上面。

這是因為啟動後的魔巨人似乎被視為生物，無法收進儲倉裡。

「姆，去營救。」

「主人，希望參加幼生體的營救部隊。」

蜜雅和娜娜兩人氣急敗壞地主張著想要親自前往救人。

「去救人～？」

「波奇也想去救人喲。」

「主人，我也拜託您。」

「我也想去救她。」

獸娘們和露露好像也贊同。

至於朝大家比了一個大拇指手勢的亞里沙自然不用再多問了。

「亞里沙，船的防禦雖然滴水不漏，但要盡可能避免戰鬥。」

「知道了哦！我會全力爭取時間的！」

「從現在算起九十秒就行了。我會在那之前回去的。」

「ＯＫ！」

我將船的權限轉交給亞里沙，然後告訴她幾個指令關鍵字。

都是我在閒暇航海中追加的兵器和推進器的啟動鑰匙。

「什……什麼時候改造成那個樣子了？」

我用輕鬆的語氣回答亞里沙錯愕的問題：

「因為我『早料到會有這種事』了哦。」

借用了之前亞里沙說過的台詞後，我便從帆船上起飛。

我打開地圖確認環狀擴散的海嘯，決定了從最外圍開始依序回收的路線。

接著透過「歸還轉移」抄近路前往呈飛石狀設置了刻印板的島嶼，來到環狀海嘯的最外圍。

水平線的另一端可以見到直撲而來的海嘯。

我不使用天驅，而是選擇了閃驅衝向海嘯。

相較於燒掉衣服或身體燙傷，我現在必須以時間為重才行。

搶在亞里沙她們做出什麼傻事之前——

浮島拉拉其埃

「我是蕾伊。在過著快樂的時光之際，我或許沒能察覺到它比起任何的寶石都要珍貴。那溫馨的每一天，其記憶在在都溫暖著我的心。」

小時候，我認為拉拉其埃才是地上最幸福的場所。

有溫柔的父親大人和值得尊敬的母親大人，以及與母親大人神似、柔和的叔母大人愛護著我，擔任傭人的魔造人們和優秀的魔導機械們也為我服務，使我過著無憂無慮的生活。

從女王塔俯視的街景相當和平，就連每年一度的遊行日，笑容都未曾從人們的臉上消失。

每天的生活充滿音樂和藝術，將其點綴得豐富多彩。

這樣和平且滿足的生活，究竟是什麼時候開始出現陰影的呢？

「——這個國家已經腐敗了。為購買你們奢侈的食物和豪華的衣服，地上的人類正在塗炭般的痛苦中被殘酷使喚著。」

這麼告訴我的，是一位倒在拉拉其埃自然公園的紫髮少年。

儘管身材消瘦、穿著破爛的飛行服，他眼中仍充滿了輝煌及意志的光輝。

我之所以藏匿受重傷的他並給予治療，是因為我想從他口中知道拉拉其埃之外的事情。

「我說，庫羅。你想要毀滅拉拉其埃嗎？」

「不對。我想做的是從眾神的支配中解放人們。」

面對我的問題，庫羅晃動著紫髮搖頭否認。

「支配？那個叫庇佑哦？」

「是支配，蕾亞妮。我們在眾神經營的牧場中不過是家畜罷了。你們拉拉其埃人則是牧童──不，說不定是為了讓味道更好而經過品種改良的特別──」

庫羅侮辱神的發言讓我聽不下去，終於打了他的臉頰。

然而，他卻是用看著年幼孩子般的溫柔眼神微微一笑，然後自言自語般說道：

「蕾亞妮，我希望給予人們──給予他們一個能自由活在自己人生中的世界。」

那天是我和他交流的最後一天。

隔天，我所造訪的藏匿處消滅得只剩下台基，其周圍散落著破碎的魔導機械及戰鬥用魔巨人的碎片。

──大概是那一年的隔年吧？

狗頭魔王從邊境的大陸高舉反拉拉其埃的旗幟，與拉拉其埃之間進入了永無止盡的戰鬥當中……

戰亂期間，地上的王國也呼應魔王的號召而背叛拉拉其埃，處於戰亂漩渦當中的拉拉其埃漸漸失去了人們的笑容。

漫長的戰鬥終有結束的一天。

眾神的恩寵使得狗頭魔王及許多眷屬遭到封印，最後剩下的海王則是身為拉拉其埃女王的母親大人及叔母大人將其弱化，由我和父親大人兩人以拉拉其埃重壓將其封印在海底。

父親大人帶著我逃出拉拉其埃之際，我還記得自己哭著呼喊母親大人和叔母大人的名字。

不過，我和父親乘坐的浮船也被追上來的邪教徒們拿下，被迫和父親大人分開的我被帶進孤島的海底神殿當成了邪惡魔法裝置的零件。

話雖如此，之後的事情我就不記得了。因為我的記憶到此就中斷——

出現在下一段記憶裡的，就是娜娜的擁抱及佐藤先生的溫和笑容。

我將自己和佐藤先生及娜娜小姐她們之間的回憶深藏在心中，跟在自稱優妮亞的這位少女後方走在迴廊上。

最後，在那個迴廊的盡頭處，我跟父親大人重逢了。

『妳回來得正好，蕾亞妮。個子是不是變得小了一點啊？』

化為骸骨的父親大人這麼告知。

對於在我身旁像小狗一樣等待父親大人吩咐的少女，卻沒有任何的誇獎或者慰勞之言。

這裡是位於浮島拉拉其埃中央的女王塔瞭望台。

沒有天花板或柱子遮蔽，可以放眼觀看拉拉其埃的一切。

『父親大人也完全變了一個樣呢。』

最後見到的父親大人，是一位半幽靈的普通男性。

視野角落處，可以見到如巨樹一般從浮島拉拉其埃的邊緣延伸上來的觸手。

『您為何要解開海王的封印呢？』

當初繼承母親大人的意志與我聯手封印海王的人，明明就是父親大人才對。

『居然問為什麼？』

然而，父親大人卻被我的話激怒，這麼厲聲道。

『妳難道忘了身為拉拉其埃最後女王的吾妻，也是妳母親的話了嗎！「讓拉拉其埃返回天空」，這正是她的夙願。』

——不對。

『控制海王失敗之後被撕裂靈魂的母親大人，根本就沒有時間留下這樣的遺言。』

『妳說什麼？』

海王根本就不是脆弱的人們所能掌控的存在。

『您忘記了嗎？母親大人的遺書中寫著，倘若自己失敗，希望您能夠將拉拉其埃用以重壓封印海王哦。』

最初閱讀遺書的人並不是我，而是父親大人。

『怎麼會！她的確是說「讓拉拉其埃返回天空」──』

『父親大人，是誰向您灌輸了這樣的謊言？』

恐怕就是將父親大人變成醜惡不死魔物的存在吧。

──魔王，抑或是上級魔族。

視野的角落，一直保持沉默的優妮亞看似恍然大悟地抬起臉來。

『父……父親大人，之前來見父親大人的那個黃色外套之人呢？就是使用奇怪的DEATH語尾的那個人！』

『吵死了！區區一個仿造的木偶哪有說話的餘地！』

我接住了被父親推開的這名魔造人少女。

不受任何人疼愛的她，至少就讓我來愛護吧。

即使只到我短暫的生命結束為止。

『那個人是誰？而且那真的是人嗎？』

『怎麼可以如此形容我的朋友！黃衣的大魔術士先生可是讓拉拉其埃的咒法更上一層樓，當著我的面支配了那個大怪魚托布克澤拉啊！』

大怪魚托布克澤拉？支配北海的空之惡魔？

那種就連龍也不敢出手的大怪魚根本不可能打倒，更別說要支配了。

『確定不是幻術嗎？』

『妳不相信也是在所難免的。』

不過，倘若這是事實，是不是讓那個人消滅海王就可以了呢？

我懷著這種想法詢問，但父親大人在露出猝不及防的表情後，立刻就像掩飾說謊的孩子一樣激動了起來。

『這樣一來豈不是要屈居於朋友之下了嗎？所謂的朋友，就必須一直是平起平坐才行！』

父親大人猛然撥開斗篷這麼大叫。

下一刻，轟隆聲及劇烈震動襲向了我們。

『呀啊！』

我抱住了發出尖叫的少女。

『姊姊，那個！』

海王的八隻觸手，正在敲打著保護天空的天護光蓋所形成的發光圓頂。

巨大眼球從浮島的邊緣窺視著。如昆蟲一般的複眼。

『──海王。』

其眼中浮現出百分之百的憎惡。

相當於永久的時間裡被封印於海中的那股憤怒及恨意在翻騰著。

『很好，看來現在無論什麼樣的毒餌都吞得下去了。』

父親大人所說的毒餌，應該就是這名少女和我吧。

眼中浮現瘋狂的父親大人，這時俯視著海王哈哈大笑。

『給優妮亞刻上支配的咒毒，蕾亞妮就刻上控制的術式。』

聽到父親殘忍的宣言，少女臉色蒼白地點頭，然後脫下巫女服以便刻畫魔法陣。

『我是引海王上鉤的餌，姊姊則是操控海王的楔子──就是這麼決定的吧？父親大人。』

少女點著頭彷彿在說服自己，用顫抖的眼神注視著父親大人。

然而，父親大人完全不理會這樣的少女。

『父親大人，不行。』

『妳說什麼？』

『靠著優妮亞是無法支配的。讓我來吧。』

『沒……沒問題，我可以支配！因為，我是姊姊的妹妹。』

少女拚命堅持著。

不過，這樣不行。父親大人想要做的事情，就跟母親大人及「優妮亞」叔母大人嘗試過卻慘遭失敗的內容完全一模一樣。

敵人並不是稍微改良一下術式就能應付的對手。

況且身為誘餌被海王吞噬的人必定會喪命。我不能將這種使命推卸給這個孩子。

『同樣的手法是不行的。請相信我。』

『姊姊。』

要控制海王，這種想法是絕對不會成功的。

我和少女的腳邊出現了齒輪狀的魔法陣。

『好吧，我就相信妳。』

父親冰冷的發言當中沒有一絲猶豫。

那個溫柔的父親大人已經不在了。

在女王塔供應的充足魔力下，我從節約魔力狀態的年幼姿態恢復成原本的模樣。

不同於佐藤先生甜美溫柔的魔力供給，這就像敲打靈魂一般猛烈且毫不客氣。

『《刻印》。』

父親大人痴迷忘我地下令，叫我脫下幽體所構成的衣服，

從腳邊向上爬來的詛咒，挾帶著令人無法忍受的不快感在皮膚上蠢動著。

『嗚……嗚啊啊啊。』

在我身旁同樣被詛咒纏繞住的少女發出痛苦的聲音。

父親大人再次唸道，皮膚上的詛咒這次變化為術式逐漸開始刻印。

『《刻印》。』

——嗚嗚嗚。

使剛才的不快感彷彿兒戲一般的強烈憤怒及絕望流入我的體內。

視野扭曲，顏色褪至黑白。

不行，這樣下去會被咒毒吞噬的。

——幼生體。

娜娜小姐的聲音忽然在我耳邊甦醒。

總覺得心裡似乎稍微好過了一些。

『我……我不會認輸的。』

靠著自己和娜娜及蜜雅之間的溫暖記憶，我不斷抗拒咒毒帶來的憤怒和絕望。

『等著吧，海王。成為我的新部下吧！』

父親大人的大笑響徹整座女王塔。

海王在浮島上方露出全貌，島嶼因其重量而傾斜。

對方呈現在昏暗視野中的那副模樣，讓我聯想起母親大人她們的最後一刻。

——那個時候我看見了。

支配的確一度成功過。

然而，持續不了多久，優妮亞叔母大人就被海王吞噬而消滅了。

既然如此，勝算就在那支配的一瞬間當中。只要命令海王挖出自己的魔核，使其自我毀滅就行了。

只要打倒了海王，接下來佐藤先生就會幫我處理好一切。

那個不可思議的人，相信一定能夠解除父親大人的詛咒，然後讓名字和叔母大人一樣同為優妮亞的少女獲得幸福才對。

對不起，佐藤先生，這就是我的選擇。

『蕾亞妮，妳很能撐！接下來是最後了！《刻印楔子》。』

父親大人說完這句話，濁流般的咒毒便流入體內。

——不行，這不是人所能忍受的。

溫馨的記憶被濁流玷汙，我的心也逐漸被咒毒的浪濤吞噬而逐漸消失——

「慢——————著——————！」

這個熟悉的聲音讓我轉動了昏暗的視線。

天護光蓋的另一端可以見到飛天的帆船。

那是亞里沙？

「幼生體啊！我來了——這麼告知道！」

「嗯，迎接。」

娜娜小姐？還有蜜雅也是。

眼看要敗給咒毒的心開始找回溫暖，黑白的景色慢慢恢復彩色。

『哼，不知道是怎麼把聲音傳來的，淨耍這種小把戲。』

聲音來自於佐藤先生給我的髮飾。

天護光蓋的發光圓頂與飛行帆船的防禦壁撞在一起，激射出藍色與白色的火花。

『無人可以打破神所賜予的天護光蓋。』

父親大人俯視著帆船這麼說道。

「可別小看主人的作弊防護罩啊————！」

「亞里沙，希望用螺旋模式。」

「很好！就讓你看看鑽頭的威力！」

位於飛行帆船前方的防禦壁開始轉動起來。

「莉薩小姐，開啟後燃器！」

「了解，後部噴射增幅裝置作動。」

飛行帆船後方的噴煙變得更加猛烈了。

「我現在可以說！能戰勝防護罩的就只有防——」

亞里沙說到一半，海王便將水和冰之巨槍砸向了天護光蓋。

受到被天護光蓋擊碎的水槍餘波影響，飛行帆船就像樹葉一般被沖走。

『真是愚蠢。』

——不，多虧了那些孩子，讓我直到最後仍能保持清醒。

『似乎結束了吧？』

『是的，父親大人。』

我揮動手臂，以幽體在身體周圍製作出服裝。

將供奉八柱眾神的巫女正式服裝穿在身上。

我向搖搖晃晃站起來的優妮亞伸出手，幫她穿上掉落在腳邊的衣服。

『去吧，蕾亞妮。』

我踏上了從瞭望台延伸出去的細小棧橋。棧橋的前端一直延伸至天護光蓋外面。

明明有足夠的寬度，我卻因為怕高而差點癱了雙腳。

以咒術跟我連結在一起的優妮亞跟在後方。

——TWAAAAKZWOOOOOWN。

彷彿要挖出心臟般的可怕聲音讓身體顫抖起來。

後方傳來優妮亞嚇軟了身子倒下的聲音。

棧橋盡頭是大樹一般的海王觸手在等待著。觸手的前端還裂成好幾層，如同海葵那樣蠢動著。

「休想！休想得逞哦——————！」

「五連裝魔砲，完成發射準備！要發射了！」

亞里沙這麼大叫後，緊接著傳來露露充滿緊張的聲音。

震耳欲聾的連續聲響起，無數紅色的砲彈在海王的觸手表面爆開，炸穿其身體。

——TWAAAAKZWOOOOOOWN。

海王的咆哮響徹四周。

魔砲確實傷到了海王。

不過，由於魔力消耗太大而無法多次發射。以小型飛行帆船的砲火來說，剛才那已經是極限了。

「小玉、波奇！」

「開始更換～？」

「要展現波奇的速度喲！」

於上空盤旋的飛行帆船甲板上，可以見到莉薩她們正圍著魔砲展開作業。

「聖樹石機關的蒼幣更換完畢──這麼告知道。」

「露露！這邊也更換好魔砲砲身了！」

娜娜和莉薩等人的聲音傳來。

「嗯，裝填完畢。」

「第二發砲擊！」

和剛才一樣的砲彈雨落在觸手上面。

海王的一隻觸手被炸斷了。

『──好厲害。』

如此的壯舉讓我不禁脫口稱讚。

「成功了————！繼續發射吧！」

因亞里沙的發言而浮現出來的笑容，在我看到出現於視野盡頭的海王本體後整個凍結住了。

『亞里沙！快逃————！』

「——咦？」

海王的上空處產生了足以籠罩天空的巨大魔法陣。

下一刻，彷彿要撕裂大地般的巨大水鎚撞擊在亞里沙她們所處的空間。

『……亞里沙，娜娜小姐。』

啊啊，承受了那麼龐大的質量，是絕對不可能安然無恙的。

倘若那艘飛行帆船是以奧利哈鋼或世界樹的樹枝製作而成，那麼本體或許毫髮無傷。然而，即使如此，裡面的人無疑也會被壓碎成為絞肉。

面對朋友的突然死亡，我的眼中源源不絕地流下眼淚。

亞里沙、娜娜小姐、蜜雅……我依序將朋友的名字牢記在心，試圖鞭策著消沉於悲傷之中的心靈。

不過，還是不行——我太過傷心而站不起來。

「唉呀——差點以為沒命了。」

——咦？

「什麼叫差點以為沒命！」

繼亞里沙的聲音後，我聽到了敲打腦袋的清脆聲和佐藤先生的斥責。

我抬起臉來，視野中映入了熟悉的船帆。

船帆不斷往上方升高，飛行帆船就這樣出現在我所癱坐的棧橋前方。

「真是的，沒想到剛用歸還轉移回來，還要立刻帶著船一起再轉移呢。」

在飛行帆船上，佐藤先生這麼用手抓亂亞里沙的頭髮，然後轉向這邊。

沉穩的黑眼眸捕捉到我的身影。

他見到我之後鬆了一口氣，露出安穩的微笑。

『讓妳久等了，蕾伊。』

身體被輕飄飄地抬起。

我的身體如乘風飛行的棉毛一般在空中飛舞，被送到了他所站立的飛行帆船甲板上面。

『剛才好像讓妳擔心了呢。』

這個體現日常的輕柔聲音讓我按捺不住，奔向了他的胸膛像小孩子一樣哭泣。

不過，這些淚水一點也不冰冷。

就如同太陽高掛時所下的雨，溫暖地填滿了我的內心。

決戰

「我是佐藤。恪守已故之人的遺言是很崇高的事，但活著的人們若因此被束縛住就另當別論了。自己能過得幸福才最重要的，難道不對嗎？」

『蕾亞妮！妳忘記自己的使命了嗎！』

聽到眼下傳來的骸骨王聲音，成人模樣的蕾伊頓時笑容凍結。

『——使命？』

『是的，就是支配海王，從內部使其自我毀滅。』

『不惜犧牲自己？』

蕾伊沒有回答，但從她的模樣看來應該沒錯吧。

「不用擔心～？」

「之後就交給主人了喲。」

小玉和波奇兩人擺出小丑般的姿勢。

大概是感覺到蕾伊在傷心而想要安慰她吧。

「嗯，沒問題。」

「幼生體——不，蕾伊。請相信主人——這麼訴說道。」

『蜜雅、娜娜小姐——可是，海王的實力並不尋常。』

面對同伴們的呼籲，蕾伊卻固執地搖頭。

「所謂的不尋常，莫非比大怪魚或成年龍還要強嗎？」

亞里沙不經意地隨口問道。

『——大概一樣。』

「那麼，就沒有問題了。」

「是啊。」

莉薩和娜娜回答蕾伊的問題後，蕾伊的臉上看似終於浮現疑問。

『真的會有辦法嗎？』

『當然了。因為大家都在努力地勸妳，所以我才一直等著哦。』

我向這麼忐忑詢問的蕾伊點點頭。

事實上，光魔法「聚光」已經在我身旁待命當中了。

最初考慮使用的「流星雨」二次損害可能會很嚴重，所以就自我約束了。

『你們這些愚蠢之人！連獲得神之恩寵的天空人擁有的「浮島」拉拉其埃也無法戰勝的邪惡「海王」，靠著區區一條小船也想打贏嗎！』

骸骨王散發出來的「恐懼」讓同伴們僵住了身子。

『打得贏哦。』

我輕聳肩膀，轉身面向了從剛才就針對天護光蓋的發光圓頂毫不留情地敲打著的「海王」。

天護光蓋的防禦壁在剛才的落水攻擊之下似乎也安然無損。

「在此宣布，海王你完蛋了。」

我離開船上以免雷射的餘波傷及同伴們，然後從魔法欄選擇「光線」。

「你就跟搶先一步掛掉的焰王和空王一起在冥界好好相處吧。」

略微傾斜往下，彷彿擦過浮島外圍一般擊出的一百二十道雷射，我利用聚光將其集中成一束。

然後把瞬間貫穿了發光圓頂的集束雷射就這樣筆直朝上砍去。

『光之劍。』

用這種風雅的名字來稱呼集束雷射的，是已經回到骸骨王身旁的優妮亞。

挾帶著臭氧氣味及猶如燒灼視網膜般的強烈光輝，集束雷射將海王和圓頂砍成了兩半。

一分為二的海王緩緩朝著海面掉落。

我用「理力之手」抓住了海王失去力氣之後從圓頂縫隙中掉落的觸手，就這樣讓「海王」整個直接進入儲倉。

畢竟體積這麼大，光是屍體倒下就會造成二次損害了呢。

『好，結束了。』

我這麼宣布後，蕾伊仍舊傻眼地張著嘴巴。

仔細一看，莉薩和小玉之外的同伴們也是相同的反應。

說到這個，我好像是第一次在莉薩以外的同伴們面前進行了真正的戰鬥吧。小玉不會吃驚雖然讓我納悶，但也很符合她平常我行我素的個性所以就沒放在心上。

『謝謝你，佐藤先生。這樣一來終於報了母親她們的仇。』

我回到甲板後，蕾伊便這麼說著向我抱來。

鐵壁雙人組這一次當然就沒有發出「有罪」宣言了。

『……為什麼。』

猶如發自地獄深處，蘊含著怨恨的聲音這時傳來。

『為什麼，為什麼為什麼為什麼！』

發出聲音的人是不斷顫抖著雙臂的骸骨王。

『為什麼像你這種強得離譜的存在會出現在這個地方！』

『——順其自然吧？』

我老實這麼回答，但骸骨王爆發的怒氣卻更為提升。

『為何吾妻蕾亞妮犧牲自我的時候你不在場！』

我目光望向蕾伊，她則是回答：「那是母親大人。」

儘管有點複雜，不過蕾伊的母親似乎也叫蕾亞妮的樣子。

『拉拉其埃沉入海中的兩萬年前，我都還沒有出生呢。』

說到兩萬年前，豈不是比繩文時代還要早了？

況且假使那個時代我真的存在，是否在為所欲為的拉拉其埃滅亡之際出手幫忙，這個問題實在是讓我不得不傾頭考慮一番。

當然，作為活祭品的女王姊妹或許會救下來吧。

「優妮亞，快「操作」蕾亞妮殺了那傢伙。』

順風耳技能捕捉到骸骨王發出心有不甘的「唔唔」聲，同時這麼小聲命令身旁的優妮亞。

原本維持擁抱姿勢的蕾伊開始掐住我的脖子。

『佐……佐藤先生，我的身體自己就——』

蕾伊焦急地試圖抵抗，不過她的手指似乎和她的意志唱反調。
我俯視蕾伊的身體，可以見到雄偉的乳溝——不對，是受到瘴氣形成的詭異術式所束縛住。
一旦使用瘴氣視，缺點就是視野會變成黑白呢。
『——不行，我的手指不聽使喚。』
蕾伊表情悲痛地這麼悔恨道。
『別擔心哦，蕾伊。』
由於難以發聲，我便透過「遠話」魔法告知蕾伊。
「主……主人！」
對於擔心我的同伴們，同樣也用「念話」告訴大家『我不要緊』，然後就這樣讓手鑽到蕾伊的身體上逐一剝離瘴氣。
雖然氣管堵塞住而無法呼吸，不過似乎可以從儲倉直接對肺部供應氧氣所以沒有問題。
『怎麼會！竟然想要解開我的術式？』
骸骨王好像發現了我的意圖。
在黑白的視野裡，骸骨王大聲嚷嚷著：
『休想！我豈會讓你這麼做！優妮亞，發動獻祭的術式！將那個惡魔連同蕾亞妮一起消滅！』

『……把……把姊姊她？』

對於骸骨王要求自己犧牲姊姊的命令，優妮亞露出不知所措的表情。

『妳在做什麼，優妮亞！沒聽到我的命令嗎！』

骸骨王的斥責讓優妮亞縮了一下脖子。

在那搖曳的眼眸中，對於斥責的畏懼、尊敬姊姊的感情以及不合理命令所帶來的困惑，這些情感不斷交戰。

優妮亞頂著快哭出來的表情交互望著骸骨王和蕾伊，最後垂下腦袋陷入沉默。

『做什麼！妳這慢吞吞的傢伙！』

遭到骸骨王毆打的優妮亞緩緩抬起臉來。

原本頂著軟弱目光望著蕾伊的優妮亞，這時咬住嘴唇，眼中浮現堅定意志。

『……我……我不要。』

優妮亞以蚊子般細微的聲音說出拒絕的一句話。

勒住我脖子的蕾伊則面帶哭泣的表情喃喃唸著『優妮亞』。

我在心中和蕾伊一起稱讚著優妮亞的決心，同時全力專注在瘴氣的剝離作業上。

視野完全被瘴氣染成同一顏色，看不到外頭的狀況。

『妳說什麼？』

『我不要讓姊姊死得毫無意義。』

『妳這沒用的東西！』

可以聽到毆打優妮亞的聲響和同伴們的憤怒聲，然後是火杖及雷杖發動的聲音。

看樣子，同伴們正在攻擊毆打了優妮亞的骸骨王。

為保險起見，我以「信號」魔法吩咐身為船首像型魔巨人的稻草人強化防禦壁。

接著，在剝離瘴氣的期間，我發現這跟以前的瘴氣有些不同。

之前是瘴氣之間彼此勾結，像巧環那樣糾纏在一起，不過這次就如同魔法陣一樣條理分明。

這樣一來，應該能在更短的時間內剝離。

我以專家級的速度解開了蕾伊的瘴氣所構成的術式。

蕾伊原先勒住我脖子的手緩緩鬆開。

＞獲得技能「解除詛咒」。

＞獲得技能「反射詛咒」。

＞獲得稱號「解謎名人」。

＞獲得稱號「祈禱師」。

真想知道我究竟什麼時候祈禱過，不過看來獲得了各種技能。

換成平時，應該會在我最初剝離蕾伊的瘴氣時就獲得才對，所以這次的瘴氣果然和之前存在些許的不同。

第二項技能看起來很方便，於是我立刻就分配技能點數將其開啟。

視野恢復原狀後，只見骸骨王正用錯愕的表情望向這邊。

對方什麼事情也沒做，仔細一看好像正在詠唱當中。

『……■■■■■■■　怨靈騎士召喚。』

骸骨王的周圍出現了六具怨靈騎士。

騎手和騎馬雙方的腿部都是透明的，感覺就像會在天上飛的樣子。

這些怨靈騎士的等級高達四十五。

他們恐怕就是骸骨王的底牌了。

「用追蹤箭應該可以吧？」

我將生出最大數量的追蹤箭以每人二十支的數量朝向怨靈騎士釋放。

怨靈騎士們一塊飛起來，彷彿擺脫空對空飛彈追殺的戰鬥機那樣以劇烈的動作在拉拉其埃的上空飛來飛去。

既然能以那種速度活動，對於不會飛的人們來說搞不好相當有威脅性呢。

『怎……怎麼可能！竟然是上級術理魔法最強的「理槍亂舞」！而且那麼離譜的理槍數量是怎麼回事！等級才三十級的你，為何能使用如此的術理魔法！』

目睹了挨了一支又一支追蹤箭而破碎四散的怨靈騎士，骸骨王怒吼著太不合理。

就算老實說這是下級攻擊魔法「追蹤箭」，想必對方也不會相信吧。

『還沒完！既然這樣，我要把木偶裡的王妹碎片拿來獻祭，召喚「神的僕從」！』

『父……父親大人。』

骸骨王抓住優妮亞的頭髮將她舉起，把全是骨頭的手指伸向她的胸膛。

或許是從頭髮被吸走了生命力，優妮亞的體力和魔力計量表都以驚人速度在減少當中。

『——優妮亞——————！』

蕾伊悲痛的吶喊迴盪在女王塔內。

骸骨王散發黑色光輝的手刀猛烈加速，刺向優妮亞的胸部。

『好了，到此為止。』

我用閃驅衝入優妮亞的懷中，伸手阻擋在優妮亞的胸部和骸骨王的手刀之間。

由於手掌已經先附上魔刃，我的手完全沒有受傷。

『什……什麼？』

我擊碎骸骨王抓住優妮亞頭髮的手臂，朝著對方一時無法做出反應之下毫無防備的身體收斂地踹了一腳。

骸骨王在地板上不斷翻滾，撞上一根柱子後停了下來。

『惡……惡魔救了我？』

在優妮亞的心目中，解救了危機的我似乎還是那個「黑髮惡魔」。

『是佐藤，能不能叫我的名字呢？』

我藉助「解除詛咒」迅速剝離束縛著優妮亞的術式。

不同於沒有技能的時候，如今過程非常流暢。

『好，結束。』

然後從瘴氣被完全剝除的優妮亞身上緩緩鬆手。

『——哦，危險。』

我急忙抱住了搖搖欲墜的優妮亞。

明明去除了瘴氣，優妮亞的臉色還是很難看。狀態變成了「虛弱」。

大概是剛才從頭髮被吸走了生命力的緣故吧。

『詛咒的黑鎖啊！撕碎那些傢伙，拖入無限地獄裡吧！』

骸骨王單手舉起某樣物體這麼大叫，腳邊的影子立刻噴出漆黑的瘴氣，化為數量驚人的黑鎖襲向了我們。

我對儲倉裡取出的聖劍光之劍注入魔力，同時掃出一劍將來到我身邊的黑鎖蒸發掉。

『《起舞吧》光之劍，保護船隻。』

聖劍光之劍離開我的手中，以藍色光輝逐漸淨化掉撲向飛行帆船的黑鎖。

嗯，聖劍光之劍實在太方便了。

『放開聖劍就代表你的好運用盡啦！』

骸骨王用確信勝利在望的愉悅口吻叫道，其腳邊冒出的追加黑鎖如觸手一般撲了過來。

『已經……不行了。』

『別怕，我一定會保護妳的。』

我對待在懷中顫抖的優妮亞柔聲低語。

將注入魔力的腳踢向前方的黑鎖後，它們就彷彿在忌諱我的腳一般停下動作。

——莫非。

『退下！黑鎖。』

我這麼宣告並揮動手臂，黑鎖便一起退回骸骨王的方向。

這恐怕是「反射詛咒」技能的效果吧。

『怎……怎麼會！為何我的術式會傷害我！』

黑鎖突破保護骸骨王的影子防禦壁，擊碎了他的骨頭。

『這……這樣下去會消滅的。優妮亞，我心愛的女兒啊，過來這裡。』

滿身瘡痍仍苟延殘喘的骸骨王，用輕柔的聲音呼喚著優妮亞。

優妮亞想要從我的手臂中離開，但這顯然是陷阱，所以我並沒有放開手。

『只要吸收妳的性命，我就能夠再生。地下工房還留有跟妳同型魔造人的生命核，隨時都可以造出新的優妮亞。所以，把妳的命交給我吧。』

好自私的一番話。

即使如此或許是還存有親情，優妮亞不斷流著眼淚，一邊將手伸向骸骨王。

就在這時，石之砲彈通過了我們的身旁。

『怎麼會！』

石之砲彈擊碎骸骨王的肋骨，陷入中央處散發暗紅色光輝的魔核。

『蕾……亞妮——為何……攻擊我的身體？』

回頭望去，只見蕾伊保持施放魔法的姿勢流著淚。

看樣子，剛才的砲彈是蕾伊手上的黃玉戒指所發射的。

『這是母親大人的遺言。倘若父親大人有違人道，希望我們給予糾正。』

骸骨王從末端開始粉碎，化為細灰後逐漸飛散。

『偉大天空人的王夫，我擁有永恆生命的不死之身……竟然……會是這樣的下場……』

頭骨化為灰散落，骸骨王戴在頭上的王冠也伴隨匡噹的清脆聲響掉落在地。

『再見了，父親大人。不過，我很快也會……』

目送著漸漸消失的骸骨王，蕾伊喃喃道出聳動的內容。

後半的低語相當細微，除了擁有順風耳技能的我以外其他人似乎都沒聽到。

『謝謝你，佐藤先生。謝謝，大家。』

轉身過來的蕾伊用極為不自然的笑容向我們道謝。

『佐藤先生，請帶我到女王塔。』

應蕾伊的要求，我用「理力之手」來運送她。

『海王已經消滅，擾亂大海的父親大人也升天了。接下來只要我將拉拉其埃沉入海溝底部，啟動拉拉其埃的自毀裝置以防落入他人之手，世界的危機就會解除了。』

蕾伊露出殉教者一般的微笑。

『優妮亞拜託你照顧了。這孩子只是被父親大人利用罷了。一切的罪過都由我和這座浮島拉拉其埃來承受。』

『姊……姊姊……不要丟下我……帶我一起去。』

面對優妮亞傾訴著伸來的手，蕾伊將輕柔地握在手中。
『不，妳就跟佐藤先生一起走吧。畢竟妳還擁有未來。』
蕾伊的發言讓優妮亞哭著拚命搖頭拒絕。
倘若是故事，或許會存在這種悲哀的結局也說不定。
不過，對此感到不妥的，在場除了我之外似乎還有其他人。

「亞里沙飛踢————————！」
亞里沙笨拙地踢出一腳，猛然命中了蕾伊的臀部。
另外，帶亞里沙過來的人是我。畢竟看她們似乎很想說些什麼的樣子，於是就以「理力之手」將同伴們運來這裡了。
『咦？亞里沙？』
「真是的——無菌室裡長大的公主就是這樣才讓人傷腦筋哦！」
『可是，亞里沙——』
面對氣勢洶洶的亞里沙，蕾伊不禁畏縮。
「不是遊行也不是罷工——代替亞里沙這麼告知。（註：日語「可是」音同「遊行」）」
『娜娜小姐。』

「嗯，魯莽。」

『連蜜雅也是。』

娜娜和蜜雅這時參戰，小玉和波奇則是雙手拿著寫有「加油」二字的扇子在聲援亞里沙她們。準備扇子的人大概是亞里沙吧。

露露和莉薩似乎已經備妥簡易床鋪用來照料優妮亞了。

我於是將優妮亞交給她們，轉而關注亞里沙的勸說。

「問題明明就全部解決了，為——什麼最後還要自爆呢。」

『因為，如果將拉拉其埃留在這裡，一定會有人想要拿來做壞事。』

「那跟妳也一起陪葬根本是兩回事吧。」

亞里沙說得很對，所以我繼續聽著兩人的對話。

『……亞里沙你們也看過石板的紀錄了吧？我們天空人施行了陸地上的人們無法原諒的暴政哦。我們拉拉其埃的王族應該要贖罪才是。』

蕾伊並非當時的執政者，所以沒必要背負這樣的罪過。

況且要償罪的對象也已經不存在了。

亞里沙大致上也是這樣子，對蕾伊的發言聳肩予以反駁：

「那是兩萬年前的事情吧？就算是精靈也已經世代交替，像那種以前的事情頂多只有高等精靈們才會記得哦。」

『可是——』

對於被罪惡感折磨的蕾伊，亞里沙的勸說似乎沒能讓她聽進去。

亞里沙牽起蕾伊的手，將她推向了我。

「主人！抱住她吧。」

雖然不太懂，我仍應亞里沙的要求輕柔擁抱蕾伊。

『咦，亞里沙？佐……佐藤先生，放開我。』

「主人，再用力一點！」

成人模樣的蕾伊身材很棒，所以讓我有些不好意思。

『啊……啊嗯，佐藤……先生。』

剛才還紅著臉不斷掙扎的蕾伊，後來慢慢垂下臉變得安分了。

「看來似乎冷靜了呢——」

原來如此，也就是所謂的「物理」勸說吧。

「——對付戀父情結，果然就要用肢體接觸呢。」

亞里沙後半段的嘀咕變得小聲，所以應該沒有傳入蕾伊的耳裡。

「就算在這裡和拉拉其埃一起消滅，也不過是妳在自我滿足而已哦。沒有任何人會覺得高興，也不會有人變得幸福。壞處實在太多了。」

『亞里沙……』

亞里沙凌厲的這句話，讓蕾伊悲傷地垂下目光。

『是啊，蕾伊。世界上還有很多快樂的事情在等著妳，我們一起去享受吧。』

我將蕾伊的臉向上抬起，用盡可能輕柔的聲音這麼低語。

『況且如果妳死了，優妮亞也會追隨妳的腳步哦。』

『嗯，沒有姊姊的世界，我不要。』

『優妮亞。』

我將抱起來的蕾伊帶到優妮亞的身旁。

『我們一起活下去吧，姊姊。』

『優妮亞。』

蕾伊抱住了撐起上半身的優妮亞。

「我也一起——這麼告知道。」

「嗯，一起。」

娜娜和蜜雅從兩人外面抱住她們後，其他孩子們也一塊溫暖地圍住了兩人。

「擠來擠去～？」

「被擠出去的話不可以哭喲。」

雖然有一小部分不知道在說些什麼，但既然優妮亞和蕾伊都哭泣著展露了笑容，那也就不重要了。

尾聲

「我是佐藤。所謂世界的危機，說不定比想像中更接近。不過，可以的話真希望這種事就交給超級英雄去處理，我只想在和平的世界裡過著安穩的日子。」

「主人，熱帶果汁端來了。」

「謝謝妳，露露。」

我在樹蔭底下休息之際，露露拿著插有水果切片的玻璃杯出現了。

或許是逗留半個月後已經習慣，儘管是相當符合南島風情的大膽泳裝打扮，露露卻一副稀鬆平常的感覺。

將玻璃杯交給我之後，露露便返回同伴們在海岸玩剖西瓜的地方。

這裡是我們最初造訪的拉拉其埃中央島。

我和露露過來之前便持續交談的對象繼續進行通話。

『佐藤，你還是不需要精靈們的協助嗎？』

交談的對象是波爾艾南之森的高等精靈雅潔小姐。

據說普通的「遠話」最多僅能在都市內傳遞，但我的卻可從容地到達位於遙遠處的波爾艾南之森。

『是的，那個時候謝謝你們幫忙架設結界。』

『不用客氣！佐藤你不是也在波爾艾南為大家做了很多事情嗎。』

在那次事件之後，我們雖然立刻將拉拉其埃重新沉入海中，從封塔島的塔內取出屬性寶珠及焰輝劍並恢復至原來的偽裝狀態，但這樣下去的話很可能就像蕾伊所擔心的那樣會被心存惡意的第三者再度利用。

所以，為了阻止這種情況發生，我便拜託波爾艾南之森的精靈們以「徘徊之海」這個魔法架起了無法進入的結界。

久違的聯絡突然就開口要對方協助，實在感到很過意不去，不過雅潔小姐和精靈們卻毫不介意地幫忙架設了結界。

我後來用「轉移歸還」一度返回波爾艾南之森招待大家享用子彈鮪魚大餐以作為回禮。生魚片和壽司意外獲得了許多人的接受。精靈們真是心胸寬闊。

另外，在前往波爾艾南的同時，我還順便委託了廚師精靈妮雅小姐將可可製作成巧克力。我雖然自行嘗試製作過，但好像用錯了方法，吃起來不太美味。

而且，由於剛好順路，結界鋪設的途中我便選擇在拉拉其埃周邊的島嶼上種植了樹人的種子。多虧如此，幾乎就快要完成規定的種植數了。

『下次什麼時候過來玩呢？呃──那個，妮雅說要詢問關於「巧克力」的事情，基亞也想討論一下佐藤你帶來的魔法裝置──』

對方忸忸怩怩地遲遲無法說出真正想講的事。如此心急如焚的氣氛從「遠話」的另一端傳了過來。

『等我過去的人就只有妮雅小姐和基亞先生嗎？』

出於頑皮的心理，我故意用落寞的語氣向雅潔小姐這麼問道。

『當然，露雅和比亞應該也很想見你──還有，我也是。』

──很好！

我在心中擺了一個勝利姿勢，但仍留意著不顯露出太急性子的模樣回答對方：

『倘若雅潔小姐願意的話，我每天都可以過去玩哦。』

『謝謝你，佐藤。可是，每天也太辛苦，偶爾就好了。不過，如果可以，每次的「遠話」不要相隔太長的時間，這樣我會……很高興的。』

啊啊，真是太可愛了，好想現在立刻就到波爾艾南將她推倒。

『是的，我隨時都──』

『主人．佐藤！特訓中使用了過多魔力，請補充魔力！脫下泳裝就可以了嗎？』

跑在沙灘上向我撲過來的，是和大家打成一片後已經變得無比開朗的優妮亞。

從那不斷黏著我的模樣看來，已經全然不見當初稱呼我為「黑髮惡魔」的態度了。

她在準備脫下比基尼的胸罩之際被我按住了手。

「唔，泳裝繼續穿著就行了哦。」

『佐藤？什麼泳裝？繼續穿著？』

『唔，雅潔小姐，您誤會了。』

「優妮亞！主人是我的主人。毫不客氣稱呼主人為主人是禁止的危險行為同時也被我獨占——這麼告知道。」

『咦——姊姊也說過不可以獨占哦？主人．佐藤，別管這麼多，趕快供給魔力～』

「主人！只幫優妮亞攻擊魔力太不公平——這麼訴說道。希望也對我供給魔力。」

穿著連身泳裝的娜娜抓住肩帶，一口氣扯下至腹部的位置。

由於是朝向這邊進行，可以見到豐滿的雙丘有節奏地躍動著。

『哇啊——雖然比不上成熟的姊姊，不過娜娜也很大呢。』

優妮亞像小孩子一樣毫無顧忌地搓揉娜娜的胸部。

「我的胸部是屬於主人的——這麼宣布道。」

「娜娜，總之先把胸部收起來吧。魔力供給就等妳用毛巾遮住——」

『佐……佐藤，胸……胸部……咦，收起來的意思是已經跑出來了？佐藤？』

糟糕，這邊的對話竟然斷斷續續被遠話傳了出去，導致雅潔小姐陷入輕微的恐慌之中。

「是不是有壞孩子啊～～」

「姆，不知羞恥。」

察覺騷動的亞里沙和蜜雅也過來了。

『優妮亞，不可以讓佐藤先生太困擾哦？』

『姊姊！』

跟在兩人身後走過來的蕾伊這麼告誡著優妮亞。

她如今恢復成節約魔力模式的小女孩模樣，所以形成了一副令人莞爾的光景。

「等……等一下，蕾伊！不要自然而然地坐在主人的兩腿中間啊！」

「嗯，禁止獨占。」

「那麼，我就往這邊靠吧。」

蕾伊往右腳移動後，亞里沙和蜜雅便試著強行坐在了左腳上。

「小玉也要坐～？」

「波奇也想坐喲。」

「妳們兩個，不要太打擾主人了哦？」

獸娘們也過來參戰，最後是露露含蓄地用手指在我的背部輕輕撫摸著。

總覺得有些癢癢的。

『佐藤先生，我用森林魔法讓雅潔大人睡著後送到床上休息了。』

『謝謝，露雅小姐。明天早上我會造訪樹屋，向雅潔小姐解釋的。』

『是的，拜託您了。』

雅潔小姐因恐慌過頭而昏倒了，所以我用「遠話」重新聯絡負責照顧雅潔小姐的巫女精靈露雅小姐，將之後的事情交給她處理。

畢竟這種混亂的狀況光是用口頭也很難解釋得清呢。

就在進行這樣的對話期間，同伴們似乎被新的事物吸引過去而跑向了海岸那邊。

「佐藤，我有話要說——」

獨自一人留下的蕾伊，表情鄭重地向我這麼告知。

◆

「真的要留在島上嗎？」

一切都收拾完畢，也結束在拉拉其埃的內部觀光之後，終於到了我們要離開島上的時候。

「是的，半幽靈無法生活在瘴氣濃厚的迷宮或迷宮都市。況且，人多的地方瘴氣也很濃郁。」

『跟主人．佐藤分開雖然很難受，不過我所在的地方就是姊姊的身邊。』

我們在蕾伊的住家前互道別離。

儘管很不希望把她們兩人留在這種無人島上，不過兩人的意志似乎都很堅定。

那一天，蕾伊告訴我要留在島上後，我便和同伴們一起努力想要改變她的決定，但無論亞里沙等人的熱血勸說或娜娜的哀求都不管用。

為提供最起碼的協助，我於是替她們準備了具有附帶聖樹石機關的內部裝潢以及鋪設了上下水道的住家，還有活動人偶們所耕種的田地等等東西。

「知道了，畢竟有轉移魔法，造訪波爾艾南之森的時候我會順便過來。」

「好的，我很期待佐藤先生你們過來玩。」

『歡迎隨時過來玩哦，主人．佐藤。』

蕾伊和優妮亞分別都給我了輕輕觸碰臉頰的一個吻。

「幼生體——不，蕾伊。我還會再來的——這麼告知道。」

「娜娜小姐，謝謝妳一直照顧我。」

娜娜和蕾伊彼此緊緊擁抱。

「雅潔給的。」

蜜雅將雅潔小姐交給她保管的「波爾艾南的靜鈴」遞給對方。

這似乎是用來象徵自己處於精靈們庇護之下的物品，所以可以獲得視精靈為神聖存在的人或妖精族親切的對待。

「謝謝妳，蜜雅。」

蕾伊伸手接過靜鈴，就這樣將手臂摟在蜜雅的脖子上，和娜娜一併緊抱在一起。小女孩的手很短所以連一半的距離都搆不到，但要糾正這點的話未免太破壞氣氛了。

當然，不光是蕾伊，優妮亞也和其他的孩子們依依不捨地道別著。

最後——

「謝謝妳，亞里沙。因為有妳，我才能夠在這裡和大家一起歡笑。」

「嘿嘿，被這麼稱讚的話實在很難為情呢～」

不習慣受人誇獎的亞里沙感到很不自在，於是開玩笑般的嘻皮笑臉起來。

「亞里沙，要好好回答哦。」

「露露——我……我知道了啦。」

即使如此，在身為姊姊的露露催促之下還是站直了身子。

「蕾伊！我只是在妳身後推一把而已。妳如今會在這裡都是妳自身決定的結果哦！妳要對自己的決定感到自豪。至於對我的感謝，只要最初的一次就很夠了哦。」

面對充滿男子氣概的發言，蕾伊眼角浮現淚水行了拉拉其埃最高級的禮儀。

話中大部分都用第二人稱代名詞「妳」來稱呼蕾伊，這讓我覺得她好像還有一些難為情的樣子，不過就不去吐槽這一點了。

◆

就這樣，我們離開蕾伊和優妮亞所在的島嶼——拉庫恩島，沿著砂糖航線航向了迷宮都市。

話雖如此，我們並非直線朝著迷宮都市前進。

「潘德拉剛酒侯！聽我說！『盒子』回來了啊！你所提到的勇者無名先生幫我把『盒子』取回來了！」

中途前往打招呼的拉拉基王城裡，看似快要手舞足蹈的拉拉基王這麼告訴我。

這個「盒子」是將拉拉其埃沉入海中之後，我以勇者無名的打扮首先送來歸還的東西。

畢竟當初被偷走「盒子」的拉拉基王可是一副隨時都要死掉的表情呢。

「那真是恭喜了。」

「一定是潘德拉剛酒侯你替我向無名先生說情的吧？」

「不，我什麼都沒有——」

「真是個品格依舊高尚的男人啊！你的酒侯授爵儀式將舉行三天三夜的宴會哦！大臣！把城堡外的酒統統買下來！這些酒在宴會期間免費供應給民眾！」

聽到心情大好的拉拉基王這麼宣布，王城內的大臣們也欣喜若狂地跑出去準備。

就連原本應該扮演制止角色的財務大臣也一起歡呼，如今正在詢問部下有無多餘可挪用的資金。真是令人有些擔心這個國家的未來。

我回去告知旅館裡的同伴們將要在這個國家逗留約五天，讓所有人都移動到城內分配給我們的房間。

「主人，性騷擾男提出了想要做簡報的要求哦。」

「知道了，我過去一趟。」

吩咐大家做好移動準備後，我便造訪了租下來看似作為商會啟動之用的店鋪。

「潘德拉剛勳爵！我聽說了！居然瞞著大家酒侯授爵的事，你也太見外了吧！」

出來迎接的雷里．亞西念侯爵公子笑容滿面地歡迎著我。

從他身後走出了有濃濃黑眼圈的男性和青年。這兩人正負責擬定使用「曇天丸」來進行交易的商業計畫書。

「酒侯大人，請看。這就是我們構思的商業計畫。」

「容我瀏覽一番。」

哦哦，比想像中還要嚴謹，而且寫的內容都很淺顯易懂。

有許多地方在最初的數字劃上訂正線，然後再寫上第二組數字。看樣子被訂正的是最初的數字，而新的數字則是利用了我的酒侯免稅特權所計算出來的。

更棒的是，即使是修正前的數字也顯示能在獲利的情況下進行交易。

不過以後者來說，瓶頸似乎在於船只有一艘。要是再有兩艘或三艘船的話，想必更能安全且穩定地進行交易才是。

所以，就當作是順便整頓一下儲倉，我試著提議——

「這樣一來我就可以放心出資了。明天或是後天，港口預計會有兩艘帆船抵達，要拿來給商會用用看嗎？」

「是……是船嗎？」

「是的，旅行途中遇到有中型船商在大拍賣，所以就嘗試買下來了。本來打算在拉拉基這裡賣掉，不過從這份計畫看來應該在此使用會比較好。」

「請……請務必調撥給本商會！還款計畫我會在後天之前完成的。」

「是的，我拭目以待。」

我這麼說畢後準備站起來，卻被雷里先生制止了。

他詢問商會的名稱是否真的不必使用我的名字。

「其實不使用也沒有關係。雖然必須掛上我的旗子以代表是酒侯的船，但商會的名稱應該由大家決定才是。」

我畢竟不是業主，而是打算站在股東的立場上。

「知道了，那麼商會的名稱就決定為『筆槍龍商會』。儘管有點在模仿加尼卡侯爵領的『筆卷龍商會』，不過能清楚表示雙方都是有潘德拉剛勳爵在撐腰的商會應該很不錯吧？」

對於表情得意地這麼告知的雷里先生，我說了一句「很棒的名字呢」便同意這個命名。

畢竟我看到他身後握在手中的候補名單裡，打從第二順位以後的命名都是擷取了部分我的名字，所以就選擇了這個無可非議的名稱。

對了對了，乘著重新調整計畫之際，我又提出了以「幫忙我收集南方群島的罕見食材及素材」作為條件增加出資額度的建議。

雷里先生身旁的兩人所發出的歡呼聲當中，同時夾雜著興奮以及工作量增加後的絕望感。

接著，酒侯授爵儀式完成後，如惡夢般持續三天三夜的酒宴也結束了——

「潘德拉剛動爵，你的酒量可是今後將以本國的傳說之名流傳下去的壯舉。為了紀念你擊敗了一百名酒豪，這塊獎章就授予你吧。只要是在砂糖航線內，無論是哪個國家或都市都會竭盡所能為你服務的。」

「謝謝您，國王陛下。」

「嗯，就祝你旅途平安以及有幸遇見好酒了。」

接受了拉拉基王很有這個國家風格的道別後，我們便從魔導王國拉拉基出發了。

旅途大致都算順利，我們在砂糖航線上依序繞往各個小國或港灣都市以享用當地特產及名產，時而被捲入事件或騷動當中，不過還是全員平安地返回了希嘉王國的領土範圍內。

我們行經了去程時曾經通過的加尼卡侯爵領邊緣，將船駛入旁邊伍凱烏伯爵領管轄的港口，然後越過山脈前往位於半島另一端的基里克伯爵領港口。

這座半島很大，所以好像有許多旅人都走這條路線以便抄近路。

另外，我們抵達伍凱烏伯爵領的時候已經換乘普通的小船，至於飛行帆船就收納在儲倉內。

伍凱烏伯爵領和基里克伯爵領，給我的感覺都是以漁業為主的鄉下小領地。

或許是性質相似的緣故，領主們的交情好像很差，不過對於只是路過的我們來說不太有關係。

「主人，接下來要坐哪艘船呢？」

「別擔心哦，我心裡有數。」

船員們不希望有女性上船，但這點總有例外。

我踏入了一間座落於港口外圍冷清場所的店舖。

「午安。」

「找妓院的話去港口反方向的紅燈區。如果是迷路先右後轉身沿著海岸回去，就可以到港口的中心了。」

體格壯碩的女船長小姐這麼告知，一副要趕人回家的樣子。

「不，我希望妳能夠載運八名船客前往貿易都市塔爾托米納。」

「你是認真的嗎——原來如此，所謂的船客，是包含那些小姑娘在內吧？也好，就用我的『鬼女漕丸』送你們一程吧！」

就這樣，我們坐上了由她擔任船長的槳帆船前往貿易都市塔爾托米納。

「出發囉！妳們幾個。」

「「「好喲！」」」

女船長的槳帆船「鬼女漕丸」果真名符其實，划槳手全都是體格精壯的女性們。

其中有很多年輕姑娘，全都是上半身只綁著胸帶的半裸模樣，讓我實在不知道該把目光放在哪裡。

就算想要移開目光，船客的座位卻是和划槳手面對面的設計。

「不嫌棄我們的胸部，就盡量看吧！」

「代價就是到了港口後請我們喝好喝的麥酒啊！」

「我喝便宜貨無妨，就蘭姆酒好了！」

「不管麥酒或蘭姆酒，願意喝的話無論多少我都請哦。」

面對豪爽笑道的女性划槳手們，我笑著這麼打包票。

船員當中似乎有許多人喜歡喝酒，只見她們划船的速度比起剛才變得更快了。

「小少爺，可以看到塔爾托米納了哦。這裡的灣內很擁擠，我要在灣內繞一下路可以嗎？」

「好的，航線就交給妳了。」

正如女船長所言，這裡是希嘉王國的海外貿易要衝，所以停泊有各個國家的大型交易船，小型船隻則是穿梭在當中來來去去，令人眼花繚亂。

抵達後的港口，氣氛也遠比之前砂糖航線去過的各國或蘇特安德爾的港口要更為熱鬧。

「小少爺！稍後一定要來參加啊！」

「好的，等我安排好旅館後就過去。」

進港後，我包下了一間酒館，向女船長她們提供了蘭姆酒喝到飽以及食物吃到飽的服務。

我們接著前往港口的商工會議所打聽到的，願意歡迎亞人住宿的旅館。

商工會議所的人們一開始愛理不理的模樣，但在看到拉拉基王贈送的獎章後就突然改變態度一下子親切起來。

「拉拉基的朱絹和伊修拉里埃的『天淚之滴』居然能賣到那種價格，真是嚇了一跳呢。」

「嗯嗯，畢竟朱絹是原價的七倍，而『天淚之滴』更是高達三十倍啊。」

和激動的亞里沙聊著聊著就抵達了旅館，於是我在辦理好住宿手續後便前往女船長她們所等候的酒館。

至於同伴們，我則是為她們安排了旅館最為自豪的奧米牛全餐。

我快步走在治安較差的小路上藉此縮短路程，最後從鬥技場附近出來了。

「太守大人！在這種時候前往鬥技場要是被夫人知道，事情就不好了哦。」

「蠢貨！乘著蕾蒂爾出遠門去了基里克伯爵領，只有現在這個好機會可以欣賞到年輕人們的肉體之美啊。」

談論著這些男色類話題的，是一副高階貴族模樣的中年男性以及身穿管家服飾的老人。周圍還有四名穿上銀色亮鎧甲的俊美騎士護衛著。

他們準備前往的方向有兩名衛兵在把守，其中一人主動上前出聲道：

「真是對不起，高貴的先生。這邊的通道是低賤之人使用的骯髒道路。若讓高貴的先生沾染到汙穢的話就不好了——」

「賤民，竟敢擋我的路！」

一名警衛在貴族面前低下頭，用異常恭敬的口吻委婉告知此處禁止無關人通行，但貴族卻充耳不聞，拿起手中的錫杖就毆打警備，打算要強行通過。

或許是看不下去，另一名看似粗魯的警備用不客氣的口吻為同伴講話。

「喂，貴族大人！這邊是通往劍奴隸休息室的通道。要看劍鬥士的話就從正面的入口進去吧！」

「無禮的傢伙。你們去讓這傢伙知道自己有多少斤兩。」

面對只有棍子的兩名警衛，拔劍的四名騎士朝著他們砍去。

——真的假的！

鮮紅的血花四濺，警衛們轉眼間便倒在地上。

說到這個，要是在這個國家對上級貴族無禮的話，運氣好可以淪為奴隸，若對方惡劣一點就算當場被斬殺也不能抱怨些什麼吧。真是懷念民主主義呢。

「解決他們。」

侯爵殘忍地這麼告知後，便帶著管家及兩名騎士緩步走進了通道。

眼見留下來的騎士準備要讓警衛斃命，我於是決定插手。

「唉呀，騎士大人，這些人犯了什麼無禮之罪呢？」

此時要是放任不管導致對方在眼前被殺，我一定會作惡夢的。

「你認識這些無禮的傢伙嗎？」

「是的，說話不知分寸的不學之徒們給您添了麻煩，實在非常抱歉。」

將取出裝有幾枚金幣的小袋子交給騎士。

「哼，算你識相。」

確認小袋子的重量及裡面裝有金幣後，騎士這才心滿意足地嘀咕著並追上自己的主人。

我讓兩名警衛喝下體力回復的魔法藥，再將他們交給聞聲而來的鬥技場職員後就離開了現場。

「魔人藥的現貨只有這些嗎？」

「如果是屍藥還有更多哦？」

「已經夠了。下個月可以準備多少量？」

「那就要看魯達曼老爺的誠意了。」

「區區迷賊竟敢得意忘形。」

這次是非法藥物的交易嗎……看來這個貿易都市塔爾托米納相當混亂呢。

「貪得太過頭可是會被索凱爾那傢伙發現，還是少賺點外快好了。」

順風耳技能捕捉到看似無賴的男人喃喃透露出來的內情，但我不太感興趣所以就把這些人的名字和罪狀寫在信中丟入衛兵的辦事處。

取締罪犯的事情還是交給專業的人處理比較輕鬆。

當天我就在充滿肉感的眾女性圍繞之下一直喝到早上。

雖然非常有魔女之宴的味道，不過既然有許多柔軟的地方就無所謂了。

「基～？」

「是達利喲。」

兩天後，見到我從波爾艾南之森透過「歸還轉移」帶來的拉車馬基和達利，小玉和波奇都撲向牠們的馬首開心道。

莉薩和娜娜也因為能坐在久違的走龍背上而心情開朗。

雖然可以乘坐自製的飛空艇直接走近路到達迷宮都市，但難得有這個機會，我們決定享受著一路前往迷宮都市的馬車之旅樂趣。

畢竟我也想要確認裝在新型魔導馬車上類似電動自行車的輔助機能呢。

路上並沒有出現太多魔物或盜賊，是頗為悠閒的一段旅程。

途經的分歧都市凱魯通，就位在貿易都市塔爾托米納、王都及迷宮都市賽利維拉這三大都市中央的陸上貿易交叉點，所以物流數量及人群擁擠程度都很驚人。

從我們越過位於分歧都市凱魯通和迷宮都市賽利維拉中間的小都市弗魯薩烏起，村莊的數量就逐漸減少，荒地開始變得醒目起來。

位於街道沿線的村莊，彼此間的間隔也慢慢拉長，和之前的村莊比起來，明顯給人土地貧瘠的印象。

「那座山的後面就是迷宮都市了嗎？」

和露露一起坐在駕駛台的亞里沙，打開駕駛台後方的艙門這麼向我詢問。

「是啊，就快到了。」

不久，馬車登上山頂，可以見到迷宮都市賽利維拉所處的廣大盆地。

盆地前半僅零星生長著看似仙人掌的植物貝利亞，是一片幾乎可稱為沙漠的廣大荒地。

位於彼端模糊不清的迷宮都市，其對面是迷宮入口所在的山丘，而從山丘到盆地再過去的山脈之間廣範圍地分布有植物系的魔物。

另外，山脈的另一邊好像是遼闊的沙漠。

「終於到了呢！」

「系～」

「波奇們的戰鬥就從現在開始喲。」

小玉和波奇回答著亞里沙。

請不要做出那種好像會豎起故事腰斬旗的發言好嗎。

「差不多該出發了。畢竟從這裡到迷宮都市的路上沒有村落，休息所也頂多只能避雨，似乎還有不少地方沒有井水哦。」

「O——K！列滋GO——！」

在亞里沙這番充滿昭和風味的吆喝聲之下，馬車開始走下通往迷宮都市的斜坡。

對於接下來在迷宮都市等待我們的邂逅及特產品，我和同伴們一起滿懷期待。

相信那裡一定會有愉快的冒險在等著。

後記

大家好，我是愛七ひろ。

誠心感謝各位本次手中拿著《爆肝工程師的異世界狂想曲》第九集！

書腰帶或許已經搶先曝光了，那就是——

動畫化企畫進行中。

在總編輯列席的會議上聽到這個消息時，我記得自己內心驚訝道：「居然不是廣播劇CD化？」一邊還因為過於吃驚而毫不激動地回答一句：「這樣啊。」

儘管內心雀躍，但由於沒有什麼真實感，所以我在提出增加本集篇幅的請求同時也讓腦袋冷靜了下來。

雖然很想就這樣好好地暢談關於動畫化的感想，不過本次的後記被本篇占去不少頁數而導致篇幅縮減，於是就容我直接進行各項的告知吧。至於動畫化的情報，預計將會依序公開在角川ＢＯＯＫＳ的官方網站，希望各位能前去瀏覽。

告知一，本作即將電玩化。各位可透過角川ＢＯＯＫＳ一週年紀念活動的參加者全員有禮單元獲得。參加截止日期為十二月十五日之前，請多加注意。

告知二，在角川ＢＯＯＫＳ的官方網站所舉辦的問卷調查中，對回答者提供了可閱讀本作短篇故事《秋之森》等作品的，還請各位務必參加。

告知三，あやめぐむ老師繪製的本作漫畫版第四集也將同時發售。裡面滿載著與小說版不同的精彩內容，盼望各位能和小說版一起購入。

縱然篇幅所剩不多，還是提一下本集的亮點！

屬於完全未公開新稿的第九集是南方大海的故事。為了幫助封面中出場的白頭髮小女孩，佐藤與同伴們挺身面對可怕的魔物、凶惡的海盜及企圖顛覆世界的古代亡靈並且大顯身手。特別是故事的最後一定要看哦！

當然，其中也加入了許多例如大快朵頤海鮮或與豪爽的水手們舉杯對飲等，符合爆肝風格的日常場面。

由於多增加了一些章節，頁數也比平常多出了兩成左右。以字數來說約為十八萬字，相較於以往多出四萬字。

最後是例行的答謝！責任編輯H與K、新的責任編輯A、Ｓｈｒｉ老師，以及其他參與本書的出版和流通販賣的所有人士，最後是一直給予支持的各位讀者們，謝謝你們！

謝謝各位從頭到尾閱讀完本作品！

那麼，我們在下一集迷宮篇再會了！

愛七ひろ

國家圖書館出版品預行編目(CIP)資料

爆肝工程師的異世界狂想曲 / 愛七ひろ作 ; 蔡長弦譯 . -- 初版 . -- 臺北市 : 臺灣角川 , 2017.04-
冊 ; 公分
譯自 : デスマーチからはじまる異世界狂想曲
ISBN 978-986-473-601-0(第 8 冊 : 平裝)
ISBN 978-986-473-782-6(第 9 冊 : 平裝)

861.57 106002822

Kadokawa
Fantastic
Novels

爆肝工程師的異世界狂想曲 9

（原著名：デスマーチからはじまる異世界狂想曲 9）

2017年8月10日 初版第1刷發行
2018年2月14日 初版第3刷發行

作 者：愛七ひろ
插 畫：shri
譯 者：蔡長弦

發 行 人：成田聖
總 監：黃珮君
總 編 輯：蔡佩芬
編 輯：林吟芳
美術設計：李思穎
印 務：李明修（主任）、黎宇凡、潘尚琪

發 行 所：台灣角川股份有限公司
地 址：105台北市光復北路11巷44號5樓
電 話：（02）2747-2433
傳 真：（02）2747-2558
網 址：http://www.kadokawa.com.tw
劃撥帳戶：台灣角川股份有限公司
劃撥帳號：19487412
法律顧問：寰瀛法律事務所
製 版：巨茂科技印刷有限公司
ＩＳＢＮ：978-986-473-782-6
香港代理：香港角川有限公司
地 址：香港新界葵涌興芳路223號
新都會廣場第2座17樓 1701-02A室
電 話：（852）3653-2888